我们为什么热爱自己的故乡

鲍尔吉·原野 著

远方出版社

图书在版编目（CIP）数据

　　我们为什么热爱自己的故乡 / 鲍尔吉·原野著. －－呼和浩特：远方出版社，2018.7
　　ISBN 978－7－5555－1150－2

　　Ⅰ.①我… Ⅱ.①鲍… Ⅲ.①散文集－中国－当代 Ⅳ.①I267

中国版本图书馆 CIP 数据核字（2018）第 168838 号

我们为什么热爱自己的故乡
WOMEN WEISHENME RE'AI ZIJI DE GUXIANG

作　　者	鲍尔吉·原野
出 版 人	苏那嘎
责任编辑	于丽慧　张利君
责任校对	心　妍
封面设计	仙　境
版式设计	赵艳霞
出版发行	远方出版社
社　　址	呼和浩特市乌兰察布东路 666 号　邮编：010010
电　　话	（0471）2236470 总编室　2236460 发行部
经　　销	新华书店
印　　刷	北京市润田金辉印刷有限公司
开　　本	145mm×210mm　1/32
字　　数	260 千
印　　张	11
版　　次	2018 年 7 月第 1 版
印　　次	2018 年 9 月第 1 次印刷
印　　数	1—5000 册
标准书号	ISBN 978－7－5555－1150－2
定　　价	45.00 元

如发现印装质量问题，请与出版社联系调换。

目　录

辑 一
沃森花草原记事

火的弟弟 / 002
流水似的走马 / 033
我认识的猎人日薄西山 / 039

辑 二
伊胡塔的候车室

胡四台的道路泥土芳香 / 068
被遗忘的墙 / 074
继　母 / 076
满特嘎 / 080
萨如拉 / 084
照　相 / 086
分衣记 / 088
歌　唱 / 092
买　卖 / 095
阳光碎片 / 097

伊胡塔的候车室 / 101

送行的队伍 / 103

火　车 / 105

狗的时间观念 / 108

电梯记 / 112

辑 三
一辈子生活在白云底下

索布日嘎之夜：我听到了谁的歌声？/ 116

运草的马车 / 123

一辈子生活在白云底下 / 126

寻人记 / 129

燃灯人 / 133

土离我们还有多远？/ 135

清洁的蒙古人 / 141

铁　匠 / 143

头　发 / 145

班迪的雪人 / 148

你到过月亮吗？/ 151

手如树根 / 154

水的身影 / 156

水啊，水 / 159

肖　邦 / 163

岩　画 / 167

银　匠 / 173

银器的笑容 / 179

羊倌扎木苏和烙饼的本命年生日 / 181

油　灯 / 188

草木不会白白长在这里 / 190

白桦树上的诗篇 / 193

李虎的故事 / 196

落叶吹进门口的鞋子 / 203

婚礼记 / 206

三姐妹 / 210

水碗倒映整个天空 / 217

蔚蓝色的鸡年 / 220

转经筒边土 / 224

辑　四
从我的梦中打马走过

吉祥蒙古 / 228

静默草原 / 235

精神边疆 / 237

长城之外的草香 / 242

从我的梦中打马走过 / 252

蒙古男人 / 255

蒙古男女 / 259

我们为什么热爱自己的故乡 / 263

辑 五
诺恩吉雅

蒙古民歌九首 / 266
长调：蒙古民族灵魂的倾诉 / 288
松脂香 / 294
波茹莱 / 298
绵羊似的走马 / 300
骑马听歌 / 302
雨顺瓦流 / 306
伊金霍洛那边 / 308
云　良 / 314
银老师 / 317
唱歌就是歌唱 / 323
腾格尔歌曲写意 / 326

后 记
蒙古高原礼赞

河水流进骏马的血管 / 330
群山注视着草原 / 332
草原是蒙古人的家园 / 334
民歌的节奏在母亲面前慢下来 / 336
云影缓缓覆盖河流 / 338
神灵坐在敖包的正位 / 340
马把蒙古人变成雄鹰 / 342
长生天安详 / 344

辑一

沃森花草原记事

火的弟弟

我们坐在马倌班波若的房子里喝酒。这座房子的客厅大,朝南的玻璃窗有六扇,主人可以用广角的视野看到窗外的草原。草原南方尽头是悄无声息的山峦,像一堆马鞍子堆在天的尽头。主人班波若说他就这么看过去,看到自己老死那天,这里面包含着多大的福气啊。是的,是的,来访者纷纷附和,语气诚恳。班波若用感谢的眼神环视大家,比摄像机"摇"的速度慢得多,仿佛这个事就这么定下来了,以后也改变不了。今年七十岁的班波若到以后咽气那天,最后一眼看的是他家窗前的沃森花草原。那也许是在六月,大朵的、雪白的芍药花开在如同堆了一堆马鞍子的山坡上。过了小满,黄翅的鸟飞回来了,带回来绿翅的鸟。草地上的白雾在早晨四点多钟有覆盖膝盖那么厚,然后一层层变薄,野兔在雾里奔跑,谁也不知它去了哪里。当然,班波若告别人世的时候也许是冬天,大雪把马鞍子似的山峦压没了,大地因为堆满积雪而显出笨拙,而有炊烟透露牧人的生机。我们不能提前为班波若的离世设定季节与时辰,他的白头发还不到全部头发的三分之一。今年春季他还参加过村里那达慕大会的摔跤比赛，被会场的广播喇叭授予"像山峰一样纹丝不动的摔跤手"。当时会场上的男女老少全都听出了这个称号里的讥讽含义是"没有动作的、不主动进攻的摔跤手"，众人哈哈大笑。

　　班波若坐在沙发上。他背后挂着牛车车厢那么大的镜子，陪我采访的乡干部贺西格、楚鲁、谢日哈达等人都反射在镜子里。他们手端吃饭的花瓷碗喝奶茶。奶茶烫，人喝进嘴里前发出很响的声音"咻——"，用吸气为茶降温。这个人端起碗，"咻——"，放下。那个人端起碗，"咻——"。班波若撩起裤子，用两只紫红大手的手心在膝盖上旋转，仿佛他的双腿可以在地下钻探出石油。他愉快地看着窗外的草原。没经历过游牧生活的人理解不了牧人何以长时间地注视空寂无物的草原，那里只有草和看不清的风，一如古代时分。汉人看东西，一定被"动"的东西吸引，比如驶过去的一辆车，或一座房子，或一个人。蒙古人看到的是寂静。人在寂静里面看到了什么？这真是难以回答的问题。寂静，当云彩也不流动的时刻，牛群和羊群不知在哪个山坳里吃草。看不到河流的奔走，看不到孤单的鹰在太高的天上盘旋，草原上有什么？如果风来，贴地的野花会使劲躲闪，摆脱风的捕俘。风把草吹出浅绿带一些灰色的后背，这些后背像水里的鱼，一条挨一条钻向远处。远处是深不见底的草的大海，有旋涡和浪头，散发潮湿的腥气。如果没有风呢？草原是寂静的。当我再一次写下"寂静"这个词，有一些无奈。因为我们不知道寂静是什么，我们约略知道城市的拥挤，比如地铁和电梯里的拥挤，还有微信朋友圈里的拥挤，我们在心里放不下"寂静"这个词，面对寂静就进入无智状态。寂静藏伏在班波若家的窗外，绵延数十里。草原虽无中心，却朝四面八方绵延。在它与天空接壤处，地平线仿佛在绿色中蠕动。蓝天在这里并不宽广，它像一块帘子挂在草地上空,帘子上晾着一串串白云。白云排列拥挤,索性从房子顶上穿过去。越过屋顶的白云在班波若的房后延伸。如果东边的云朵是小朵的云,像庙里大门上画的祥云,这一天的云朵都是小朵的祥云。一朵与一朵之间有缝隙,露出天空帘子的蓝地子。如果这一天的云朵像火车一样绵延不绝,这一天天空上都是这样的云。这种云反光强烈,边缘现出银色。好多银酒杯在天空干杯,酒晃出来化为雨水——神喝的酒被风梳理为丝线,到地面也没什么度数了。我们所看见的大地寂静无声,其实它正热闹呢。野蜂短小的翅膀在为花朵扇风,几乎所有的野蜂见到花都撅着屁股飞行。它的脑袋像烧焦的火柴头一样发黑,叮着花念诵它所记得的所有咒语。其格秋亥、别日秋亥——这是蒙古语中小鸟的名字——从空中毫不犹豫地冲进草里,不知草里有哪一样它们喜欢的珍宝。你还会看到,其格秋亥、别日秋亥从草里笔直地飞上天,像有人用弹弓把它们射了出去。它们去了哪儿?雀鸟一天要飞多远的路?

那些蚂蚱从这株草跳到另一株草上,似乎大地被洪水淹没了,草是江洋中的一条船。蚂蚱们架着像伤兵拐杖那样高高的长腿,腿在很高的地方折为两节。谁有这样的长腿,谁就会不由自主地跳高。蚂蚱一跳凌云,再跳凌云。它在空中俯瞰大地那一瞬,欣喜不可名状,草们原来这样渺小,野蜂如此渺小,蚯蚓更是不可名状。蚂蚱一瞬度过了多么豪迈的一生。这不过是泥土上小虫的世界,班波若从来不想这些事,他的目光像鹰一样盘旋,先是抓住远处那棵乌日勒(山丁子)树。他小的时候,这棵孤零零的乌日勒只有拇指粗,现在长到了车辕木粗细,还是孤零零的。太阳从没有山峦阻挡的东边的地平线上冒头时,乌日勒树拖着长长的尾巴,像骑马的人的披风拖到了地上,天知道它怎么活过了六十多年。如果干旱,乌日勒树到哪里找水?谁都知道它不会迈开脚步去山南的乌力吉沐沦河找水喝。雪如果下大了,从头一年的十二月到第二年的四月都不融化,乌日勒树包裹在冰雪里,它还能活。四五月份,天气暖一下冷一下,大雪上面结成冰壳子,乌日勒树被这层冰裹着,有时候裹住半尺厚。谢天谢地,终于到了六月。六月是太阳说了算的月份,除了石头和土,万物都在生长。乌日勒树长出椭圆形的小叶子,新长的枝条从黄褐色慢慢变成红色。乌日勒树的叶子虽然稀,但它有好看的白花。谁也不知道这些白花是怎么想的,后来慢慢变成浅红,有一些变得艳红,你要充当多少种花呢?当然乌日勒花有的白到底,像装酒的白瓷瓶那样白,像被牛奶泡过的花。乌日勒树到秋天要结山丁子果,牧民说到这里要咽一下唾沫。山丁子果为黄色或红色(咽唾沫),酸哪!真是酸(咽唾沫),解酒。

"嘉!"村支书贺西格说。"嘉"是蒙古语中表示"恭敬"的发语词。我们已经喝了很长时间的茶,到牧民家里,进屋就说事不仅唐突,而且不礼貌。说话时没有一个发语词也不礼貌,牧民们认为只有小偷才急到连发语词都不说的状态。那么,"嘉!"贺西格说道,"鲍尔吉巴格西帖,乌力格尔黑勒且!"这句话是事由,也是村干部领我到这里来的缘由,翻译过来是"请把故事告诉鲍尔吉老师吧"。

"亚门日,乌力格尔?"(什么故事?)班波若疑惑地问。

"达不思驮间涅的沃其日。"(运盐的事情。)

"亚门日,达不思乃沃其日?"(什么样的盐的事情?)

"噶林沃其日。"(火的事情。)贺西格说。

"噢——"班波若眉开眼笑,"噶拉乃沃其日,嘉,嘉。"(噢——火的事情,是的,是的。)

他们一起笑着,眼神里表示那都是遥远的事情。班波若用左手食指蘸一下舌头上的唾沫,按在右手背上细小的伤口上,说:"必,噶林督休。"(我,是火的弟弟啊。)

"提默，提默。"大家附和，"塔包勒噶林督。"（是这样，是这样，您是火的弟弟。）

我觉出火的弟弟是一个尊称。关于火的故事从这里开始。

"必宝勒噶林督。"班波若说，"我是火的弟弟。"

班波若是孤儿，他的父母在鼠疫中丧生。班波若当时只有一岁，住在巴林右旗姥姥家，要不然也会在这场疫病中失去生命。那是在一九四七年冬天，班波若的父母去乌兰浩特看亲戚，当地鼠疫盛行。"盛行"的含义是说：这场疫病在人类完全没有察觉的情况下出现在这个角落。如果哪家早上房顶没冒炊烟，进屋看，一家人横躺竖卧全死在炕上，像中了毒气一样。老百姓不知这是什么病，有人吃着饭，突然吐血，死了；有人走着路，倒地死去。但死于鼠疫的人一定接触过其他感染肺鼠疫病的患者。班波若的父母行路口渴，到路边人家找水喝，不过几分钟时间就感染了鼠疫，他父亲坐在路边死去，他母亲被苏联防疫部队的军人抓进车里，肯定也是死了，有人说这部分感染者被烧死了。班波若长到两岁的时候，他姥姥去世，不是鼠疫，而是被洪水冲走了。那时，人像树叶一样，在风中飘着飘着就没了。班波若小的时候站在山脚下看树叶被风吹散，无形的风在盛大的秋天把叶子从树上摘下，送到四面八方。树叶被河水漂走，烂到泥里。树叶子什么时候能回到枝头相聚？这是永不可能的事情，树叶子有来生吗？它们的前生是什么？是树叶子？而来生也是树叶子吗？有好多蒙古歌写孤儿的悲苦，说母爱是人的童年中不可或缺的巨大财富，孤儿偏偏没有这笔财富。孤儿眼里看到的大山边上有一座小山跟随，草原上的大树边上有一棵小树。在他的眼里万事万物都有母亲，唯独孤儿没有。下雪了，大山披着厚厚的白毡，小山也披着同样的白毡。山和山在毡子底下手拉着手。孤儿呢？

你是哪里飘来的露水，
风把你带到什么地方，
露水的身体是一滴泪水，
太阳出来，你就飞走了。

蒙古人最心疼世上的孤儿。他们不允许孤儿到井边打水，不允许他在夜晚放牧。他们看到跟在母马后面吃草的小马驹，看到在母羊身边玩耍的小羊羔，会说"霍日嗨"（可怜般的可爱）。班波若从小就看出世界的孤独。人间有舅舅就有舅母，有叔叔就有婶子，可自己无父也无母。在村里，他并没有父亲和母亲的亲属，他的叔叔大爷、舅舅姨娘都在遥远的通辽，都在那场鼠疫里丧生了。鼠疫是班波若后来才听到的事情，他不怎么相信父母之殁跟老鼠有关。老鼠——在黄土里打洞的贼头贼脑的东西会把人弄死？它们会施妖法吗？如果老鼠不会施妖法，怎么能让行走中的壮汉一头栽倒死去呢？怎么会让两个碰酒盅喝酒的男人第二天死去呢？那时候，老鼠藏在哪里？它在做什么？是在灶坑前做手势或眨眼吗？

班波若从小会做饭，会缝衣。他比别人更懂食物的珍贵。村里的人们来到他低矮的小房子里，从裤兜里掏出米，一把米，两把米，金黄的小米在乌黑的锅底滚动，可以做一顿粥。人们用喝茶的小茶缸送他十多个酸涩的山杏。山杏引发的口水咽进肚子里让胃里更饿。人们送给他一口袋榆树叶，那是一个装四胡的细长口袋。他吃过野兔肉、黄羊肉，吃过土，吃过被雨水泡软的窗框，吃过被丢弃的马笼头。小时候，他每天想，云彩能不能吃呢？如果云可吃，怎么能够把云弄下来呢？他给别人放牛羊，村里七八个人指着自己家的母牛和母羊说，它们明年下了牛犊（羊羔）就送给你。第二年，那些牛羊产犊产羔，成了班波若的财产，但他太小，放不了这些牛羊，还由原来的主人替他放牧。一度,他成了村里牛羊较多的人之一,但这些牛羊在合作社运动中全被充公了,他依旧是孤儿。只是,他放羊或者干完其他活计回家时,家里的炕上,或许是锅里放着米和干粮,不知是谁放的,不是一个人放的米和干粮。在牧区,没有孤儿会饿死,除非这个村的人全饿死了。

　　班波若像一棵山丁子树那样拧着劲儿长大了,脸上带着凝固的表情,好像是春天的冻土。春天,地里虽然已经有草芽膨胀,但地面上覆盖沙土和枯枝。十二岁那年,骑着一匹雪青马的阿穆尔来到他的家。阿穆尔一进门,他宽阔的肩背就把门外的星光都挡住了,当然班波若的门很小,房子也很小。阿穆尔说:"咱们不如到外面谈吧。"班波若用木碗盛上刚煮好的玉米粥,跟他走出去。阿穆尔把双手放在马鞍子上,隔着马对他说:"你去拉盐吧。"到锡林郭勒的额吉淖尔湖,要走一个月。班波若回答了,他手里端的粥碗的热气如魔法一般飘上去,像夜空里有一个东西在吸这些白汽。白汽没等飘一尺高已经融化在夜色里,雪白的星星趴在跟阿穆尔肩膀成一条直线的夜空上,他的脑袋挡住了七八颗星星。他问:"拉盐?怎么拉回来?"阿穆尔说:"用牛车。"班波若说:"好。"阿穆尔说:"你明天哪儿也不要去,在家里等。"

　　阿穆尔所说的"明天"其实就是几个小时之后,在后半夜三点的时候,有人拍班波若的窗子,这是拉盐的人。班波若爬起来,没穿衣服,因为他从来都是穿着衣服睡觉。蓝裤子是哈萨大婶给的,提前在膝盖部位补上双层的黑条绒补丁,屁股上是更大的方形的条绒补丁。他的外衣是一件红秋衣,被汗沤出好多网眼,颜色变成在汤里煮过的红萝卜的色泽。他跑出去,门也没有关。他还在梦里,梦里面他骑一匹马陷进了沙子,他抓起马鬃提马但没起作用。做这些事都不需要关门,也不需要开门。

巴拉珠、博迪、扎格米、仁钦，还有索跃乐，他们全站在牛车边上，像一堵被雨水淋湿的黑黑的土墙。仁钦递给他一件棉袄，班波若穿得跟他们一样厚了。然后他坐在仁钦的牛车里，这是打头的车，有柳条编的车篷，车里还有棉褥子。仁钦这辆车后面拴着十多辆牛车，这是他天亮才看到的。车的形状看不清，牛的角像弯弓一样在夜色里留下剪影而已。木制的勒勒车在草地上行走，没有任何声音。仁钦的车后面即使拴一千辆车也没人知道。

这是六月。六月的草原如同一个少女，它的一年就是一生。六月的鲜草好像是姑娘们前额和颈上的头发，蓬勃而柔软。在六月，河流在夜里白亮地流过去，甚至映出月亮勾勒出的白云的轮廓。夜河装载着云影巡游，夜空该有多么清朗。土地从五月开始膨胀，到六月，泥土已经厚实了很多。土像人的肉一样，会长，也会枯瘠。它们在冬日的暮年全都瘦了。汉诗称"山穷水尽"，或者"山寒水瘦"，这都是得道的话语。水最瘦莫过于初冬，水还是那么多，但膘都没了，失去油光和润气。六月土多，如少女的丰腴，胖不厌人。这时节一切都在生长啊，生长。连小石子都从土里钻出来凑热闹。每一株草都往肥阔里生长，叶叶不败。河水挤满河床，喧哗放浪。你看河床的表情如相亲一般，等着坍塌，等着跟水奔赴远方。好东西都在远方，远方如果没有你要找的东西，那一定在更远的远方。六月的河水丰满而且轻盈，河里的水草如大辫子一样梳起来。白色、黑色、褐色的石子在河底像点心一样摆起来。腥味来了，这是六月的河水的身体的气味，是生殖与养育的气味。人的鼻子觉得它腥，而土地水鸟闻出了甜美。水鸟们，你们像被猎枪击中一样栽进河里，不知在什么时候又飞上天空，喙里多半叼着一条匕首式的短鱼。班波若坐在仁钦的牛车里，他的脊背对着仁钦的脊背，面向后面的牛车。仁钦的牛车是头车，双牛索引，蒙古语叫"手的牛"。后面车辆的牛笼头拴在前车的后厢板上,一辆接一辆。班波若撒尿的时候数过,一共十一辆。"手的牛"后面一牛一车。车队遇到沙丘拐弯,班波若才看到这队牛车的长度,黑黑的剪影贴着地皮行走。高的牛和矮的车看上去很奇怪。迈着大步缓慢行走的牛,犄角拢成圆形,背景是欲白未白的天空。班波若想,这太像做梦了。除了牛脖子上的铜铃声,没有其他声音,六个人都没有声音。天空上的金星越来越大并亮,仿佛代替月亮为牛车照清道路。其实不用,天从四周的地平线白了,像一支画笔在地球和天空之间画出了界限,黑夜自此时逃离。蹲在浅白沙地上的芨芨草露出了轮廓。起得太早的鸟儿匆匆忙忙飞过头顶,飞得很低。这是班波若没来过的地方,灰绿色贴地生长的植物盖不住沙子。沙子被风雕刻成矮的悬崖,或一个个坑,如颓圮的古代城墙。

仁钦停车,后面的牛车都停下来,像沙漠上一具松松垮垮的龙的骨骼。大伙把牛卸下来。仁钦把四五头牛的缰绳放进班波若手里,抬胳膊指五百米外长着一棵松树的沙丘说:"那个后面有水。"天亮了,芨芨草上的露珠闪着机灵的光芒。蜥蜴爬两步停下,仿佛等着人去踩。班波若不会去踩蜥蜴,就像他不去打燕子,不捉蚂蚱一样,这个蜥蜴或燕子如果是母亲,它死了,它的孩子就成了孤儿。可是,仁钦怎么知道独树的沙漠后面有水呢?仁钦是拉盐队伍的首领,叫"火的哥哥"。他掌管走路的路线和驻留的地方。这是了不起的本事,黑夜里或骄阳照射的白天,牛车走在茫茫的草原上,唯有仁钦认识路,而且,他知道哪里有水,供人和牛饮用。在后面的日子里,班波若发现仁钦的智慧来自大自然,你看他小小的、被皱纹包裹的眼睛会观察到许多东西。那个生长着一棵孤独的亚西勒(鼠李)树的沙丘后面,有小鸟盘旋飞翔,这必定是水源地。也许,仁钦并不认识前往锡林郭勒的额吉淖尔的路,是"手的牛"的双牛认识路,这也没什么奇怪。在一个月的旅程中，仁钦并没有驱使双牛朝那个方向进发。仁钦在唱歌、睡觉、喝酒、自言自语，他一直坐在牛屁股后面，他哪里认识路？可是牛是怎么认识的路呢？虽然牛去过额吉淖尔，但风把沙丘挪移了，季节变化了，牛为什么走不错路呢？或许牛在夜晚是按照星辰定位行走的，可是白天呢？草原上几乎看不到山，并没有参照物。有人说牛是看着脚下的草行路的，从巴林右旗到额吉淖尔，五百多公里的路程里面，草的种类依照土质与纬度发生变化，几百种不同的草长到路边，一直延伸到盐湖额吉淖尔。牛懂这个吗？人吃牛肉的时候没吃出牛懂这个，还是仁钦懂。傍晚宿营，仁钦会嘟嘟囔囔跟牛说话，他跟一只歪角的黑牛与白鼻子的红牛所说的话都不一样。班波若凑上前听过几次都听不清且听不懂。这些话一定跟行路有关，仁钦把行走路线提前告诉了牛。但仁钦的声音这么小，牛能听清吗？有一次，班波若听懂了仁钦的话，他声音很大：不要生病，不要拉肚子，不要想家，不要想牛犊子。歪角黑牛出人意料地摇了摇头。当时它身边并没有苍蝇，它为什么摇头呢？

　　沙丘的峰顶像用刀割出一个半月形的浑圆，怀抱清水，水里站着一人高的红柳和比它矮的青草。牛们晃着尾巴冲下去，把沙子踩坍，露出深黄的湿沙子。一头牛竟摔倒了，肋部着地滑下去。但你不必赞美它，这头牛很惶恐，它不懂得游戏。索跃乐、巴拉珠把其他牛牵了过来。班波若仰望这些站在白金色的沙丘顶上的人和牛，觉得天真是蓝。虽然蓝天在早晨并不深厚，但更纯净。博迪拿两只羊皮口袋拎水，拎回牛车，倒进那只一人抱不过来的，用柳树树根凿成的桶里。中午天热了，要往勒勒车的木轴上浇水，要不轴就裂了。饮水的牛像用嘴巴摸鱼，好多土色脊背的小鱼正在岸边摆尾游弋，不知有没有被牛饮进胃里。水鸟被牛惊起，心有不甘，在上空飞来飞去。这是它的家,除了这片小小的湖泊,鸟们哪儿也去不了。班波若不明白,沙子吸水那么快,怎么能托起一个湖呢?别人说湖底下的地里是更大的湖,像大茶壶一样。这片湖只是壶嘴的一点点水,只要沙子在,水永远也不会干涸。鸟一定知道这个道理,要不然它为什么不飞走呢?

饮完牛,班波若他们几个人牵着牛回到牛车边上,仁钦已经把饭做好了。他在沙子上挖个坑,用车上自带的三块石头当锅撑子煮了一锅小米肉粥。石头对远来的车队而言是珍贵的东西。空旷的草原上,有的地方有石头,有的地方方圆几十里也找不到一块石头,路过的牧人把石头捡走堆在敖包上了。他们说石头怕孤单,石头尤其怕在黑夜里孤单。夜空上的星星不也是石头吗?但离遗弃在草原上的石头太远。老人说,你看打石头的人叫石匠,他们用凿子和大锤把石头砸成块,石头死活也不愿意离开自己的家庭。小米粥熬得又黏又烂,仁钦往粥里放了野葱和奶油。呼噜呼噜,他们六个人端着碗,眼睛盯着碗里的粥,嘴上发出呼噜呼噜的声音,像吹奏一种乐器。喝粥者下唇兜在碗沿下,上唇吸气,粥在强大的气流下被筷子拨进嘴里并变凉,他们的前额齐齐冒出汗珠。牛在不远处吃草,牛的上下唇如小孩的手指一样灵活,把草拔进嘴里。"嘉!"仁钦最先吃完粥。他用舌头把碗里的米粒舔干净,再把碗在膝盖的裤子上旋转,是的,碗已经很干净了。他们不愿到河里洗碗,不是懒,而是禁忌。蒙古人尊崇河流泉水,保持水源清洁是他们不变的信仰之一。蒙古人不可以在河流泉水里濯洗衣物。尤其不能将污秽之物投入河里,此状按成吉思汗大律当以死罪处置。如果洗东西,要端盆子把水从河里舀出来在岸上洗,脏水泼在地上而不能倒入河里。这里面没什么迷信,而是成吉思汗的意志。水源洁净是游牧民族或者叫游牧中的军队的生命线。

"又吃过一顿饭,这是人这一生吃过的几万顿饭里的一顿,它们从锅里碗里进了肚子里。世上的东西就这么运来运去。人从饭里得到了能量,而饭的能量是粮食叶子从阳光里得到的,肉的能量是牛从草里得到的,草又从阳光里得到能量,一切都来自长生天。"仁钦说着把碗举过头顶。"嘉!嘉!"他用手抖这个碗,碗壁米粒大小的图案是半透明的,图案边上画着蓝色的缠枝莲花。班波若想象天神正端着米口袋往碗里倒米。天神左手把米口袋捏一个小嘴,右手抬高米袋子,米像湍急的流水跳进仁钦的碗里,但装不满他的碗,因为他的手在抖。抖是求乞之意,而且他嘴里说:"佛爷给的!佛爷给的!"班波若小时候听什么人讲过这样的故事,说世上最珍贵的莫过于装不满的碗。人有了这样的碗自然成就富翁,他会穿上一身破烂衣服,把碗扣到裤带里去,去四方求乞。到了行善的大户人家,主人赏赐他一碗米,但倒进他的碗里只是浅浅的碗底。嗯?嘉!嘉!哪能给人这么一点米,主人脸上不好看,接着往碗里倒米,川流不息,直到太阳西下。班波若小时候被这个故事迷住了,更确切地说是被主人往乞丐碗里倒米的画面迷住了,这有多美呀!难怪有的国王、大臣、刺客都当过乞丐,而乞丐的脸上常常带着难以捉摸的表情,这表情并不是饿的,是因为有碗扣在肚脐上。(班波若向我讲述往事时,展开了他的记忆力和对生活的感受力,他记得童年的天气,人说话的样子,还记得自己当年的心理活动。这样的感受力和叙述方式得益于他小时候听过的民间艺术吟唱的《格萨尔王》的故事,架构了他脑子里的想象力的空间,包括了声音、气味、色彩。他当年的心理活动就是对他所叙述的往事的复调式的插叙,或歌唱中的和声。我甚至想,他为什么不是一个作家呢?)

"嘉!"仁钦说,"咱们火的队伍就这么结成了,六个人,十一驾牛车,去额吉淖尔把盐拉回来。一天走三个包查,每个包查相距十到十五公里,要走一个多月。白天热,牛不爱走,咱们凌晨三点钟起来上路。我是火的哥哥,再选一个火的弟弟。班波若和索跃乐,你们两个属相是什么?""蛇!"他俩一起说出来。"蛇,"仁钦说,"你们两个把裤腰带抽出来,比一下长短。"班波若从腰上抽出来的裤带是一根由衣服的碎布连接成的绳子,系了许多疙瘩。索跃乐的裤带是一根光洁的麻绳。他们比,班波若的裤带短一截。"嘉,"仁钦说,"班波若,你的裤带短,你就是火的弟弟。"

"火的弟弟"直译是"火焰的弟弟",专指拉盐队伍里的第二负责人,由年龄最小的人担任。他是火的队伍里最劳碌的人。车队赶到了一个包查休息的时候,火的弟弟要把牛从车上卸下来,饮水牧草。火的弟弟要为大伙做饭,记账目。他担任的是"塔西拉嘎"的角色,类似于母亲的角色,正如火的哥哥担任着父亲的角色。为什么让年龄最小的人承担这么劳碌的角色呢?老祖宗是这么传下来的。成吉思汗当年的期望是什么?他要把家庭和战斗小队里年龄最小的人锤炼成最有能力的人?或许是这样。至少在火的队伍里,当年当过火的弟弟的人都因为这一角色而自豪过。

班波若听到仁钦的任命,心里兴奋得嗵嗵跳,他听说过火的弟弟,没想到在这样一个早晨得到了这个职位。他看到巴拉珠、博迪、扎格米投过来的目光里含着信任。仁钦抚摸着班波若后脑勺的头发,慈爱地对他笑。班波若好想站起来大喊:"我是火的弟弟!"而他如果站起来,会比平时高很多。他真的站了起来,假装提提裤子,体验自己瞬间长高的身体。青草在坑坑洼洼的地势里现出深绿和浅绿的颜色,里面有冰草、冷蒿和芨芨草,像色调不均匀的毯子,它的尽头是一线青山,被雾包了一半。从这一刻起,"嘎林督"(火的弟弟)成了班波若的新名字。也是从这一刻,他变成手脚勤快的、像母亲一样的人。他用沙子把火熄灭,挖深深的坑把灰烬埋起来,蒙古人认为灰烬会让大地长疮。他把架锅的石头和锅收起来,给十一头牛备好挽套。干这些活计,他一溜小跑,像牧羊犬那样迈着碎步跑。

火的弟弟班波若坐在车队的最后一架牛车上,这是林丹的牛车。拉这驾车的红牛肋骨瘦得像柳编的大筐,它的犄角外移,如螃蟹的大螯。在牛车上,时间成了世上最沉重的东西,它走得特别慢,好像时间需要石盘压榨一下,从磨盘的石槽里榨成汁,缓缓淌在牛车的轮子上,浸在草地里。那时候草长得好,没有禁牧,也没有草围栏,草只按着自己的意思长。班波若说,他们七月份从额吉淖尔回来,勒勒车的大木轮子不知碾压了多少野生的浆果,轮子变成了紫红色,回到家里三个月都不褪色,那是努力的颜色。去额吉淖尔没有路,那时候没听说世上还有公路,"一"字的地平线在远方,你可以赶车去任何地方。好像任何远方的尽头都藏着命运,当然是不同的命运。命运用绳索挽成套,准备套住路过的人去经历它们设定的遭遇。拉车的牛与其说行走,不如说在左右摇摆,牛的钟表是短短的摆来摆去的尾巴。人坐在这样的尾巴后面,觉得路途何其远,时间绝不会超过牛尾摆动的频率。这样的旅途研磨的不是时间,而是人的性子。人对生命的体悟是从慢而不是从快中来,打坐就人的感受而言,不就是一种慢吗?总有一天,人能穿过一层层固化的外壳,听到内心钟表的嘀嗒声。那时候,你还能听到自己血流的声音,此时你已经归你自己管了。蒙古人从小就经历着时间的打磨,他们不爱说话,他们在沉默的时候,眼神和表情分明在与内心对话,但没有人知道他在跟谁或什么对话,也不知道对话的内容。他们在荒原里的表情肃穆刚毅,这是与自然对话的表情,他们跟人对话的时候,那一种微笑好像已猜出来你要说什么。或者说,他们认为人无论说什么都是微末的,并不比大自然的风声更有价值。他们认为"理"

是由大自然制定而非人类制定，完全没必要让人类用太多的语言阐述自己的"理"。而语言——蒙古人认为——的妙处是说笑话，是讥讽，是赞颂祖先的恩德，是滔滔不绝地讲述马的毛色、行走速度，唱歌的时候充当歌词。歌词是民歌里的骨头。说它是骨头不等于它多重要，肉和筋长在骨头上才重要，它是旋律和唱法。蒙古人听长调，如醉如痴地吃掉了歌里的肉和筋，把骨头白白净净地摆在碗的边上。蒙古人节省话语，从古到今，他们省下了无数话。按成吉思汗大律，撒谎的人按其撒谎的后果可处死罪。蒙古人不撒谎是因为他们不敢撒谎，时间长了就成了集体人格范型。这个民族在古代是军事种族，信息的准确性决定着他们的集体生死——撒谎？怎么能撒谎呢？在北亚，大自然的残酷性多于它的仁慈，关于天气、关于迁徙、关于牲畜的信息决定着他们的命运。蒙古人小心翼翼地生活在诚实里，他们没有可以欺骗的对象。你不能去欺骗山，不能欺骗河流和青草。你唯一可以欺骗的是生耳朵的同胞，却因此失去信用。在茫茫草原上，失去信用意味着得不到任何人的帮助，这是一条死路。话语在草叶上生长，随着云的影子移动，话语像河里的浪花，刚形成就被水冲走了。

拉盐的车队走在下嫁巴林王的清代固伦公主出资修建的巴林桥上。班波若第一次看到天下的大河——西拉沐沦河。河水像黄色的大朵的云从东边奔涌而来，如此宽阔的河床仍然装不下这么多波涛。班波若惊呆了，他想不出大地上竟然有这么多水。这些水如此急速流走，仍然余下同样多的水在流，连浪的形状都相似。这些水如果不是从天上掉下来的水，又是哪里来的呢？这些水扭转、挣脱、抢夺，啸声传出几十里之外。这是干什么呢？如此洪流冲泻而下，大地上哪儿能装得下呢？牛车随着前面的牛车走过巴林桥时，班波若不禁胆战心惊，他不敢坐在车上，觉得这座石桥随时会被河水冲垮，人坐在车里，连怎么垮的都不知道。他下了车，双脚感到石桥的颤动，石桥仿佛加上他行走的震动会垮得更快一些。他又回到车上，闭着眼睛等着桥垮时的轰隆声传来。眼睛有眼皮就是好，可以不看不敢看的东西。他睁开眼睛，是因为感觉屁股底下的牛车轮子又走在柔软的草地上了。是的，车队过了桥，而且桥没垮。班波若回头看，西拉沐沧河依然呼啸奔涌。水，我们喝的水，雨后在酒盅大的坑里静卧的水，在锅里煮粥的水，悲伤时从眼睛里流出来的水，水竟会汇成如此强大的河，班波若永远也忘不掉这个经历。西拉沐沧——黄色的河，只有它才配得上这么悲伤的名字。

少年人如果投身大自然，栉风沐雨，他的生命会像野草一样蓬勃，像树一样顽强，心灵像马一样自由。大自然包含的不仅仅是美，所谓美是人在心里编织的感受，即人的感受。暴雨美吗？在胡沁塔拉草原，班波若和他的伙伴们，经受了一天一夜的暴雨的洗礼。对了，暴雨的事情也是水的事情，西拉沐沧河流过的水只能是从天上降下来的洪流，一天一夜的暴雨足以灌满一百里的河床。雨降下来。草原的路变得泥泞，牛停下脚步，垂首不动，雨滴组成笔直的白花花的墙，砌成无数个墙面，把人和物囚禁起来。班波若睁开眼睛，地面全是雨水激起的水泡泡。水越积越多，水泡越来越大。他和伙伴们前后推动或搬抬陷进泥沼里的牛车。当这场雨连续下了七八个小时之后，你感觉来到了地狱。班波若真的觉得这就是地狱，他仿佛听人说过，地狱里除了火，还有汪洋。是"手的牛"领错了路，把车队领到地狱里了吗？当时他没敢问这里是不是地狱，不吉利。蒙古人忌讳说晦气的话。

雨水是上天的恩赐。这个时刻，也许只有他们六个人和十一头牛不需要水，其他万物都把水当成了滋养，石头被雨水冲刷得如同玉石。河床蓄满了水，像谷仓里装满了粮食。大地松开了裤带，把水藏在人类看不到的地河里面，沙漠也趁机蓄满了水。水从班波若的头发落下，他的头发一直在滴水，身上吸满雨水的棉袄比铁皮还沉重。他脚上穿的手缝的蒙古布靴里面灌满水，脚趾被由于雨水浸泡而变硬的靴头磨坏了，疼得钻心。他们走着，用手牵着伫立不动的牛的笼头，强迫它走，因为看不到天上的星辰，仁钦找不到避雨的地方，草原原本无处避雨。他们浑浑噩噩地走了七八个小时，停下来休息。车队里只有仁钦的车有篷，但他的车厢灌满了水。索跃乐干脆趴在地下睡觉了，肚子挨地，头枕着一堆草。班波若双臂趴在牛背上睡着了。其他人是怎么睡的，谁也不知道。班波若醒过来是因为闪电，白光落地，好像天空为大地栽了一棵弯曲的树。之后，天空栽下无数棵闪白光的树，雷声大作，天已经完全黑了。班波若不明白，雨已经下了一天，还需要重新打雷吗？在闪电照亮四野的瞬间，班波若见到雨柱依然湍急如幕。他觉得雨可能就这么一直下了，没人说雨不可以这样一直下，这是天的事情，人间管不着。班波若害怕闪电的白光，他觉得它可以摄走人的灵魂。他趴在牛车底下，身子下面全是水，双手可以感觉出雨水变成小河从指缝流过。他用手摸泥、摸草、摸车轮的铁钉子。他听到满世界全是哗哗的雨水声，想起西拉沐沦河的波涛。雨大到这种程度，好处是随便撒尿，身体甚至不需要动一下，大腿根被尿液温暖了一小会儿。后半夜，他爬出去找仁钦，看他正靠在勒勒车的轮子上打盹。班波若问："雨什么时间停？"仁钦说："你觉着眉毛可以遮住雨水，眼睛能睁开的时候，雨就快停了。之后，星星也就要出来了。雨停了也没什么用。"仁钦说，"我的烟草，这一个月的烟草全被淋湿了，我现在用回忆代替吸烟，但没什么作用。"班波若拖着沉重的靴子回到自己的牛车旁，学着仁钦的样子靠在车轮上，想象眉毛是否能遮住雨水。雨更大了，像有人用瓢舀水泼在他的身上，吸气甚至可以把雨水吸进鼻孔里。他睁眼看,天空根本没星星,或者说头顶根本没有天空。这个黑夜里,人好像浮在海上,伸出手,到处是海水。雨水落在一切地方,继而下淌。大地要有多大的胸怀才能接纳这些水,大地用水填平所有低洼之处,然后呢?大地在等待积水一寸寸上升,变成海吗?班波若觉得水已泡到了他的后脑勺,沿着他的肩膀、胳膊、大腿做了一个篮子,自己正躺在篮子里。这样躺着也很舒服,牛车替他挡住下落的雨水,积水减轻了衣服的重量。他梦见自己变成了鸭子,诧异:他变成鸭子之后,他们还认得他吗?一个鸭子怎么可以赶着牛车去额吉淖尔拉盐呢?他环顾周身,肩膀和胸脯上长着结结实实的羽毛,一根贴着一根,闪着黑绿色的、褐色的光。班波若在梦中恍然大悟,原来鸭子就是这么来的,它们本是人,被雨淋成了鸭子。班波若想把这个发现告诉别人,同时想说,如果他看到身边有其他鸭子,必定是仁钦、巴拉珠、博迪、索跃乐。想到仁钦已经当这么多年的人,再当几年就结束了,却半道变成了鸭子,班波若不禁悲伤起来,悲伤里包括牛车也没有主人了。在草原上,牛们拉着车漫游,却没有主人。这是最悲伤的事情,下雨前应该把它们卸下来。班波若在梦中哭起来,觉得自己发出"呷呷"的声音。当年班波若在胡沁他拉草原的夜里哭醒过好几场,最后一次哭醒时,周围一点声音都没有,静得让人心慌。雨停了?雨还会停吗?班波若从牛车底下爬出来,他身边的水发出牛粪味,他抬头看到天上布满了星星。

  在班波若心中,那是最美丽的星空,他至今说起来脸上仍然充满向往——星星如白色的果实,挂在看不清树杈的巨大的夜空的树上,原来夜空是一片果树林。星星躲在隐形的树干和树叶后面。此时的夜空多么干净,像一个大玻璃罩子,前方即遥遥,后方即邈邈,左右均此。班波若像一位科学家那样准确地感受到,人们只住在这颗名叫地球的小行星上跟其他星辰远远相望。他觉得自己的心胸开阔起来，他忽然悟出人类和地球的渺小，心胸一下子开阔了，就像蚂蚁有机会登上山顶瞭望山下旷野，一定也有这样的感受。大地如此寂静，班波若看到夜空在头顶上蕴藏着最深的蓝，仿佛那里是海底，蓝在眼睛的正前方变薄了，连接天际的地平线有一线微茫的白光。牛还像雕像一样伫立，不知是睡是醒，它们已经一天一夜没吃草了。凑到近处看，勒勒车的轮子已被积水淹没两寸深，如同下沉。再看，索跃乐和巴拉珠光着腚在拧衣服上的水，在黑夜里，这两个人的后背和腿还很白呢。班波若太羡慕他们了，这么好的事情，自己怎么没想到呢。他开始脱衣服，用腿把裤子踢掉。风吹在他的脊背和脖子上，真舒服。班波若开始跑，听脚下积水吧唧吧唧的声音，多好。动物们就是这样，让风吹过裸体，夜不会把这些秘密告诉别人。回头看，索跃乐和巴拉珠在一处水洼洗衣服，他也找了一个水洼洗自己的衣服，把衣服放水里，用脚踩了踩而已。天色白起来，或者说他们的身体白起来。索跃乐和班波若年龄小，胳膊像两根细木棍在肩膀上垂下来，巴拉珠二十多岁了，他身上肌肉起伏，看上去就有力量。

  穿上衣服。走了。仁钦走过来，手里拿着牛皮绳子，他的衣服像夜一样黑，闪着光亮，脖子露出白颜色，牛车朝未知的前方缓缓前行。雨停了之后，青草发出悦人的气味。草在大口呼吸，仿佛融合着星星的光芒。在牛车的摇摆中，大地如果是一口黑锅，锅盖被一点点掀开，白茫茫的光从四周透射过来，而锅盖酝酿为云层，愈来愈薄。老牛的耳朵和角显露出来，一墩一墩的芨芨草像汉地收割好立在地头的谷子把。更多的光到达草原，草地上积水的水洼如无数个镜子反射天光。俄而，天边的锅沿染上红晕，仿佛有火从红晕后面烧掉了妨碍天亮的积云，更多的光漫入大地。班波若看到草地换上了成千上万的金红的镜子。这些水洼里如同浇入了铁水,燃烧由红转白。天哪,大自然是这么神奇,它不说一句话,却办这么壮观的大事。这个天,眼下天边的云层卷了又卷,红霞开始如马群那样列阵而出。而它昨夜与昨天正下混沌的大雨,不知它从哪儿弄来的如此巨大的雨水,如同不知它从哪儿弄来的像锦缎一般的云霞,一匹一匹在东方晾晒。

他们走近了一座山坡,山头在很远处,看似平缓,但脚下走每一步都费力,草原上常常有这样的山。停下了,仁钦摆手,他说要祭拜,不能无声无息地走过去,那不像样子。仁钦掏出一个锡酒壶,捡一块石子放地上,往石子上倒了一点点酒。倒多了他舍不得。巴拉珠转来转去,从牛车的毡子底下找到一块包蜡纸的糖果放地上。每个人都要把身上的好东西掏出来,献给这座山的山神,但班波若、博迪、索跃乐和扎格米身上都没有好东西。你们去捡点石头过来。他们走很远才找到一点小石头,但扎格米找到了一块半紫的鸡血石。它被雨浇得露出了真容。那时候,草原上或能见到冻石或鸡血石,蒙古人不捡。有一种传说:捡了旷野上的鸡血石,将见不到临终的爷爷奶奶。这样的传说无非是劝谕牧民别对大自然启动偷窃心,让自然的石头待在它自己的家里。他们跪下,仁钦口诵赞词,大意是,山啊,你是好看的、富有的、长寿的山,你拥有来自四海的财宝。山啊,我们是拉盐的队伍,赶着牛车去额吉淖尔。路过你这里,我们下跪,乞求你允许我们从山坡上走过去,并保佑我们顺利,我们以你之名一定会走到额吉淖尔拉上盐并顺利地回到我们的故乡。我们把我们的礼物奉献给你,你一定会高兴地接受我们的跪拜和礼物,你仍然这么好看、富有和长寿,你是充满神通的、了不起的山。他们咚咚咚磕头,而后过了这个山坡。班波若走在车队最后,他看见车队逶迤而上,似乎从山的右侧胳膊爬上去了,山神在山头或山头的云里微笑。那时候，班波若得知自然界确乎有神灵存在，他经过西拉沐沦河与遭遇胡沁塔拉的大雨也感知了这一点。人不能因为你的眼睛看不到就否认别样的存在。

他们登上了山坡，班波若回头往山下一看，觉得自己的心胸瞬间变得像河床那么大，可以跑过马群。山下并没有什么，但有土地美妙的起伏，长满青草的丘陵用柔美的曲线穿插呼应，像歌声一样抬高又降下去。月光从脚下一直往远处延伸。月光快速爬过山坡，穿越包括灌木的露出地面的石砾丛，穿过低矮的山杏树林，到远处，到云朵和山峦混合一体的地平线上，用不了咳嗽一下的时光。要是走的话，不知要走上几天。他才知道，拉盐的人有多幸福。幸福是一块块砖头，寒冷是一块砖，热粥是一块砖，暴雨是一块砖，日出和从山顶下望草原都是一块块砖，旅途把这些砖放在拉盐的人的背上，让他们悲喜交集地行走。上年纪的牧人，比如四十多岁的仁钦、三十多岁的扎格米都没有流露过悲喜，他们觉得这不过是生活，顺应就是了。在他们的脑海里，从来没有"顽强、英勇、克服"这些话，蒙古语古老的词汇里也没有这些夸饰的词，蒙古人的相关词汇是"忍受、顺应、努力"，如此而已。人做的一切在上天看来实在算不了什么，你如果拿放大镜看地上行走的蚂蚁，会觉得它是一个穿戴铠甲、气势汹汹的武士。可是，谁拿放大镜观察过蚂蚁，谁把蚂蚁当作过武士呢？

太阳升起来，阳光是一簇簇滚烫的小金针，扎进脸和手上，才八九点钟，蒙古高原的阳光已经强烈得让人睁不开眼睛。山下的草地像一块块完好铺开的地毯，是新地毯，没有一点旧痕迹。班波若回头看，吃惊地发现仁钦露出雪白的屁股，他把裤子摊在灌木上晾晒，接着脱掉上衣躺在地上伸手展腿晒太阳。他的身体难以置信得白，像糊上去一层白纸，而胳膊和脚却黑得如同烧焦了。其他人也模仿仁钦，衣装尽去，晒太阳。班波若觉得此举很诱人，但不敢脱衣服。他差不多尽了最大的努力与自己的羞耻心做斗争，迅速脱下衣服，但趴在地上还是要保留一些耻感，晒晒屁股就可以了，主要是为了晒衣服。大人们并不看班波若瘦弱的裸体，他们竟然会睡着了，打起呼噜。班波若缓缓转过身，让太阳晒晒肚子。他觉得太阳又升高了一截，脑袋里冒出一个和伽利略、哥白尼一样的念头，他觉得大地在运转，而太阳也在转。班波若悄悄站起来，看他们五个人裸体躺着，他想象这五个人死去了，被人剥光了衣服。过一会儿，鹰就来啄他们的肉。班波若问过村里的老人，如果羊倌在荒野里睡着了，鹰会不会下来啄他的肉？老人说，不会，鹰耐心地在天上飞，在远处的山崖上坐着观察，确信他真的死去了，才会啄他的肉。班波若问，如果羊倌一动不动，老鹰怎么知道他没死呢？老人说，在老鹰和所有动物眼里，活人身上有一层光包着，人死了，光就没有了。

半个多月过去，班波若觉得生活应该就是这样子——天没亮赶着牛车行走，看太阳升起并落下，看月亮圆了又变成月牙。他们去一个名叫额吉淖尔的地方，谁也不知道这个地方在哪里，但仁钦和双牛知道，班波若的筋骨硬实了，腿和胳膊都比过去有力量。每走一个包查，牛车休息，他要喂牛，做饭，打水，其他人吸烟谈天。他的任务包括捡干柴，把干柴用羊皮包好以免淋雨。夜里宿营，仁钦给他唱民歌，讲民歌里的道理。他唱一首民歌，歌词是："说起来山呀，小山在大山的怀抱里。我走在无尽的草原上，想起了如果母亲在前方，我就拿膝盖当脚，跪着走过去叩拜。"仁钦说："人在世上，但凡有一口气，就要感恩自己的母亲。世界这么广阔，这个星星啊，大地啊，没有生命是看不到的。是母亲把你领到了这个世界上，让你看到了这些。母亲给了你眼睛、耳朵、四肢和嘴，这是多大的恩德啊。没有母亲给的嘴，你怎么能吃到饭菜的香甜呢？""你的父母没了，只是他们的身体没了，灵魂还在呢。你感谢和想念他们，他们会高兴得掉眼泪呢。"班波若觉得夜空上浮现出父母的脸，这时候，有流星划过，想想没错，流星就是父母的眼泪。仁钦唱："成吉思汗的八匹骏马，会飞的蹄子让青草发芽，积雪融化。用山川做骨肉的白马，用河流当血液的白马，驮着成吉思汗走遍天下。"仁钦说："蒙古人是来自四面八方的人，原来各有各的信仰，有信星辰的，有信鹿的，还有信狐狸的，他们因为成吉思汗的统领变成了'蒙古'，变成信仰长生天的人，成吉思汗成了所有蒙古人共同的祖先。除父母，人活着第二个不能忘记的人是成吉思汗。尊崇与怀念他，蒙古人会永远吉利。"仁钦说"青，给思，汗纳"（成吉思汗的东部蒙古语发音，其他地区还有"金格思合汗，金给思汗"等发音。"纳"字有口型，不发音）的时候，他抬起头，仰望天上的北斗星。北斗星排列成一个勺子，是要舀起大地的海水吗，还是把天水浇灌给大地？没人知道天神的意志。仁钦说："北斗星上住着神灵。神灵总要有一个住的地方，在那里睡觉、喝茶。"班波若问："北斗星上住着多少神灵？""几万个总是有的，"仁钦说，"有时候神灵出门了，上面的神灵就少了。"班波若问："神出门去了哪里？"仁钦惊讶地说："这还用说吗？神灵到我们这里，帮助河水化冻，让小虫子醒过来，让大花朵打开花瓣，把小鸟从南方撵到北方。神灵让风从东边吹到西边，从西边吹回东边，花粉都有了去处。让风吹到北边，吹到南面，吹到西南和东南。神有好多事情做，神让花椒的种子辣嘴，花椒树就不生虫子。让杏变甜，让山杏变苦，每一件事都不能弄错，我知道你会问，神灵干不过来这么多的事情，所以我说天上有好多神灵，山有山神，水有水神，小虫、草和云彩都有各自的神，明白了吗？"

北斗七星如同浮在海上的雪白的岛屿，那里清凉，风吹过星辰的白银大地，所有的酒都在酒杯里微微颤抖。那里的树叶子大得可以遮住一座房子。神在房子里透过琥珀的墙壁向下界观望，水或河流像鸟一样飞起来，化成雾也不难。这是仁钦对北斗星的描述。他说："星辰上的火苗是绿色的，像树叶一样。"班波若对这句话的印象特别深。"成吉思汗也住在北斗星上吗？"班波若问。"是的，"仁钦说，"黄金家族的可汗都住在北斗星上。他们骑着白马在星星上的群山巡行，头盔的金顶子是星星里的星星。"是的，班波若努力往星星上看，想看清可汗和可汗的白马，还有金顶子。他从小就听过老人告诫，夜里到外面撒尿，不可以对着北方，因为北方的星星上住着神。

"好多人，"仁钦说"在寻找成吉思汗的陵墓，改命（"革命"音译，指国民革命军）在找，亚贲（日本）在找，罗刹（俄国）在找。他们糊涂，成吉思汗是一个战略家，一辈子打仗，怎么会让别人找到他的陵墓呢？"班波若问："那么他真实的陵墓在哪儿？"仁钦惊讶地睁大眼睛，他手里烟锅的红火炭比星星更亮。"成吉思汗没有陵墓啊，可汗告诉别人，他死后埋在草原的黄土里，用马群踏过，第二年长出青草，大地就恢复了原貌。"班波若问："谁也不知道他的遗体埋在哪儿吗？"仁钦压低声音（在空寂无人的草原上，没必要压低声音），说："当然有人知道。当年，他们把成吉思汗的遗体埋在草原的黄土下面，用一万匹战马踏过。他手下的人在埋葬圣主的地方当着母驼的面杀了一只驼羔，母驼被绑在装满石头的大车上。第二年，母驼还会来这里找幼驼羔，一边流泪，一边嗅驼羔的血。这就是成吉思汗的埋葬地。"班波若问："知道这个事的人多吗？"仁钦说："不多。"班波若问："现在有人知道吗？"仁钦说："有。"班波若问："他们会对外面说吗？"仁钦说："不会，绝对不会。"班波若问:"这个地方在哪儿?是鄂尔多斯吗?"仁钦说:"蒙古人不应该问这个问题。"班波若问:"你说过,成吉思汗住在北斗七星上。"仁钦说:"是的,他住在星星上面。"

没在牧区生活的人会觉得草原之夜美妙而浪漫,事实上,草原之夜很糟糕。美丽的星月遥不可及,可及的是蚊虫叮咬。这是拉盐人难以忍受的痛苦之一。它们永远在叮人,永远在嗡嗡。没有蚊帐,没有防蚊油,当人被叮得麻木了,皮肤表面全是包的时候,这件事就不是事了。班波若害怕的不是蚊子,而是狼。他们走到西乌珠穆沁旗的时候遇到了狼。狼出现后,不是人,而是牛哞哞地叫起来。这时,他们发现狼的草黄色的身影在草丛里闪过,离牛车不远不近,在车队左侧、右侧和后面跟随。班波若吓坏了,他从最后面的牛车跑到仁钦的牛车上。仁钦悠闲地说:"没事,狼不吃蒙古人。"班波若身上发抖,狼饿了,还分什么人吗?牛车跑也跑不快,只好这么磨磨蹭蹭地走,草丛露出狼的耳尖嘴脸。他们走过这片开阔地,进入一个狭长的山谷时,狼驻足不前。班波若回头看,一片狼坐在他们走过的地方看他们,如送行。"狼在干什么?"班波若问。"狼在看我们。"仁钦说。"可是,"班波若问,"狼为什么不来吃我们?"仁钦说:"狼不吃蒙古人。狼,"仁钦告诉班波若,"是最聪明的动物,谁是谁,它们心里清楚。再说,人肉不好吃,因为人什么都吃,内脏,味道不好。"班波若问:"它们不吃,怎么知道味道不好?""嗨,"仁钦乐了,"味早就传出来了,几里地之外,狼就闻到人的味道了。它们过来看看,看人走路,看牛拉车,狼看这些就像看杂技一样,它们觉得人是很滑稽的东西,穿着衣服,套着牛拉车,还抽烟,还打喷嚏,真是滑稽。你不觉得人滑稽吗?"仁钦问。班波若不觉得人有什么滑稽,既然他这么问,就觉得人滑稽,于是说:"站着撒尿也滑稽。"仁钦哈哈大笑,后来,仁钦把班波若这句话告诉了很多人,很多人都哈哈大笑——站着撒尿,多滑稽。

山啊,水啊,像云彩一样飘过去,天上一日一月轮流陪伴。额吉淖尔还没到,问仁钦还有多远,仁钦说谁知道,说到的那天就到了。在到达额吉淖尔之前,他们来到了博格达山脚下。博格达山是圣山,是祭奠成吉思汗的山。蒙古高原上——包括蒙古国、俄国境内,有许多以博格达(宝格达)命名的山,在蒙古人心目中均有神圣的地位。这一座博格达山不算高耸,但平坦的草原上出现这样一座山让人敬畏,它像一位大可汗伸展双臂放在椅子扶手上,静默地注视着草原。仁钦、扎格米、博迪、索跃乐、巴拉珠不知哪一会儿换上了新衣服(蒙古袍,他们竟带着蒙古袍?)仁钦和扎格米戴上旧的毡礼帽。他们像变戏法一样拿出了糖块、奶豆腐,这在当时是多么奢侈的食品。他们把食品放在蓝绸子的哈达上,朝山上的敖包走过去。石头垒的敖包上系着风马旗,在风中急速飘抖。班波若从未在这片草原上见过一块石头,垒敖包的石头是从哪儿来的呢?仁钦、巴拉珠、扎格米他们手捧哈达把礼物敬奉在敖包的石块上,把哈达系在拴风马旗的绳子上。班波若不仅穿着旧衣服,手里也没有礼物。巴拉珠把地上一块石子给班波若,说:"这就是礼物,心意是一样的,山神知道你是小孩。"班波若把小石子塞进敖包的石头缝里,跟大人一样下跪。巴拉珠念诵祝赞词:"庄严漂亮的敖包矗立在了不起的博格达山上,飞鹰是你的信使,走兽是你的仆人。你的恩泽广披大地,草木因你而繁茂。我们献上礼物,请收下,并请神灵保佑我们的草地按时返青,保佑万物安稳地生活。风调雨顺,天下吉祥。呼来!呼来!(祝词结束语,意如:如此,来吧,此愿已成)"班波若抬头看,蓝天如系在绳子上的蓝哈达那么蓝,衬着白色的石块,极为神圣。他觉得身上的血涌上心口窝又分流到四肢,敖包真有摄人的力量。

班波若对我说，牧区每一个敖包里面都埋着这个地方生长的五谷，有这个地方的土壤和所有河流的水，还有金银器。它是神灵与凡人沟通的处所。女人不可以祭拜敖包，可是，班波若说，多年以来，人们在唱一首名叫《敖包相会》的歌，真是荒唐而且不吉利，蒙古男女怎么能在敖包边上约会？汉人男女能在寺院里约会吗？这是谁写的歌词，怎么能写这样的歌呢？

祭过敖包，仁钦拿起一块奶豆腐，掰一角给班波若，说："祭过神的奶豆腐是天赐的食物，吃吧，吃了长福气。"大家都欢喜地吃"天赐的食物"，每人只吃一点点，多的留给敖包神。班波若对仁钦说："我可以拿两块糖吗？回去给我父母上坟。"仁钦说："当然可以，这是多好的主意啊。"

他们接着走，遇到过同样的暴雨，遇到四处找水却找不到的困境。全由木头构成的勒勒车坏了，木匠仁钦却在草原上找不到树，他派班波若去找树。当班波若找到树，砍下来往回背时却迷了路，在沙漠里昏睡，是巴拉珠找到了他。他们遭遇过冰雹的袭击，人躲在车下，一头牛竟被砸昏过去。他们遇到几千条蛇迁移，蛇像河流一样横在草原上爬行，他们为此等候了一个多小时。他们还遇到了洪水和山体滑坡，除了星星没有下凡袭击他们，这只拉盐的队伍经受了大自然发的所有的脾气。其中最可怕的是洪水。洪水跟河流当然不是一回事，它虽然是水，但来得毫无征兆，像马群一样快。洪水来了，人往哪里跑？平坦的大草原，人能跑到哪里呢？就算人跑得脱，牛车怎么跑得脱呢？那一回是下雨天，雨不大，说蒙蒙细雨也可以，他们刚刚走进了一条峡谷，从这边看，峡谷对面的天像锅底一样黑。仁钦突然示意停止行进，他趴在地上倾听，像狗一样嗅空气的气味，说："快退回去，洪水来了。"仁钦拼命赶牛快走，他像疯了一样。"哪里会有洪水？"大家笑了，觉得仁钦中了邪。仁钦大发雷霆，挥拳顿足，众人急忙按仁钦的意思退出峡谷，把牛车赶上一个高坡。班波若听到轰隆隆的呼啸声，少顷，巨大的浪涛从峡谷冲决而出，浪里卷着成根的榆树，浪头离地有三四尺高。此时车队如果还在峡谷里行进会被洪水冲到岩石上摔得粉碎。众人的脸色都变了，像傻子一样看仁钦。仁钦闭着眼睛，手捻玛尼珠诵经。也就是说，当山这面下蒙蒙细雨的时候，山那边已是暴雨如倾，变为山洪冲决而下。班波若说，这场洪水像巨人喝醉了的呕吐物一样，来得快，走得也快。天很快晴了，冲入山下的洪水已不知去向，草原上只是多了几百个温柔的、眼波烁烁的水泡子而已。空气变得清新，峡谷传来鸟鸣，像什么都没发生过一样。火的队伍默默地从峡谷走过去，谁都不说话，但谁都知道，他们现在走的曾经是一条死亡之路。可是，石头缝里伸出雏菊的紫色的花瓣，它太柔软了，洪水冲不走它。雏菊得意地在风中摇晃，好像躲闪野蜂的捕捉。

　　七月十四或者十五，班波若说，他们终于到了额吉淖尔。是的，在他们走了二十六天之后，额吉淖尔盐湖出现在他们眼前。那天是多云天气，一排排银色的云朵像受到挤压一样从灰色的云层中绽放出来，额吉淖尔也是灰色的，它沉静地铺展在草原上，远远地看上去，它的水流凝重，没有常见的浪花。这是蒙古人用额吉（母亲）命名的一个湖，淖尔的意思是湖。湖水里有盐，盐是跟血、跟命有关联的物质，而蕴藏盐的湖却在北方的正北方向，这些盐里藏着命，让牧民如此艰难地把这些盐粒运回家。如果这个湖不叫额吉淖尔，又叫什么呢？湖边上扎着好多蒙古包，牧民从哲里木，从呼伦贝尔，从昭乌达来到这里拉盐。蒙古包边上停着许多勒勒车，也可以说停着望不到边的勒勒车。拉盐的小队伍有十几辆车，大队伍有上百辆车。夜晚，蒙古包前篝火燃烧，烤肉的香味遍及四野。倒映在盐湖里的星星的影子模模糊糊，好像被盐糊住了光亮。那么多篝火在湖边错落燃烧,像一只举着火把的队伍巡行。到达额吉淖尔的蒙古人倍感幸运,额吉淖尔,这是多么深情的名字,这么多人进入母亲的怀抱。他们需要饮酒欢娱,需要畅谈。平日里沉默的蒙古人在此交流各地的雨水的情形、马的情形和草的情形,共同赞诵祖先的恩德,让他们遇到了盐,他们可以随便装载多少盐运回故乡。歌声随便在哪一个蒙古包里唱起,锡林郭勒的长调如草地上的河水一样弯弯曲曲,巴尔虎民歌有森林气息。人们围着盐欢乐,这是人类最纯朴的欢乐。他们到达的第二天,天蓝得晃眼睛,蓝其实是刺激视力的色彩,而盐——白花花地堆在岸边,比蓝天更晃眼睛。牧人说,额吉淖尔的盐一直在生长,这些雪白的棱柱抱在一起,形成簇状,真像是长出来的东西。他们用特殊的铁镐刨盐,把盐搬上车,两天时间装满了十一个牛车。当然,在刨盐装车之前,他们跪拜了额吉淖尔,把从当地商贩那里买来的酒和新鲜的牛奶、红糖献给了母亲湖。当车队从额吉淖尔启程往回走时,班波若回头看这个湖,他觉得自己长大了。

　　长大了,班波若说,他想过——一个人长大了,是什么长大了?是他经历的苦难多了,忍受的能力强了。大自然和对于祖先的信仰让班波若有了勇气。在牧区,没有勇气的人是可悲的,是被大自然淘汰的对象。不止牧区,在任何地方,没有勇气的人所拥有的只能是沮丧。在回来的路上,好像是在路过温都尔宝力格的时候,班波若回忆说,他跟索跃乐打了一架,他们两人的脑袋都打破了。打架的原因跟饮牛有关。索跃乐跟他争执,之后用盛饭的木勺子砸在他的额头上,出了血。班波若用一大块盐把索跃乐的鼻子打出了血。他们打架的时候,仁钦这些人在一边观看,脸上没有表情。还有两个人牵牛吃草去了。我问:"大人们为什么不劝阻呢?"班波若笑了,说:"两个孩子打架嘛,没有是非。蒙古人相信每个人自身的各种经历都是教育的源泉,包括打架的经历。我们两人打呀,骂呀,总会停下来,会哭,会在心里想这件事,找出头绪来。如果有人劝架才是不公平,仇恨不通过筋疲力尽的搏斗是不会消散的。看我们停下来,仁钦找来一大泡牛屎,敷在我和索跃乐的伤口上,真是舒服,热乎乎的,止痛又清爽。"

拉盐的队伍回到家乡沃森花的时候,用了二十三天,修车耽误了一天。车队越过北面的山坡到梁顶时,山下就是家乡的村子,班波若高兴得流下眼泪。连他自己都不知道,他竟然这么想念家乡。沃森花的草原正是野花盛开的季节,野花从山坡开下去,一直开到房舍边上。村里的房子小而矮,房子边上的拴马桩和勒勒车被雨浇成黑色。房顶冒着似有似无的青烟,那是人家烧茶呢。班波若想到捧起家里的茶碗有多么美,沃森花的水煮出的奶茶最好喝。木碗的花纹跟双手的掌纹相遇,是朋友相遇。班波若觉得自己肚子里的话突然多起来,有好多话要跟村里的人述说,分享他的经历。仁钦说:"停车吧。"他让大伙坐成一个圆圈儿,说:"火的队伍看到自己村子的影子时,要开一个会。按照祖先立下的规矩,我们进村之前,要忘掉这一次所有的不愉快、恐惧和烦恼。打过架的人,要忘掉仇恨。"在他的示意下,索跃乐走过来紧紧地抱住了班波若,班波若觉得心里真的有一个地方融化了。仁钦说:"这一次去额吉淖尔,火的弟弟班波若是管账的,你把账目说了一下。"班波若把谁欠谁多少钱说了一遍。仁钦说:"回到家,我们要把欠别人的钱如数还给对方。按规矩,我们每个人都要送给班波若一些钱,火的弟弟喂牛、做饭,干活最辛苦。"他们纷纷伸出手,上面放着一元钱、两元钱,仁钦送他五元钱,索跃乐送他五角钱。这在当时是很多钱。

开完会,他们赶车进了村里,卸盐,各家人背着袋子装盐等等自不必细说,火的哥哥仁钦领着火的弟弟班波若去牧民家喝了好几天大酒。

歇了两天，班波若去山上为父母扫墓。他兜里揣着两块糖，这是天赐的食物，他从得到的报酬里面拿出一角钱去供销社打了二两白酒，装进一个绿色的瓶子里带到山上。沃森花草原南面的名字叫希腊哈达山的南坡上，是班波若父母的安寝之地，坟墓下面长满了乌日勒树，地面开着拳头大的白芍药花。芍药开花的时候，别的花都不开，它的花期一共七八天，谢了之后，小黄花、小红花、小蓝花才小心翼翼地开放。班波若剥去浸蜡的糖纸，把糖放在坟头，说："你们吃吧，这是神吃过的糖。"他把酒倒进土里，土里冒出刺鼻的红薯干酒的气味。他说："爸爸妈妈，我去了额吉淖尔，我当上了火的弟弟，你们看我长大了吧？"往下还有很多话，却说不出来了。他慢慢走下山，觉得自己身上，包括四肢和胸膛里灌满了大约可以翻译成神的意志的气概，用他自己的话说，祖先住进了他的身体里。这是他迈步踩在大地上，用手摸一下乌日勒树的树叶都能感受到的，抬头看见天空的白云时，觉得那是祖先的马队正缓缓走过天庭。

流水似的走马

草原上像房子那么厚的晨雾被旭日阳光晒薄之后，露出了马群，这是在夏营盘的草地上过夜的马。大片的马在山坡上伫立不动，等待白雾如冰块一样融化，露出马尖尖的双耳，宽大的脖颈和平直的、皮毛闪亮的腰背，它们仿佛是云端的神兽。当大片的雾干干净净地撤走之后，山坡上的群马沐浴着太阳洒向大地上的、属于马的阳光。天空下面是和天空一样辽阔的草原，山冈因为穿上草的编织衣而显出柔和的线条。河流像在水面上扯了一面蓝旗，波浪哆哆嗦嗦。更远处，蒙古黄榆像信使一样孤独行走。在这样的天地里，你觉得马是天地的主人，甚至比人更像这里的主人。

假如站在山坡上，你看到白云不动，山峰不动，河流似乎也没流动。马群动了，马群从草原飞驰而过，大地震动。这时候把狂飙、铁蹄、洪水或践踏这些词汇用到飞奔的马群身上都合适。我不知它们为什么而跑，它们生来就需要跑。马从来没用过人的思维考虑从这里到那里，它们只知道自由。马群掠过，仿佛掠过一层叠着另一层的城墙，这些飞驰的城墙鬃发飘扬。马蹄抬起落下，泥土飞溅。棕色、红色、黑色的城墙飞驰而去，剩下的草地空寂，天空因为过于湛蓝而下坠。马的汗味被风吹远了，吹到秋天的宽敞且肥胖的河面上。

草原上，牧民的房子显得孤零零的。如果房后的天空堆积着层层叠叠的云朵，房子就更加孤单。幸好，牧民的房前立着拴马桩，一匹或两匹马拴在上面。马低着头，尾巴梢扫来扫去。这样的场景比房顶的炊烟更显出生机。路过的人们看到拴马桩边的马就知道房子里的主人已经煮好奶茶和羊肉，他们不会拒绝与任何一个陌生人分享食物和茶。你只要说一说你家乡那边的雨水和草的情况。马在拴马桩边上安静地伫立，双耳如同谛听，像音乐家那样。音乐家谛听之时，表情在远方，马也是这样。

可是，海日苏台的外亚沁（驯马师）奔布说，草原上到处是铁丝围栏，马没地方跑了，往哪儿跑？奔布看窗外，窗外的草原已经禁牧多年，各家各户的草场都用围栏封着，偌大的草原竟然没有马的立足之地。况且，牧民骑摩托车放牧，大部分人不骑马了。广阔的草原没有马群奔驰，没有牛群和羊群的踩踏，草场退化了，草类品种迅速减少。

奔布是一位驯马师。蒙古语所说的"外亚沁"直译是拴（马）者，即把马调教成为走马的驯马师，外亚沁在牧区备受尊敬。在牧区匠人里面，驯马师面对的不是房子、木材或皮革，而是有灵性的马。驯马师把人类的灵性灌注到马的步法里，他们比别人更爱马并懂马。在蒙古国，驯马师有自己的节日，这也是国家的节日。庆典开始时，拴马桩上拴一排马，升国旗。通常，蒙古国大呼拉尔（议会）主席担任全国拴马联盟主席。说起马，奔布的眼睛里带着欣喜与赞叹，他的情感世界里仿佛只有马。奔布说，母马会在十二月生下马驹,马驹生出来就会站立,它摇摇晃晃地站着,过个五六分钟开始行走。小马驹吃母马的奶要吃一年,一年后,小马被儿马(公种马)从母马身边踢开,从此独立生活。奔布说着话会停下来,好像等待马群从他的脑海里跑过。他领我们到房后的马厩里,两匹高大俊美的马拴在杨树上。奔布花六万元钱买的这匹带亚麻色鬃毛的枣红马专事比赛。枣红马的眼睛看上去真是聪明,像两大块水晶一般洁净无尘。它用温柔的眼神看着我们,仿佛听到了奔布在屋里赞美它的话——它在乡里和旗里得过两场比赛的第一名。它轻轻地抬起蹄子,放下,简直如行礼一般。另一匹黑马不安地挪动着,躲闪着陌生人。奔布说,易受惊吓的马都是可以驯成走马的好马。他说,马分跑马、走马、颠马。从两岁开始,驯马师就能看出它的前途(奔布对马使用了"前途"这个词)。

好马骨骼细,耳朵尖,鬃少,尾巴短,蹄子小,身上结实。好走马是驯出来的。驯马师会在草原深处找一个特别安静的地方驯走马。他们把驯马当成一项至尊的事业来完成。喂多少料,喂多少水,每个驯马师心里都有自己的神秘规划。马吃了春天的草,长水膘,有肉没有劲;吃了秋天的草,身上才长油膘。驯马师眼里不光有马,还有草。他们会识别几十种甚至上百种草。如同一个药师,他们知道哪种草对马的膂力好、皮毛好、筋好、蹄子好。驯马师简直把自己的心都交给了马,人和马的世界完全融合了。驯马师说,给走马饮的水不能太热,也不能凉。所谓凉热,都由驯马师的感受来确定,他的温度感就是它的温度感,难分彼此。蒙古语把走马叫作"蛟若",那是走(而不是奔跑)得稳稳的、骑者手里端一碗清水也不会洒出来的坐骑。蛟若走起来左右侧的前后肢一顺撇,如火车的车轮。走马虽然在走,但它的速度并不慢,但平稳,一天走上一百到一百五十公里不算事儿。走马走过来,蒙古人觉得这就是艺术品走过来了。走马的四个蹄子轻巧翻盏,充满力量的脖颈微微前倾。它行走的节奏与在皮下窜动的肌肉群交织成舞蹈式的画面。走马知道自己是"蛟若",这足以让它一生骄傲,头颅如公鸡一般高高昂起。它知道它的步伐是有节制的艺术表演,不能出错,更不能由着自己的性子来。走马之优胜不光身态稳健,还在它具备强大的耐力。蒙古人尤为赞赏走马稳定的心性,或者说忍受力。马的天性并非按走马的节奏走,这是驯马师的意志,以至变成了它的技能。它每一步都按着走马的节奏走,心里不能起急而跑上几步,如此走上一生。这些路数,类似于人类禅修中的"戒"。禅修者常说"以戒为师",他们认为没有戒就没有自由,如说走马。"蛟若"这个词在蒙古语里的语气里包含着称赞,是人对动物的称赞。最好的走马,蒙古语谓之"蛟若聂蛟若",直译为"走马(中)的走马",这是至高的赞赏。已故的伟大的蒙古民歌手哈扎布唱过的那首《蛟若聂蛟若》,蒙古人家喻户晓。他们在说"蛟若聂蛟若"时,眼神纷纷带出景仰。人虽然是人,也可以景仰马,马身上有着人类远不能及的某些能力与品格。走马在速度和稳定之间的平衡力,绝不放纵的治心能力,比大多数人类强多了,它们只是不说人言人语也不写散文,它们也不需要说这种歧义百出的语言来混生活。哈扎布另一首民歌唱道:小黄马啊,哎依咿耶,哎啊,小黄马咿耶,你那巧妙的步伐,啊嘿啊咿耶,让人陶醉,啊咿耶。年轻的姑娘啊,哎咿耶,哎啊,年轻的姑娘咿耶,你那倔强的性格,啊嘿啊咿耶,让人啊哈嘿咿耶心碎,啊咿耶。这是人类唱的歌,啊哈嘿咿耶。蛟若没唱过歌,所谓"车辚辚,马萧萧"在说马的嘶鸣。马倌说,马嘶乃是呼唤同伴,此马呼而彼马应。打响鼻,是马跟人打招呼。马倌的坐骑大多是一匹好走马。下大雪,人找不到路了,马知道路。夏季,马倌在牧场上睡一觉,醒来找不到马群了,他的坐骑带着他找到马群。马和骑手知道彼此的汗味。骑手说,马知道人的心事,会分担人的悲戚忧伤。你难过的时候,马走得很轻很轻,好像不敢踩到一株草。你高兴的时候,马也会走得兴高采烈。有这样一匹马,人就知足了。

牧民管走花步的走马叫"乌仁蛟若",天赋高的走马叫"乌日嘎蛟若",步幅大、步频慢的走马叫"童门蛟若"(骆驼走马)。他们管最好的走马叫"沃日宋木蛟若"(流水似的走马)它的蹄子像河面上细碎的波浪,它的皮毛反射的阳光像河面回映的光斑。骑在这样的走马上,就像坐在飞毯上,不管地面是否坎坷,好走马走得像在云彩里。

可是,马能活多大年龄呢?驯马师说,马能活上二十多年,白马寿命最长,能活上三十年。马也有出头之日,在赛马比赛中获得第一名的马有可能被封为"达日罕"。"达日罕"在蒙古语里有"上端的、不可触碰的、被禁止的、神圣的"等含义。被封了"达日罕"的马(也有牛或狗)终生不被使役,死后主人会把它的遗体抬到山顶上,头朝着太阳升起的方向,脖子上系着五彩的绸子(在牧区,五彩绸子是佛爷的衣服,装束神圣),至此,马享受到无上的荣光。

然而,这只是传说,是牧民们期盼的马的归宿。事实上,马是怎么死的呢?在牧区,我看到装载牛羊的大货车从公路上开过,心里常常很悲哀。大货车的铁笼子分成层,里面像装货一样塞满羊,远看像拉着满满的羊毛。羊被拉着离开了它们的故乡,或者说离开了它们活过的地方,它们被拉到屠宰厂,变成羊肉。"屠宰"这两个字,看上去就让人心惊肉跳。如果不是这样呢?草原上到处是羊和牛,是吗?然而,马跟羊不一样,没有人吃马肉,何况马跟人的感情这么深,马的归宿到底是怎样的呢?

驯马师、马倌和牧民们不愿意听到我提这个问题,他们回避这个提问,或者干脆拉下脸,很不高兴。这是怎么回事?我听说马是有人养老的。驯马师奔布脸转向窗外，我从玻璃上看到他的脸上有泪痕的反光。作为哺乳动物的马，老了之后跟人老了一样，生出很多退行性疾病，谁去照顾它们？马老到牙齿脱落的程度，吃不动草，也吃不动料了，喂它们什么？能眼看着它们活活饿死吗？后来怎么办了？他们起身走出屋子，屋里只剩下我一个人。那天晚上，镇干部嘎拉僧悄悄告诉我，马老了之后，卖给外地人了，外地人开车来收马。我问，外地人收马干什么？他们收购不能赛跑也不能拉车的老马做什么？嘎拉僧像没听到我这个提问，不予回答。后来我想明白了，外地人把老马拉到屠宰厂变成马肉了，又叫商品。这么一想，我感到很气恼，这些赞美马的歌曲和赞词竟这么虚伪，马也没摆脱跟牛羊一样的命运。有一天我放下了这个恼人的心事——如果不是这样，又能怎样呢？尽管马倌们说起这个事心情很沉重，但负担马的养老任务，对他们来说更沉重，难道不是这样吗？马啊，聪明的通人性的马啊，原谅他们吧，包括原谅他们唱过赞美马的歌，那是老祖宗留下的民歌，他们不过是为吃上一口饭而奔波的牧民。

我认识的猎人日薄西山

我见到猎人端德苏荣时，他坐在自家炕头用棉被围绕而成的大圈椅里。被子叠成细条，垛成马蹄形状，露出红的、绿的绸缎的被面。端德苏荣坐在里面，戴一副水晶石的平光茶色眼镜，手搭在被子的扶手上，像一位土造的土耳其苏丹。这情景着实滑稽，但端德苏荣病痛的面容已经事先警告来客，不可以发笑，这是生活的本来面相之一。"端德"是蒙古语中间、居中之意，"苏荣"是占领者、守护者之意。给他起名的人大约读过《老子》，老子曰："多言数穷，不如守中。"

"哟哟"这是蒙古语中表达肉体痛苦的语气词。端德苏荣口出此语时，皱纹齐聚眼窝。他对陪我前来的乡民政助理大叶喜说："死了多好，我为什么还不死呢？"

大叶喜阻止他："这样说不好，越说越死不了呢。"

端德苏荣闭着眼睛想大叶喜说的话，终于笑出来，说："哈哈哈，你好像是在帮我。"

大叶喜的话里有活脱脱的幽默，比一只剥了皮的兔子还光溜。但我没敢笑，一个外人，没资格随随便便地加入别人亲密的幽默谈笑里。笑也需要亲密关系。

端德苏荣突然从棉圈椅里挺起身，手指着大叶喜说："政府不是啥都有吗？有没有原子弹，对着我发射一下，死得快点。"

大叶喜说："上次你领修羊圈的补助就是因为说晚了，才没领上。原子弹的事也是这样，让东村的人消费了。等下回旗里拨过来，给你留一个大的。"

端德苏荣仿佛听不到大叶喜说的话，自语："我的心分裂了，原来是一个，现在变成了四五个，互相不透气。心很硬，不软乎了，煮都煮不烂。"

大叶喜说："煮你的心是浪费柴火，还是在你肚子里待着吧。我给你介绍一位客人（双手指向我），他想了解一下猎人的事，你是猎人嘛。"

我补充："请您讲讲赛罕汗乌拉里面动物的事情。""赛罕"是蒙古语，是好的、好看的之意。"汗乌拉"即山的可汗，即皇帝山、君山之意。统译罕山。这条山脉在端德苏荣家的东北方向。虽然我不喜欢猎人，对杀戮的事情也没兴趣，只是想通过猎人听到罕山动物的故事。

端德苏荣很惊讶，他摘下茶色眼镜看我。被一个猎人观看并不是愉快的经历。他用看狼、看狐狸粪便、看鸟尾巴的眼神看你——尽管你的脸上并没有这些东西，觉得脸被浑水洗了一遍。他说："罕山里住着神，你相信吗？"

"我当然相信，"我告诉猎人，"罕山的主子（与神同义）是骑白马的神。"

"对喽。"他把目光收回来，像收回一把绳子。"罕山是神的山，花啊、草啊、树啊都是山神的子女,乌鸦是山神的奴才。"

"乌鸦是奴才?"

"对喽,奴才不是不好听的话,意思是仆人。不是谁都能当奴才,奴才要聪明、勤奋。乌鸦天天呱呱地忙来忙去,乌鸦是铁的。"

"乌鸦怎么会是铁的?它不是肉的吗?"

"乌鸦的性质是铁。人和万物都可以分成金银铜铁锡。黄金家族的人是金的,重信用,不背叛。云彩就是锡的,老是在熔化。泉水是银的,哗啦哗啦,泉水的响声不是跟银子的声音一样吗?这是命理。乌鸦是一块黑铁。"

"罕山里有鹿吗?"我问。

"什么?"

"褒羔、骚羔。"我回答。这是蒙古语公鹿和母鹿的称谓。

"哎,当然有褒羔、骚羔。神住的山里怎么能没有鹿。"端德苏荣出人意料地从炕上起身下地,两个巴掌放在头顶,说"褒羔。"他挺直腰身回头看,抿着嘴"骚羔"。

"你抿着嘴在做什么?"大叶喜问。

"叼灵芝草啊,母鹿见到灵芝草后就叼在嘴里,给公鹿留着。"

"你打过鹿吗?"大叶喜问。

"晦气,倒霉兆头,呸!呸!"端德苏荣往地下吐唾沫,"我怎么会打鹿?从来没有,鹿是多好的东西啊!"

好看的、群山的君主罕山里面有数不完的动物、鸟类和昆虫,它们都是可汗山的臣民。这里面排第一的动物是"褒羔、骚羔"——鹿,人类词语中的"动物"谓之于鹿显出轻慢,那么换一个什么词呢?谓之"人物"不贴切,谓之"尤物"亦不贴切。对待鹿,语言太贫乏了。好看的罕山上,石头一层一层长得好看,石头上长出的山丁子树开白花,长黄枝条,结红果。春天,白桦树长出的嫩叶好像一团团飞来的绿雾，追逐在山坡上合唱的白衣歌手。这里是鹿的世界，如果你是猎人或采药的人，一定见过鹿站在高高的山崖上眺望远方，竖着两只像黄泥巴捏的耳朵。鹿身体匀称，人类当中只有舞蹈演员有这么匀称的身材。这样的身材由奔跑而来吗？不一定。野猪终日里奔跑，并未匀称。鹿的灵魂里只有一个字：美。这样的灵魂让鹿灵巧、善良、自怜、易惊、飞驰，美而美。公鹿站在山崖之上，玲珑盘绕的、带斑点的角架在头顶，犹如一棵花树。是花树。公鹿从开满杏花、桃花的树下经过，它知道它顶着更好看的角树。鹿的角，像是放大多倍的树叶的筋脉，神秘的花纹里带着自然界的秘密。

　　公鹿和母鹿有一样黑水晶的眼睛，那要喝多清澈的泉水，才有这么亮的眼睛。用这样的眼睛看世界，世界的每一个角落都该是漂亮的。贴着地皮生长的句句草，叶子只有牛的眼睫毛那么长，却开着比小米粒还小的花，这可能吗？它哪里来的开花的力量？句句草还是个婴儿，却要结籽当母亲了。鹿走过的地方，野猪和狼都走不过去。鹿贴着悬崖边上穿行，那里生长的黄芩和川贝才有真正的药效。你知道鹿为什么这么轻盈又这么强壮了吧？对筋好的草，对关节好的草，对眼睛好的草，对蹄子好的草都长在悬崖上。人哪管只吃过一棵，走路也不像现在这样沉重了，喝一两酒就醉，很丢脸。罕山峭壁上立着石头片片，鹿踩着这些石片走，远看像挂在了峭壁上。它身上的皮毛没有损伤，你见到过一头伤痕累累的鹿吗？没有。鹿的身上没有土，没有枯草叶子这些乱七八糟的东西。它爱清洁，它时时在舔舐身上的毛。鹿的衣服比所有动物的衣服都好看，老虎的衣服除外，孔雀的衣服也除外，它的衣服比中央电视台主持人的衣服好看一百倍。鹿身上的花是白花，模模糊糊的，像披了一身的瑰丽丝花（杏花），这是古代仙人衣服上才有的花。天要亮的时候，赛罕汗乌拉如同皇帝升上大殿，峡谷里的蒙古栎树从白雾里为皇帝挺举伞盖，小鸟在山的前胸横着飞过来，飞过去。画着弧线，像皇帝胸前挂的宝珠。小鸟随便歌唱，像开了锅一样。太阳把第一片阳光照射在山峰的前额上，像盖章一样。接着把第二片第三片挨着第一片阳光照射在可汗山的耳朵上、面颊上、肚子上，照射在山的左臂和右臂上，像盖章一样。山的石头红了，被阳光盖过章的石头好像玛瑙一样熟透了。这时候鹿就在罕山的肩膀上站着呢，公鹿和母鹿知道最早射到山上的阳光包含的福气最大。它们并排站着，接受阳光的祝福，山坡的树，各种各样颜色，摇晃拥挤，争抢阳光的祝福。从山顶看下去，美得像唐卡一样……

"这时候你用枪对准了褒羔骚羔。"大叶喜说。

端德苏荣双臂下垂，正在模仿双鹿站在山顶的姿态，叙述他所看到的美好情景，却被坏人大叶喜打断了。"咳，你怎么总是说晦气的话，是盼望我马上死吗？"端德苏荣抬起手，指着大叶喜说。

"死是你自己盼望的事。那个时候，你手里的猎枪不对着鹿，放在什么地方？"

端德苏荣说："猎枪背在屁股后面，我两只手拿的都是黄芩。"

大叶喜说："鹿最美的时候是在泉边，我比你这个猎人还懂这个。歌里是这么唱的。"

> 菩提叶子包拢在手里的，
> 是博格达山上的圣泉。
> 鹿群连蹦带跳要去的地方，
> 是博格达山上的清泉。

月亮圆了，满月微微向地面倾斜过来，好像后面有人推着它，让它照亮罕山所有的泉眼。噢，那要耗费多少月亮的光，罕山有九十九个泉眼，还不止。月光透过山丁子树、杏树和桦树的叶子洒在泉水上。泉水——你知道，蒙古人给泉水起了好多尊贵的名字——温都尔泉，往高长的泉水。阿拉腾泉，金子的泉。查干泉，表面意思是白泉，里面意思是吉利的泉水。泉水怎么能没有名字呢？这么好的东西一定要有好名字，有的地方，连泉水都没名字，只有人有名字，这些人好像还没有进化过来。泉水确实是往高长，高出地面一寸高，像拳头那么大的花开出了透明的花瓣。那个花瓣，一层一层浮上来就没了，开新的花瓣，一点声音都没有。你听到的泉水声是流到外边变成溪水，像小孩子捉迷藏躲在一个地方嘀嘀咕咕的声音。那是它们流出来了，跟石头说话，问好的意思，跟树根、跟鱼说的话。嘀嘀咕咕，就这个意思。泉水为什么冒出来呢？它是怎么想的？蒙古人祭祀泉水，就因为它的心地仁慈，它要浇灌大地。它的想法是：天上的雨水要是不够怎么办呢？泉水藏在地下，它怎么知道雨水够还是不够，牛羊有没有水喝。它先看一下，看到了月亮，看到了鹿和灵芝草，看到好看的皇帝山就不回去了。

鹿排着队来了，它们三三两两，队形分散，好像随时可以往四外跑。它听到泉水跑出来跟石子、跟野花说话的声音。月夜里，这声音传得很远。鹿走一会儿，站下来谛听，向四面张望。它黑色湿润的鼻子像被雨衣淋过的木炭。月光照在蒙古栎树马蹄那么大的叶子上，然后从叶子上跳下来，跳到鹿的脊背上。在鹿背短簇的毛上铺一层白霜，它皮毛上的白花斑更白了。鹿在谛听中分辨出泉水从哪一座山坳里流出来，它从泉水的气味就辨出这些水流过了哪些树。杏树的苦味、山丁子树的涩味，还有栎树的甜味都不一样。泉水经过，不一样的石子也带走了不一样的味，而且罕山阳面的石子和阴面的石子的气味不一样。水对鹿来说，就像空气对人一样。它尝一下山里流下的溪水,就知道谁在上游喝过水——野猪、狍子、兔子,它们的气味不一样,它们掩饰不了这些气味,这是山神的意志。月夜的树林里悄悄走过一群鹿,好像是仙女下凡,它们欲进又止,迟迟疑疑。树叶在风里摆动,像给前方做暗号。公鹿头顶着一大架花鹿角,像顶着假山一样,这么豪华沉重的东西由它保管,哎呀!公鹿从来都不轻松。

鹿只喝泉水,它顺河水、溪水找到山里泉水的源头,这是最干净的水。鹿只有看见泉水像透明的花瓣一层层冒出来,它才慢慢啜饮,像人喝酒一样,小口小口喝,把泉水里的味道一点一点喝出来。你看,鹿喝水都这么讲究,它该是多么干净的生灵。水和食物决定一个生灵的本性,喝泉水的鹿,吃干净草的鹿会去咬死牛羊吗?你看人喝的都是什么水?开矿的人,开采石油天然气的人把地下水抽干了,多少泉水枯竭了,现在罕山还剩几处泉水?人多狠啊,与人为敌不算还与天地为敌。这好好的世界怎么突然蹦出人类呢?

"他自己是人,还说人不好呢。"端德苏荣仰卧在炕上的棉被圈椅里,瞅着天花板说,"看你的手,肥得像五根香肠,你脖子上的肉割下来可以称五斤,什么脖子?"

大叶喜说到与天地为敌的人类时,伸出的五指不禁颤抖,此时收回手摸了摸自己肉浪起伏的脖子。

端德苏荣继续翻白眼。"鹿根本不像你说的那个样子,好像是乌兰牧骑的演员。它是鹿,褒羔!骚羔!"端德苏荣坐起身,岔开左右手的五指立在头顶。

……鹿多么骄傲。在公鹿心里,这一副美丽的鹿角是为母鹿而生的。它每一次生茸换角,全身都要换一遍血,这很痛苦,但它心甘情愿为母鹿这样做。在清晨的山冈上,你看到公鹿和母鹿站在那里,脚下的露珠闪闪发光。它们精巧的小蹄子下面有野花,有香味冲鼻子的覆盆子。鹿真是奇怪的动物,它跑得那么快,却从来不踩一朵花。懂得动物足迹的猎人都知道,没有哪一朵花是被鹿踩碎的。鹿的良心最好。公鹿和母鹿,它们一辈子都在恋爱,老是在一起,互相端详。法律说一个男的和一个女的,可以结婚,又可以离婚,到民政助理大叶喜那儿说一下就行了。鹿根本不需要民政助理,这是侮辱鹿。鹿只会结婚,绝不离婚,就像鸟只会飞,不会爬一样。公鹿回头看母鹿的样子让人心都化了,母鹿看公鹿的样子,好像公鹿是一个神。它们在奔跑的时候,身影穿过树林,鹿头和美丽的花角在模糊的灌木丛飞行。在山顶和山谷,地面的碎石锋利得似刀子,但鹿什么事情都没有,好像在地毯上跑过去一样。它们跑累了,站下休息。公鹿和母鹿离四五步远,互相凝视。这时候,如果光线从树枝缝隙射在它们身上,鹿身上的花斑更加驳杂,但毛茸茸的内耳的毛和胸脯还是洁白的。实话说,鹿的眼神有些痴,如同聪明人的痴,温顺、信任,还有过度沉溺爱情。这样的眼神就显得痴,好像定住了,又像回想往事。如果在秋天,罕山落叶松黄黄的松针铺满了山坡,像一个特别有钱的人在山坡晒金子一样。密密麻麻的松针落地,盖住头一年被雨水和冰雪侵蚀变红的旧松针。金黄的新松针香得像空气里结了冰。看不见的香气好像庙里的燃香一样缭绕,只是看不见而已。鹿群不知什么时候来到了这里,伸长脖子闻这些松针,好像在读地上的一本书。它用黑色的小蹄子翻这些书页。可是,你知道吗?那些外地人开养鹿场,把鹿圈到屋子里喂草,给公鹿打激素。把公鹿绑到柱子上割它的茸,放它的血。这些人的心多黑啊。

端德苏荣慢慢回到炕上,仰卧在棉圈椅里。"说这些话有什么用处,心脏像有一根绳子拽着,钝痛。"

"公鹿,"大叶喜说,"最稀罕自己的角。"

……春天,鹿发情的时候,天知道母鹿从什么地方找来灵芝草,灵芝草和树上结的灵芝不是一样东西。灵芝草可以治疗外伤，催情（好在只有母鹿而不是人类、鼠类知道这个功效）。母鹿找到灵芝草自己舍不得吃，送给公鹿。采药的人经常看到大犄角的公鹿嘴边衔着一株草，不吃也不丢掉。人们传说：公鹿衔着灵芝草可以三个月不吃不喝，与母鹿恩爱。春天的公鹿身上的花斑越发白净，瞳孔越发黑亮，矫健飞腾。你见过鹿群跑吧？我说没见过。哎呀，人一定要看一下鹿群飞跑才好。一群鹿，当然是越多越好。它们跑着跑着跳起来，好像踩到弹簧上，像跳越一个大坑。一群鹿跑过去，就像一幅壁画飞过去。快得很，前蹄和后蹄像要拉成一条线。拴马的人都知道，鹿的脚腕子细，它的关节又小又玲珑，这都是快的象征。公鹿还有一个特长，它会在湖水边上照镜子——低下头，看自己的角，摇一摇角，看角的侧面。很可笑，是不是？可是，一点风也吹不过来的时候，湖面比镜子好看，大嘛。湖里面有树的倒影，云的倒影，公鹿走过来，晃着头照照镜子。哈哈哈！湖水更好看了。公鹿用嘴唇碰一碰湖水，现出圆圈的波纹。过一会儿，公鹿再用嘴碰一下水，波纹再出现，犄角变成了好几个，像碎了，慢慢复原。你看看，这个生灵会游戏呢，鹿的歌是这样唱的：

> 你的嘴里含着蜜，
> 你的茸角结着霜。
> 头上长树的公鹿啊，
> 哪里是你的家乡？
> 你的脚步打着鼓点，
> 你的眼睛有宝石的光。
> 小心翼翼的公鹿啊，
> 死后鹿茸往哪里放？

攒了一辈子的珍宝,
摆在头顶让别人看到了怎么办?
熬了一辈子的精血,
结在茸里让别人知道了怎么办?"

公鹿这辈子最放心不下的就是自己的角和自己的茸,它吃草警觉,睡觉警觉都是因为这个茸。如果有人来抓它,或者野猪要吃它的肉,实在躲不过去的时候,公鹿头撞到石头上,把茸角撞碎。当然它自己也活不成了,它的精血全在茸角里。很奇怪的是,山上的猎人、采药的人、放羊的人,很少见到自然死亡的公鹿,有人说他见到了,可是头上没有角,整个的角都不在头上,但鹿的头上有疤痕。还有人说,悬崖上的松树的树枝里挂着鹿角,鹿是怎么把它弄上去的?还有人说,在山洞里见过鹿角,这是谁运过去的呢?是山神。不是山神把鹿角送到松树和山洞里,是公鹿临死前把茸和角献给了山神。哎呀,鹿多懂事!人吃了鹿的茸没用,狼吃了也没用,砸碎了埋在树下边的土里,对树也没用。这个东西只对公鹿有用。鹿跑得那么快,听力和视力那么好,就是因为鹿茸的滋养,它把鹿身上的血过滤一遍,杂质都没了。人吃这个干什么?你不是鹿,你妈也不是鹿,你家祖孙三代连一只鹿都没有,吃了作孽呢。满洲人到了北京吃鹿身上的东西,吃来吃去江山都没了,后来的皇帝一个比一个难看,触逆天意了。有的外地人杀鹿吃肉,煮熟的鹿肉捞出锅,油就凝了。外地人吃了身体偏瘫,走路像模仿黑熊,可怜啊。

"东乌珠穆沁的歌是这样唱的,说鹿——"大叶喜站起身,双手像端一个盘子似的放在胸前,手随歌声慢慢上升,速度约为每秒一厘米。这是长调。

从神的毯子上走过来的，
从檀香树里面走过来的，
从石头的花纹里走过来的，
鹿啊，褒羔骚羔。
你头上顶着灯盏，
你口里含着瑞草，
你仰望夜空，
星斗飞散，
鹿啊，褒羔骚羔。

曲曲弯弯的溪水，
从山的袖子上流下来。
曲曲弯弯的犄角，
从树枝后面探出来。
呦——呦——
鹿的鸣叫多么哀怨。

　　鹿是会跳舞的生灵。春天，是四月吧，月亮满得不能再满了，再满就洒了。鹿的身体像种子发了芽。月光下面，它们在泉水边有树的地方幽会，母鹿围着公鹿跳舞。它把前边的蹄子抬起来，转圈，头歪向一边，真像跳舞一样，公鹿的舞蹈是蹦高，跳起来，落地，跳起来，落地，像雕塑活了。鹿啊，一辈子像演员一样，打扮得漂漂亮亮，为了让洪格尔（蒙古语，情人之意，互称或他称）看到。既然你时时刻刻在情人身边，就不能胡闹。喝酒啊，打老婆都是人干的事。鹿喜欢站在山冈上呢。春的夜，风把花香一下子吹到山顶上，没越过山顶，堆积在山谷里。公鹿站在山冈上，山坡上各种颜色的花都被月光照得像白花，像鹿身上的花斑一样。鹿就那么站着，让花香灌满肚子，月光从它身上流下，流到石头上。公鹿的边上趴着母鹿。你为什么不去问一问画家，他们为什么不画一画月夜在山冈上站着和趴着的鹿呢？鹿在山杏树林里跑，你看到没有？山杏开花的时候，有一股药味，鹿爱闻这股味。公鹿和母鹿在开满山杏花的树林里跑，哒咯哒咯哒咯哒咯，一直跑过去，公鹿的大角架隐没在杏花里，那才是好看，不过，动的东西画家是画不出来的。奇怪的是，鹿跑完了，还是安静的，不像狗跑完了呼哧呼哧地喘粗气，舌头掉出来像肠子一样。

"什么呼哧呼哧，那不是狗，是你。"端德苏荣往上撸了撸袖子，说，"我的猎犬胡日勒岱不管跑多快，从来没有呼哧呼哧过。胡日勒岱追野兔的时候，像箭一样笔直地射出去，黑的箭。绿草的草尖上嗖嗖飞过它那两只尖尖的耳朵。一会儿，胡日勒岱把兔子叼回来了，兔子软得像面条一样。它把兔子丢到你的脚底下，仰视你，两个前爪软放胸前。从来没喘过。"

大叶喜咧着大嘴乐，好像他就是叼回软软的兔子的胡日勒岱。他说："哎，我的狗布日古德专门找我。我到牧民家去喝酒，这么大的草原，东一家，西一家，互相离得远呢。我老婆看我不回来，就对布日古德说，'大叶喜又去谁家喝酒了？找回来！'布日古德早就等着这个命令，它最想显示这个能耐。我老婆下了命令后，布日古德嗖地蹿出屋，在夜里的草原嗖嗖跑，它知道我在谁家喝酒。这个事是很怪的，我连襟青巴图在山南面的乌兰扎德嘎村子，我同学毕力格泰在镇子上，我妹夫乌思仍贵在河那边的林场里，宁布家里、胡特荣嘎家里、小桑布家里，都是我常喝酒的人家。布日古德直接就跑到我喝酒的人家，钻到桌子底子，咬我的裤角。只要我一低头，大伙都知道布日古德被我老婆派过来了，全都哈哈大笑。我只好回家了，我骑摩托车，布日古德还是跑。问题是，它是怎么知道我在哪个人家里喝酒呢？这是怎么回事呢？这几年我一直想这件事。你问它，它也回答不了你。我分析接电话的时候，比如胡特荣嘎来电话的时候，我对电话说，'胡特荣嘎，你好吗？'这个话让狗听到了，就锁定我在胡特荣嘎家喝酒。哎呀，狗比我都聪明。"

　　说到狗，我想起几天前到吉布吐村看赛马。"吉布吐"是蒙古语箭头的意思。古代，这个地方为成吉思汗铸箭吗？我看远处从土丘里隆起的红色的岩石。草原上常见到这样的地貌：柔润长满青草的丘陵上，长出一排城垛一样的岩石，像肉里的筋一样。这些石头钻出地面，走几十米或几百米又钻进地里了。吉布吐也许是这里的人的姓氏，也许，当年成吉思汗形容巴林的好马跑得快，说马像箭头一样。说这个词的时候，语速短促——吉布，吐字有口型，并不发出音来。吉布，吉布，声音从我嘴里嗖嗖飞出，落在正下着小雨的深绿色的草场上。这里今天要举办村那达慕的赛马比赛，此刻早上五点半左右，小雨下得非常细腻。我闭上眼睛，伸手接雨丝，手心似乎感受不到雨，只有一点点凉。我很想有一面镜子，看雨在镜面上积累，但没镜子也没玻璃。我从采访本上撕下一张白纸来接雨。纸在雨丝里慢慢收缩，但看不到雨痕。雨，这么温柔细腻，那就是说，天上的云以极大的耐心把雨梳成细丝，每一滴雨都分成几百根丝条，这么做是为了什么呢？马——村里参加比赛的马坐着带篷的卡车到达这里，牧民让马保存体力。马很不情愿地从卡车的跳板上走下来，穿着橘黄或者天蓝的鲜艳的马雨衣。马雨衣遮住了马的脖子，前胸和后背，像一个宠物。马的挺拔严肃与鲜艳的雨衣很不搭调。我笑了半天，马们互相并不笑。它们焦急地抬蹄子，它们知道要比赛了。吉布吐村今天的赛马会只有五六匹马参加比赛，如今牧区的马越来越少了,摩托车取代了马。骑手们站在那里,不说话,像在等什么。看不到谁在组织这场比赛。我看到一只小黑狗异常兴奋地在人与马之间跳梁作耍,它一定知道马要奔跑比赛了。它比参加体育比赛的人兴奋得多,它几乎不能控制自己,用斜视的目光扫过每一个人的脸,刨地,把粉舌头甩到嘴巴的左边和右边。它用目光询问:为什么不比赛?为什么?小黑狗狂奔几步,站住,再狂奔。用人类形容人类的话讲:它心里有一团火。火怎么钻到了它的心里,谁也不清楚。海带色的云彩越来越低,远处的山峰仿佛高了一些。为什么不奔跑呢?小黑狗刨地,龇牙吠叫,像一只黑鹰那样窜出十几米远,站下回头看。这些蒙古人和马,你们为什么不奔跑?马们似乎没看到小黑狗的失态表演,马可能觉得小黑狗是一只精神病狗。马,无论做什么都有一副亲赴神殿的表情,肃穆安然。骑手们仿佛在无声中得到命令,走向自己的马,取下马雨衣,骑身上马。但没人说什么啊,他们一定做了一个我看不到的暗号。一个魁梧的、像搬着自己腿走路的人把项圈套进小黑狗脖子,把它拴在摩托车的前轮上。有人低声喊了一声。六七匹马飞奔而去,小黑狗绝望大叫,高高地蹦起,落地,再蹦起。原来,它准备跟马一起赛跑。小黑狗眼睛看着奔马越来越小的身影,前爪交替在草地上挠,仿佛马跑远都是它快速抓挠的结果。马没影了,我有点失望。作为赛马的观赏者,马像吉布吐——箭头一样消失了,骑手和马像毛线一样纠缠成一团,在远处谁也看不到的地方奔跑。我们这七八个观众像山杏树一样伫立在旷野里,草原就是这样,不能像坐在香港跑马场看台上的观众那样纵览全局。"来了!"有人说。我问:"在哪里?"这个人用脚点点地,他意思是感到了大地的震动,大地这么大,这么结实,蒙古人用脚就听到了远方的马蹄声。我用双脚凝神感受,无。再用手按在大地上"听"——如太极推手之谓"听劲",没感觉。这时西北方向的草原上冒出一点点人马的头,马来了。我想起河南周口博物馆有一口元代铜缸,说是蒙古哨兵谛听远处马蹄声的工具。马奔跑之际到底有多大的力量呢?马蹄踏在大地上,会远远地、远远地传过来。元代的蒙古哨兵从铜缸里听出远方马队来袭,他听到的实为声波——马蹄引发的大地震动的声波,我身边的牧人用脚捕捉的也是声波。西北草场上冒头的马群很快拉成了一条线,赛马前后连贯。因为下雨,草地上并无烟尘。我看好的那匹脖颈修长、头颅高昂的栗色洋马跑第三,跑前面的那匹黑马(蒙古人称岗根哈日)四腿像筷子一样直直地散开,肚子要贴到地面上。骑手们无一人"骑"马。他们弓着腰,屁股高出鞍座半尺,双腿夹着马肚子驭马奔跑,如持枪士兵攻占一座山包一样。双腿夹马肚子的功夫,寻常人并不具备,除非他是蛙泳运动员。这是人类大腿内侧叫作缝匠肌、大收肌、耻骨肌等肌的力量。蛙泳运动员借它们产生强大的夹水力量,骑手靠它们驭马。说话间,马们兜了个大圈子又在前方消失,跑第二圈。

小黑狗被拴在摩托车前轮上,主人看穿了它的心思——与马竞赛。牧区的狗虽然个矮,但特别喜欢与马一起驰骋。或许它们崇拜马,崇拜马的鞍子、笼头和旗帜般的尾巴,与马共跑就成了马,这是狗的想法。小黑狗真后悔自己长了个脖子,被项圈拴在摩托车上。它用力挣脱,似乎把脑袋揪掉就可以参加赛马了。小黑狗看马从自己眼前掠过,连声大叫,我疑心它在骂主人坏蛋。马消失了,蹄音从大地渐渐传来,马又从西北草场露头,一匹红色的海骝马跑在前面,骑手白色的垒球帽的帽檐扣在脑后。他右手拎一根半尺左右的绳子当马鞭,绳子像电扇那样在他的手上不停地转,并不抽在马身上。他的马,像一面在风中打开的旗一样冲过来。红马的黑鬃如旗帜的绦子。这匹马,它身后的黄马还有第一圈领先的栗色马组成第一方阵,后面的马离它们很远,如同迷路了,谁知道。阳光从云层照射下来，如舞台的追光那样罩在这三匹马和它们奔跑的深绿的草地上。这时候，赛马临近终点，红马身上凸起的肌肉在布满汗水和雨水的闪亮的皮毛里窜动，好像它身体里钻进了蛇或老鼠。红马撞线了——两个牧人拉一根短短的、两三米长的红绳兜在红马的前胸——它第一。骑手翻下马背，牵着马，给它落汗。黄马、栗色马和后来的马都到了终点，其实，它们的速度相差只有十几秒或几十秒。那个如同搬着腿走路的摔跤手式的人，把小黑狗从摩托车前轮解下来，松开它的项圈。小黑狗终于盼到了这一刻，它沿着马跑的路线冲出去，那么认真，那么快，只是太渺小了，几乎埋没在草丛里。这些人在讨论赛马的事，主要谈马的状态。我遥望空寂的西北草场，不一会儿，小黑狗冒头了，尽管大地深处并没传来蹄子震动的声波。小黑狗兜的圈子似乎没马大，它直直地跑向了这边。站脚愣一下，开始跑第二圈。没人关注小黑狗的赛马模仿秀，它终于不能忍受人们的蔑视，掉头跑了回来。它跟随跑第一名的红马一起慢条斯理地落汗。

　　我把在吉布吐看到的小黑狗的故事讲给端德苏荣和大叶喜听，以为他们会大笑。他们不以为然，说这不算什么，不值得说。仿佛小黑狗的举止轻浮，它完全没有资格模仿神圣的赛马。我说，这不是很幽默吗？但我在蒙古语里找不到"幽默"这个词，用了一个接近的词——滑稽。他们认为小黑狗这么做连滑稽也够不上。蒙古语里的"滑稽"借用的是汉语的滑稽的读音，但属于褒义词。大叶喜说，他岳父吉日格朗的狗别日久海（麻雀）才滑稽。吉日格朗去亲戚家串门的时候，必须由麻雀叼着他的灰礼帽。吉日格朗骑马或骑摩托，一走十几里，麻雀叼着灰礼帽飞驰。如果不让它叼礼帽，它要在马或摩托车前面阻拦。"太滑稽了。"大叶喜说。动物跟人一样，在虚无中透过分工找出自己的价值。

　　端德苏荣说他小时候养过一只狗，叫影子。端德苏荣到山谷里采覆盆子，装满一个细长的袋子放在影子背上，让它驮回家。这个细长的布袋子是专门为影子缝制的，像褡裢一样放在它的背上。但影子不会像人一样稳稳当当地走路。覆盆子放在它的背上，它就要跑，跑一段，口袋被颠下来，影子一动不动，等着端德苏荣把口袋重新放在它的背上。"太滑稽了。"端德苏荣说。

"这个不算滑稽，我给你讲一个纯粹滑稽的事情。"大叶喜说，"有两个人上乌丹做买卖。一胖一瘦。一路上，胖子总是在打喷嚏，让瘦子特别羡慕。打喷嚏就证明家里的媳妇在念叨他呢。瘦子问，'你刚离开家，媳妇就念叨啦？'胖子回答，'嗨，她那个人就是这样子，没办法。'瘦子暗中妒忌，一直等啊等喷嚏，走到乌丹，走了五十多里路也没来喷嚏。从乌丹回到家，瘦子把媳妇骂了一通，'人家胖子刚出村口就打喷嚏，打了一路。媳妇一直在念叨他，我一个喷嚏都没打，一点面子都没有。'瘦子媳妇哭哭啼啼地回到娘家，如此这般说了一遍。娘家妈说，'这有何难？你把他擦汗的手帕抹点鼻烟末就好了。'瘦子媳妇回到家，把手帕抹上鼻烟末塞进丈夫的口袋里。这个瘦子和胖子又去乌丹做买卖，过河，走一根独木桥。瘦子脸上有汗，拿出手帕擦汗，接连打起了喷嚏。人打喷嚏都要闭眼睛，结果瘦子掉进了河里。回到家，瘦子又把媳妇骂了一通，'你早不念叨晚不念叨，为什么在我过桥的时候念叨，害得我掉进了河里。'真是滑稽。"

端德苏荣说："我这里还有更滑稽的事呢。东乌珠穆沁旗的干部下乡扶贫，去了一个牧民家里。这个牧民名字叫白音满都拉（意为无比富裕、圆满），家里穷得什么都没有。干部说，'哎呀，你叫这样的名字，怎么能穷成这个样子呢？富裕圆满，结果什么都没有。'白音满都拉说，'你不能这样说啊，昨天早上，前面村子有一个名字叫纳森达莱（寿命像大海一样宽广无尽）的人突然死了。'干部听了他的话，气得鼻子喷粗气。哎呀，多滑稽。"

端德苏荣说:"狗是负责忠诚的,它不负责滑稽。我,(端德苏荣指自己)打猎的时候从来不带狗。要是追兔子的话才带上猎犬,其他动猎枪的时候根本不带狗。在山上,狗和狼、狐狸、野猪什么的混在一起,在草里一闪过去了,谁知道是不是自己的狗。枪一响,后悔都来不及。我打猎的时候,早上三点钟偷着起来,一点声音都没有。有时候不走门,从后窗户爬出去,怕狗跟我上山。可是,世界上的事怎么会瞒得了狗?它是那么认真。我偷偷地爬上罕山的山顶上,狗已经坐在山顶的石头上摇尾巴呢。我出门的时候,它假装睡觉,然后,它抄近路上山跟我会合了。既然这样,我就不打猎了,在山上转一转,捡石头往敖包上添一添,喝点山泉水就下山了。野猪和狍子在亚西勒(鼠李树)的树丛里悄悄地看我们,这个猎人为什么一弹不发下了山?"

说话时,他们两人往窗外看。牧区的人听力敏锐,他们听到了我根本无察觉的声音,有人来了。过了一会儿,院门口停下一辆捷达轿车,一位脖颈深红、穿灰色长袖衬衫的老年人下了车,拎一盒点心,串门来了。端德苏荣和大叶喜出门迎接,互相祝福,请这位进了屋。

这位来客六十多岁,名叫阿拉坦仓。他坐在炕沿上,和大叶喜、端德苏荣交换了香烟,谈到了雨水、牲畜膘情和庄稼的长势,这是所有牧民见面必谈的亘古不变的话题,也是客套。阿拉坦仓目光转向我,问:"这是谁?"大叶喜回答:"上级介绍来的要了解动物的人。"阿拉坦仓颇为惊奇,问:"上级还派人了解动物吗?动物已经快绝迹了啊。"我说:"我对这些事比较好奇。"

阿拉坦仓看着我,他一定当过猎人,眼睛有动物般的纯净与警觉。一个人看另一个人,几秒钟就够了。他盯着我观察了一分多钟,好像发现了很多东西,但没告诉我是一些什么东西。

"汉人吗?"他问。

"我是蒙古人。"

"家在哪里?"

"后面的旗。"(科左后旗)

"再以前?"

"从阜新蒙古贞地方迁过来,再以前来自呼伦贝尔,再再以前来自哈拉哈(蒙古国)。"

他点点头,说:"你的远祖应该在贝加尔湖那边生活过。"

端德苏荣说:"阿拉坦仓知道老虎的事情呢。"

"老虎的事情,"阿拉坦仓说,"是我爷爷告诉我的,他是昂沁(猎人)。"

我打开本子,准备记录阿拉坦仓的故事。

"他在做什么?"阿拉坦仓指着我。

"记录。"我说。

"你要把这些记在纸上,回去给上级念吗?"

"不给他们念,写文章。"我说。

"他是作家。"大叶喜说。

"哎呀,"阿拉坦仓感叹,"我说了一辈子的话,才有人记录,以前说的都白说了。老虎不是动物,它通神灵。一只体重四百斤的公虎,可以咬着四百斤的公野猪的脖颈越过五米宽的山涧,它的咬肌有多么大的力量。老虎一口就可以咬断野猪的腿,人的腿更不在话下,但老虎瞧不起人,不吃人。人身上的臭味让老虎受不了,而且,它不吃穿衣服的东西。老虎不知道人在衣服里包着什么东西,它疑心很重,还有,动物都老老实实地用四条腿走路,蚂蚱和螳螂用六条腿走路。人用两条腿走路,太滑稽了。熊和马也会用后面的两条腿走路,只走几步就把前腿放下来。人,哎呀呀,可以用后腿走几十里路,前腿一直不放下,还会像猴一样抱着东西走。这个样子,老虎很厌恶,不庄重。动物其实比人庄重得多,鸟类彼此彬彬有礼,动物交配也分季节。它们在太阳初升和落山的时候都是温顺的,人根本不管这个。"

"人的事情归旗里管,你说老虎的事吧。"大叶喜说。

"月亮圆的时候,老虎站在山冈上长啸,能传五十多里远,夜里行走的动物们听到虎啸,全都站立不会动了,保持原来的样子,像冻了一样,过一会儿才复苏。我爷爷说,"有两个猎人晚上走路,听到虎啸,一个窜到了树上,另一个屎尿拉了一裤子。在所有动物里,人的屎尿是最难闻的。动物在几里外就会闻到人粪便的臭气,早早吓跑了。老虎讨厌人,离人很远。但是它知道人是下夹子、下钢丝套打动物的人。浩尔基山的汉人猎户用钢丝套勒死过一只虎崽子。虎妈妈亲眼看见自己的孩子在钢丝里越挣扎勒得越紧,活活勒死了。心里多难受。母老虎在幼仔尸体边上等了一个星期。两个猎户上山把钢丝套解开,背上幼仔,准备下山剥皮卖钱。老虎一巴掌上去把猎户脑袋打碎了,猎户的躯体晃了晃才倒下,脑袋没了。另一个猎户要跑,脑袋也被老虎一巴掌打没了。它们不会咬你,不是所有动物都咬人。人的血腥味太重,好多动物躲都躲不过来,不可能咬人。人太脏。只有低级的动物,像狼、疯狗之类才咬人。一般的动物,根本咽不下去人肉。再说,人除了脊背和屁股上有一点好肉,剩下的地方都是脂肪,没什么吃头。"

"人的事归旗里管。"大叶喜说。

"嗨,虎的事多了。刚解放的时候,乌兰达坝一个猎人没看清楚,以为老虎是一只豹子,用猎枪把老虎打死了。全旗的老百姓都很气愤,老虎是兽王。你把兽的大王打死了,山神也不让啊。这个猎人躺在现在乡政府的广场上,他身上铺一个狼皮。人们走过来,拿鞭子打这个人,打在狼皮上,惩罚他打死老虎犯下的罪行。蒙古人都知道不能用鞭子抽人,也不能用鞭子指人。但这个猎人打死了老虎,就要受惩罚。他身上盖一张狼皮,鞭子抽在狼皮上。他在广场上躺了一天,身上挨了一百多鞭子。鞭子打得也不重,但是人被鞭打,这已经是非常重的刑罚了,最深的罪孽才要受这样的侮辱。后来,这个猎人搬走了,搬到呼伦贝尔那一边。"

"虎是多么清洁的动物啊。"端德苏荣说,"虎不吃乱七八糟的东西。各种动物的肉味不一样,就像人吃黄连、蜂蜜不一样。小时候我生吃两只蜜蜂,没甜味,但蜜就甜。"

"冒咬绕。"(晦气啊)大叶喜合掌放在额头上,"你是什么人啊,连蜜蜂都吃。这两只蜜蜂这么笨,怎么没把你蜇成哑巴呢?"

"老虎不是太饿的话,它只吃野猪的肉。"端德苏荣把拇指支在嘴角,"野猪多么凶猛啊,力量大,什么都不怕。夏天,野猪天天到松树上蹭痒,把松油蹭在身上,一层又一层,子弹都打不透。老虎只吃凶猛的动物,它绝不会吃温顺的羊啊牛啊,那就不是虎了。可是,老虎也没有猎枪,怎么能战胜野猪呢?野猪是不可战胜的,它的獠牙像刀一样锋利,一下就把狼的肚子豁开,肠子流一地。老虎不可能咬住野猪的咽喉,只能一口咬住它的后颈,野猪那么厚的后颈,老虎一口咬下去,咬断它的动脉血管,直到它不动了。老虎只吃野猪的脖颈肉和后臀尖肉,吃光这些好肉就喝水去了。它吃野猪肉的时候,边上围好几层动物。老虎吃饱走了,狼冲上来吃它的内脏,然后走了。狐狸、獾吃剩下的碎肉,然后走了。这时候鹰从天上飞下来,吃野猪肋条上的肉,然后是老鼠、蚂蚁吃人眼都看不见的肉。大自然就是这样,什么都有用,什么都不会浪费。老虎吃饱了之后,要喝很多的水。它要喝上游流下来的一点没有邪味的水,然后睡觉去了,睡半个月的觉。老虎不贮存食物,它吃剩的野猪,其他动物随便吃，它不管。兽中之王嘛。"

阿拉坦仓用巴掌抹一把脸，说："动物都喜欢老虎，它给大伙带来了美味的野猪肉。要不然，像狐狸、獾子这样的小动物，怎么能吃上这么好吃的肉，肉丝粗，耐嚼，味道还好吃，像蚂蚁这样的昆虫吃上野猪肉更是幸运。最高兴的是谁？不用你们猜，告诉你们吧，是喜鹊。喜鹊这种鸟最聪明。它从风向里听出了动物的运动——老虎吃野猪肉的时候，引起了动物的运动，喜鹊知道大宴会到了。它在空中看一下，就找到了中心位置——动物们正安静地坐在岩石下面——老虎把野猪叼到岩石上吃肉——观看老虎吃肉，喜鹊高兴地叽叽喳喳，到地上抢肉吃，喜鹊知道老虎不会理睬它的抢劫行为。喜鹊从来都是连偷带抢。老虎吃饱之后走了，喜鹊会跟狼啊狐狸啊争夺野猪肉，只是来了秃鹫，喜鹊吓得飞走，再也不敢来了。秃鹫的爪子可以把兔子脑袋抓得粉碎，可以用翅膀劈断一棵碗口粗的杨树。喜鹊像棉花一样，根本不敢惹秃鹫。喜鹊这家伙，谁家宰羊，它在几十里地之外就知道了，在这家的拴马桩上大叫，抢掠在外面的羊下水。这个家伙是二流子，又是偷东西，又是哇哇大叫，性格不好。"

"下雨了。"端德苏荣望着窗外说，"说着说着就下雨了。"他的声音像诵经一样富于韵律。雨滴被南风刮在玻璃上，窗外立刻变得模模糊糊，雨滴里夹杂着雹子，粗暴地砸在玻璃上叮当响。过一会儿，风向变了。窗外现出整齐的草原的绿色，远处深黄的沙漠和更远处淡淡的青色的山峦。这些风景全都横着呈现出来，像叠得平整的缎子。端德苏荣说："这样的雨和雹子是什么意思呢？老天想说什么呢？阿拉坦仓，请你过来摸摸我的心脏还跳不跳？"

阿拉坦仓走过来，把食指和中指按在端德苏荣的颈动脉上，说："你的血像洪水一样到处冲撞，这就是心脏的力量。"说着，他把手放在大叶喜的胸膛上，说："你看，大叶喜的心早就不跳了，他的心在休息。"

端德苏荣说："雷声像石头滚下山，雨水是来接什么人吧？我是个猎人，杀过兔子、野鸡、野猪和狍子。在老天爷的账簿上，我杀生的罪已经多得记不下了，他们不愿意记了，召我上路。这是没办法的事，虽然我也干过好事，但老天爷记没记在簿子上，我就不知道了。"

"你把你干的好事，用微信发给老天爷嘛。"大叶喜说。

窗外雨停了，半截彩虹升在蓝灰色的浓云前方。端德苏荣说："大叶喜，你准备一下在我出殡那天说点什么，最好念一首诗，然后带一瓶好酒，跟大伙喝一顿。"

大叶喜高兴地挤挤眼睛，说："一瓶酒不够，要带两瓶好酒。"

我分不清他们谁在开玩笑，谁在讲真心话，但我们离开了端德苏荣的家，已经大半天了，主人要休息。

第二天，我接到大叶喜的电话，说端德苏荣让我们去，有猞猁的事要说。早上七点钟，我们赶到端德苏荣家里，进院时，我看见端德苏荣用胳膊肘拄着屋里的窗台正向外瞭望。进了屋，端德苏荣伸手跟我握了握，他的手像秋天的玉米叶子一样松弛无力，但他头顶稀疏的头发带着水渍的木梳印记。阿拉坦仓也在这里，还有一位我没见过的人，他们说他叫章巴，也当过猎人。

喝着茶，谈过了雨水、庄稼的长势，端德苏荣说："你那天说你想知道猞猁的事，你说的猞猁是什么？"

他们没找到"猞猁"这个词的蒙古语对应词汇，我说："'猞猁'这个词在汉语里也是外来语。北方汉人一般管它叫山猫，蒙古语没有'山猫'这个词。"他们问："须儿吗？"我说："不是，须儿是珊瑚。""是须日布斯吗？"我说："须日布斯是筋。"猞猁，猞猁，猞猁，他们三人加上大叶喜一共四人。向上翻着白眼，用手摸下巴的胡子，在想我所说的猞猁是什么？

我只好用手和表情演示，猞猁和猫长得相像，但身体比猫长一倍，它的眼神冷酷凶狠。我在鄂温克旗博物馆和莫力达瓦旗博物馆都见过猞猁的标本。它身上有斑点但不是豹，它的爪子像刀一样锋利。噢，阿拉坦仓身体后仰，表明想起来了。猞猁的耳朵尖有一撮毛，像手捻的胡子尖一样。噢，端得苏荣身体后仰，表示知道知道。猞猁尾巴比猫长，但它不是狗。章巴说："噢，你说的是色日。"他用蒙古语快速地把他说的色日的爪子、牙齿、个头说了一遍。他们四人后仰，"噢，噢，色日。"

我想打听一下猞猁的事情是因为这种动物连同这个如同波斯语一般的词汇几近消失了。猞猁，这个词的读音像一个人把很烫的肥肉吸进嘴里发出的声音——猞猁。猞猁的眼睛里发出远在万年之前的冰川时代的目光。这样的角膜、结膜与虹膜完全是冰冷的，没有一丝情感。所谓凝神的"凝"字在这样的眼睛里才有效体现。这样的眼睛所透露的心境多么静谧，蚂蚁行走，露水翻身的声响都在它的耳畔。其他食肉猛兽的爪子是尖钩，而猞猁的四爪是二十把锋利的刀刃外加尖钩。一般的猎犬遇到猞猁即被敲响了丧钟。猞猁前肢抱住猎犬，双后肢一蹬，立刻把猎犬剖肚开膛。猞猁善爬树，善观察地形，善隐蔽自己。大多猛兽，如熊、豹、狼见到猞猁俱逃之夭夭。但这种动物基本上绝迹了，上帝造猞猁的时候，赋予它过多的机警、凶猛、敏捷与残酷，上帝同时还造了人，人又造了猎枪，使包括猞猁在内的一批名为动物的生灵绝迹了。

"猞猁，"端德苏荣说，"不吃别的动物的肉，只喝它们的血。"我突然发现端德苏荣的眼睛像动物的眼睛，他灰绿色的瞳孔里的花纹像石头里的花纹，也像木头的纹理，仿佛他的眼睛是大自然的一部分。他前面的门牙只剩下两颗,这使他的嘴像猎人装铁枪砂的皮口袋的嘴,边沿的皮子向外翻着,而且薄。他说:"猞猁认识各种动物的脚印,它会在兔子惯走的路上等兔子,它趴在石头后面,前爪捉进两棵茂盛的草挡住自己,等待兔子。其实动物都是猎人,是摔跤手和武术家,猞猁把兔子的和自己的搏击奔跑的速度、角度和距离计算得特别精确。如果兔子或者狐狸出现在猞猁周边十米的距离内,跑都不用跑就完了。猞猁后肢蹬地蹿出去,前肢点一下地,第三步就扑在猎物身上。如果狐狸跑得快,猞猁前爪嗖地把狐狸皮都剥下来。但它不吃肉,肉有什么营养?像人这种每天拉一大堆屎的生物才吃肉,老虎和猞猁这样的高级生物粪便很小很结实,消化好。猞猁咬断兔子的颈动脉,这是个技术活噢,比医生还技术。兔子全身的血也就一斤,羊的血四斤不到。动脉断了,嗖地喷出去,一会儿就没了。不会喝血的动物,一滴血也喝不到。猞猁捏着兔子的脖子,让血喷进自己嘴里,热乎的血进了它的肚子。兔子就像撒气的皮球一样倒在那里,猞猁根本不吃它的肉,獾子、野猪过来吃。"

"猞猁身上有兜呢。"阿拉坦仓说,"猞猁最怕人发现它。它那么聪明,它知道世界上最可怕的不是毒蛇,也不是雷电,是人。它知道人仅仅为了它身上的一张皮就会开枪打死它,下套子勒死它。动物都是饿了的时候才吃别的动物,人不是这样。人有大米白面,有炒米黄油,有几百只羊随便吃,可是还要上山打死动物。要它们的肉,要它们皮毛,要它们茸角。哎呀,我是个人我没办法,我要是动物我天天骂人,骂这帮穿衣服的坏东西。你们这么坏,你们还会哭,你们有良心吗?哭什么?人还会笑,这么坏的东西还在笑,真是吓死人哪。夏天山上长树叶的时候,猞猁敢出来,有隐蔽。冬天下雪了,什么动物都留下脚印,猞猁怎么办?它真是聪明,猞猁等待大动物出来觅食之后,踩着大动物的脚印出来找吃的东西。你看它多聪明。"阿拉坦仓四肢并用,模仿猞猁在大动物的脚印窝里行走。"可是猎人都知道,"阿拉坦仓说,"猞猁发现猎物了,比如鹌鹑出现了,它就从大动物的脚印窝里跳出去抓鹌鹑。吃了鹌鹑,猞猁就躲在树上,等大动物走过来,再踩着它的脚印窝回到洞里。"

阿拉坦仓说:"猞猁像是个人,可是比人还敏捷。一般的猎人根本不敢打猞猁。如果你一枪打不中它,你没命了,它一爪子先把你的脸和眼睛抓下来,然后开膛。会打猞猁的猎人这么打,先扎一个草人,有胳膊,穿衣服,再给草人戴个大叶喜那样的礼帽。找到猞猁,把草人立好,把猎枪从草人腋下支出去,瞄准了,开枪。那时候猎枪都是打火药霰弹,噗地一团火从枪口冒出去。猞猁多厉害,在枪开火的同时扑向草人,把草人抓稀碎,当然猞猁也被霰弹打死了。它跟你同归于尽。猎人开完枪立刻躲起来了。猞猁多敏捷,这么快的反应,比人强多了,神经反应力超强,最后也被人害死了。"

章巴说:"猞猁傻,它脑子达不到人的程度。猎人想用枪打猞猁是不可能的,你根本不知道它藏在哪里。带着猎犬去围猎猞猁,四五条猎犬站在远处叫,根本不敢到猞猁身边。到底谁厉害,动物心里最明白了。除非用下夹子夹住猞猁,否则根本摸不到它,连毛都摸不到。可是,夹子夹住猞猁后,起夹子的时候,一般的人起不了,把它从夹子里放出来的时候——虽然它的腿已经被夹子夹断了——呼地冲过去,把人抓死。这个时候,明白的猎人要拎一根棍子,用棍子打猞猁。猞猁被夹在夹子上跑不掉,可是会躲棍子。棍子落地的一瞬间,它躲开,东一下西一下地躲。猎人把棍子扔掉,猞猁还是盯着那个棍子看,怕棍子站起来打它。猞猁嘛,还不是人,它以为棍子是活物。猎人趁猞猁愣神的工夫,一刀捅死它。要不然,根本近不到它身边。"

端德苏荣说:"我用刀杀过猞猁,跟章巴说的一样。把猞猁夹在夹子上，用棍子打，然后捅死。老天爷，我怎么这么坏，我今天说都说不出来的事，当年是怎样干的？人只能死一回，像我这样的人，死十回都应该。你们看着吧，我死了之后，还要去阎王爷那里死九次。老天爷，我怎么会成一个猎人呢？杀过黄羊，杀过熊，杀过狼和豹子。兔子，那简直像割草一样。有时候，天上突然打雷，轰隆轰隆，咔——我明白这是劈我来了，赶快把柜子里那件好衣服穿上，到门口等着雷劈。雷咔地劈下来，劈到很远的草地上，那里什么也没有，你劈它做什么？是不是我换了好看的衣服，老天爷就认不出我来了？"

大叶喜说："雷来到的时候，你要穿上打猎的衣服，拿着猎枪站在野地里，老天爷才认识。"

"可是，猎枪早就被没收了。"端德苏荣躺在炕上喘粗气说，"要是有个开关，咔嗒一下，我就结束生命多好。"

"买开关也要花钱呢，还是自己咽气吧。"大叶喜逗他。

后面几天，我去采访一位接生婆。在蒙古语里，"沃登格"这个词有两个含义：接生婆、女性巫师。我沉湎于语文的诗意里，接生婆、巫师不是有很多接近的地方吗？创造语文的先祖，把多少心意融化在词汇里，述说这些词汇，如同进入先祖的心绪里。人与祖先的联系，与其说血脉，不如说语言。血脉是什么？A 型血、B 型血，还有什么？血清、血小板，高密度脂蛋白胆固醇，甘油三酯。这些化学成分能告诉你什么？而语言——我说的是没被污染的民间语言，会告诉你几百年前或几千年前的祖先的心意。这是一段插叙，我说的是——那一天我在沃登格独贵玛的家里喝茶采访，接到大叶喜的电话。

"我明天领你上山看看，好不好？"

我说："好，明天是啥日子？"

"六月十九，好日子。"

"好。"

第二天,我们按约定,早上五点钟开车出发,到达罕山的山麓。草原的晨风传来香甜的气味,不知道这是青草抑或是白桦树的香味,也可能是大片野花的花香,我们的车开进罕山山麓的浑腾河谷,这里有洪水一般泛滥的金莲花。这些在风中摇摇晃晃的花朵,仿佛是从火车站下站的旅客,拥挤在河谷。它们引领遥望,它们守秩序。当这一片河谷开满金莲花后,几乎令人绝望,这么大的河谷都成它的领地了。在乳白色的晨雾里,金莲花仿佛做集体祈祷,它们喇叭式的花瓣还没完全开放,空气中弥漫着略带苦味的香气。金莲花,又叫金疙瘩,今天在这里开得密不透风,开三十多天就谢了。这么多花,装车都得装十汽车,怎么能说没就没呢?

"端德苏荣,"大叶喜说,"昨天晚上走了,去找那些野猪、兔子、黄羊、狍子和猞猁去了。但不是被雷劈死的,他半夜起来喝水,摔了一跤,躺在地上,就走了。"

猎人走了,这个消息让我感到很突然。

"他早安排好自己的后事了,用白布裹着身体,今天早上拉到了悬崖下面一块岩石上。他说那里什么野兽都有,他想让所有野兽吃一口他的肉,还上债,这是他的心愿。我拉你去那里,看看他的遗体,我估计被动物吃一半了。秃鹫食量很大。"

"不要去了,停车。"我说。我们下车,地面开始凸露岩石,没有花朵,有一些山榆树和山丁子树。大叶喜手指那片地方还在山的高处,现在还被白雾包裹着。端德苏荣,在罕山上转了一辈子,现在回到了山里。我觉得动物们都知道他回到了山上,它们并不怨恨他。他也是一只动物,现在安眠于此。他身旁环坐着猞猁、兔子、野猪、黄羊和狍子,也许有夏尔其格秋亥(黄鸟)、呼和其格秋亥(蓝鸟)在他头顶飞翔。

辑二

伊胡塔的候车室

胡四台的道路泥土芳香

今年夏天,我外甥阿如汗买了车,要带我父母回老家游历。阿如汗对我爸说出这个计划,准备接受姥爷的盛大表扬,我爸没言语,看窗外的柳树。第二天和第三天,阿如汗向我爸热烈地重复这个计划,我爸沉默着,在屋里走走站站,想事。

我知道,我爸的返乡之旅在心里已经启程。

我老家在通辽市科左后旗朝鲁吐镇胡四台村,我爸十七岁当兵离开那里,之后的思念就从未停歇。他认为人的良知就在于爱故乡。春天到了,他在窗前注视良久,说:"我老家的柳树也是这么绿的。"原来,他看柳树是回忆老家。人老之后得到许多特权,之一是说话不需要倾听对象和前后铺垫。下雪天,我爸盘腿坐床上,手拿报纸笑了,说:"兔子倒霉了,傻半鸡也完蛋了。"

我妈问:"兔子怎么了?"我爸兴高采烈地讲述他在老家雪天抓兔子和傻半鸡的故事。我妈不满:"你看《参考消息》说兔子倒霉,我以为国际出事了呢。"

我在房间艾灸,我爸从外边进来问:"这是什么味?跟我老家的艾蒿味一样,好像到了夏天。"我爸在屋里转来转去,我妈问:"干啥呢?"我爸说:"闻这个味呢。"说着,坐沙发上晃着身子唱起歌来。我爸在家唱歌是太平常的事情,无人惊奇。他唱《达古拉》《诺恩吉雅》《万丽花》,歌名是蒙古姑娘的名字,是爱情歌曲。科尔沁人世世代代唱这些歌,不为搞对象,在唱故乡。

科左后旗离赤峰不远,坐火车要换大客,不方便。自驾游就方便了,只有四小时车程。我对阿如汗的计划给予充分肯定,夸到他脸上乐出花。之后帮我妈准备回老家的礼物,红茶、酒等等,并给予阿如汗必要的经费保障。

这是今年八月十日左右的事情。我本想从赤峰跟他们一起回胡四台,但有事去了南方。八月十六日,我在深圳接到电话,邀我去通辽参加一个会。我的事刚好办完了,飞通辽。飞机在通辽机场降落后,我的内心地图跟我爸一样展开在胡四台的沙漠、晒蔫的杨树叶子和白岩石一样露出草地的羊群上。我心头也冒出蒙古歌的旋律——《金珠儿玛》《云良》《维胡隋玲》,这些由蒙古女人名字命名的歌曲把人带进一座亲情隧道,歌声委婉、摇曳、悲伤,像火堆背后的夜空挂满了祖先的脸庞,静默的蒙古面孔排列到远方。

通辽的会是蒙古文学改稿班,作者是来自内蒙古、新疆和青海等地的蒙古族作家。十八日上午,我们去大青沟景区采风,进入科左后旗境内。我爸我妈这天早上从赤峰出发,我觉得他们到了,离这儿不远。我想直奔胡四台,但会没散,不好意思请假。中午吃饭,几位当地干部作陪。坐在我身边的一位干部五十多岁,浓眉大眼,他落座问我:"家哪的?"

我说:"就在科左后旗。"

"哪个镇?"

"朝鲁吐。"

"哪个村?"

"胡四台东村。"

"家里还有啥人?"

我说出堂兄和嫂子的名字。

他侧身端详我,露出笑容,说:"你长得太像你哥了。我叫布仁吉日格勒,在朝鲁吐镇当过镇委书记,现在是旗民族宗教局局长。你想回家看看不?"

我说:"想啊,刚才还想呢。"

他问:"啥时候去?"

我说:"吃完饭就去呗。"

他哈哈大笑,说:"一会儿坐我车走。我认识你哥,把你送到家门口。"

上了车,我感到幸运,世上真有这么巧的事。如果我的座位不挨着布仁吉日格勒,就没这好事。他简直是上帝派来送我还乡的人,我几乎想问他上帝好吗?上帝最近在忙啥?车窗外,白茫茫的沙带和灰绿的治沙植物如大地衣衫的条纹,和老家的风景一样。

要到家了。我爸这会儿应该坐在堂兄家里说话呢。我想象他正用手掌抹去长着老年斑的脸上的热泪。他流泪的时候拉直嘴角,使劲吞咽流进嗓子里的泪水,眼球血红。他回忆我曾祖母努恩吉亚、我爷爷彭申苏瓦、我大伯布和德力格尔的时候常如此。沙梁上洁白的、晒得滚烫的沙子招呼他回到童年,羊粪、酸奶和玉米糙子粥混合的气味就是天堂的味道。"我老家呀,没得比,太美了!"这句话我爸说了几十年,至少我听他说了五十多年。他说胡四台的道路都有奶香。在老家,我爸看见白马,会想起他的战马——撒日拉簸饶(蒙古语,带点我杂花的白马)——和他一起参加过开国大典阅兵式,他身在内蒙古骑兵二师白马团。故乡的马从草地抬起头,缓缓转过头,鬃发遮挡的眼睛温和明亮,我爸会抱住马脖子,他最熟悉马的汗味。

公路边的房子在我看来一模一样。汽车嗖嗖开着,也不知往哪儿开呢。我堂兄是普通牧民,司机知道他家在哪儿吗?我正想着,车拐进一个院子停下。我爸、我妈和我姐他们正从阿如汉的白车上下来,被晒得黝黑的人们围着,有我哥、我姐和一帮满地乱跑的孩崽子。当我出现在他们的视线里,全体人的话语和动作都冻结了,表情凝固。半转身和手里拿东西的人静止在刚才的动作里。我爸正往头上戴草编礼帽,穿红跨栏背心的堂兄朝克巴特尔大张着嘴,堂姐阿拉它举起双手摸着脸颊。我不知咋办,眼泪先于话语落在沙土地上。朝克巴特尔第一个醒悟,大喊:"原野!"他紧紧抱住我,堂嫂和堂姐从两边抓住我的胳膊。我爸妈复活表情,顿时喜笑颜开,说:"哎呀,你从哪儿来的?咋回事啊?"我的到来如同精心炒作,我姐塔娜笑得前仰后合。她觉得太滑稽了,我突兀而来抱着朝克巴特尔哭,堂兄把眼泪抹进雪白的鬓发里。"你俩像周星驰电影里的人。"塔娜说。哥嫂越发对我刮目相看,嫂子灯笼假装捏捏我的胳膊,看我是人还是神。

原来,我外甥开车迷路,晚到了,他们刚刚进院。冥冥中这一番安排让我们肃然起敬。我爸说:"这不是一般的巧合啊。"说话进屋,上炕喝茶吃奶豆腐。我忽然想起把布仁局长给忘了,同行的还有朝鲁吐镇的书记和镇长,他们给堂兄带来了礼物。我把他们请上桌,一起喝茶。牧区干部朴实,没挑礼。

我爸回家了,他今年八十六岁,离乡将近七十年。中间回来多次。他眼前是公路、釉面砖的房屋和农用车,黑绿的玉米叶子在风中翻卷,远处有一溜树林的梢头。我说这和你小时候不一样了,我爸说一样。我不知道什么一样。我爸沉默了,他不再激烈地讲述往昔。他老了,他手扶窗台长久地向外看——这是老年人瞭望世界的独有姿态。窗外有阳光下晃眼的沙漠和停在天边飞不动的云。七十年前,他从这里投身军旅,这辈子历经劫难,九死一生,支撑他活下来的能量来自民族和故乡。三十年前,我爸创立了一个民间非营利机构——昭乌达译书社,集合同道收集整理十二卷、几百万字的蒙古文学典籍译成汉文出版,是历史首创。他本人获得内蒙古文学艺术突出贡献奖金质奖章。对我爸而言,文化不是一个民族的花边而是它的筋骨血肉,它们是土地和呐喊,是奔流的大河与马的目光。我爸觉得蒙古族所有的诗歌、赞颂词、音乐与史诗都在描绘他那个小小的胡四台村。"没得比,太美了!"这个地方恒久如一,永远都"一样"。堂兄为我爸请来一位谈伴,是他岳父也是我爸小时候的朋友猫儒。他和我爸同岁。那几天,他俩头朝里躺在炕上唠嗑,面颊枕自己的手掌,唠到吃饭坐起来,然后又躺下唠。猫儒耳聋,我奇怪他怎么能听到我爸的声音呢?

傍晚,我们看草原上的落日,看朝克巴特尔赶着羊群回家,看天上星星亮如敷一层薄冰。中午高温的胡四台,入夜凉意深重。我们回屋,听到我爸和猫儒在黑暗里谈话,声音像蝴蝶在夜里扇动翅膀寻找落脚的灌木。他们说马有多少种颜色和名称,说野浆果的滋味,说庙会。我爸说攻打长春的时候士兵的尸体垛成了工事,猫儒说苏联人在通辽把鼠疫患者装进麻袋里拉走了。他们不开灯,小声说话,好像怕历史重演。过一会儿,我爸唱起歌——估计他们说到了一首歌,猫儒跟着唱,但他音不准,抢拍。我不知道,此刻世界上哪个地方还有两位八十六岁的老人躺在枕头上轻声唱故乡的歌曲?唱《小黄马》《嘎达梅林》,像他们小时候在河边唱过的一样。

我爸想出去走走但走不动了。他在院子里散步,用手指肚摸摸桃形的豆角叶子,摸摸开裂的马鞍的鞍桥,进屋,用胳膊支着窗台远眺。阿如汗诧异,无比健谈的姥爷咋不说话了?他不懂,他老了就懂了——人的语言在心爱的事物面前会谦卑地收拢翅膀。我爸心里有一幅胡四台的画,他画了八十多年还在画,添加他想象中的野花和飞鸟,加上一群长得奇里古怪、他的重孙子辈的孩子们的面孔,还有马……他要一直画下去。

被遗忘的墙

朝克巴特尔家的窗前有一片菜园。对"园"这个词来说,他们的菜太少。园里不规则地种着胡萝卜、葱和辣椒。西红柿不红并且不生长,直到秋天都像玉石球。菜园有一尺半高的土墙,挡猪。最有噱头的,这是一道没门的墙。人入菜园采用跨越式,朝克巴特尔一步跨过去,格日勒拎着裙子过墙,小孩子用肚皮蹭过土墙。墙变矮了,顶上光滑。

我问朝克巴特尔:"咋不安个门?"

他挠挠头皮,说:"忘了。"

我说:"现在刨开,安一个门。"

他回答:"那就把墙破坏了。"

在城里人看来,这是懒惰,因而可笑的生活态度,离雅致很远。对朝克巴特尔来说,特别是他喝了半斤白酒,坐在台阶上,青筋暴露的大手放在膝盖上的时候,值得探究的是远方。天空翻滚着海带色的浓云,雨腥的空气飘过来。朝克巴特尔考虑庄稼、马和羊群在雨后的情形，而不是菜园土墙及其门的问题。

在草原骑马飞驰，大地像飞箭一样向后闪过。道路在马的双耳之间延伸。从山上眺望村庄，一座座屋舍孤孤零零。像缩着肩膀的孩子。对牧人来说，房子只是过夜的居所，它不算财产。财产是牛羊和马群，还有天空大地。土墙是什么？什么都不是。虽然如此，朝克巴特尔看到小小的豆角长出来后，指着它笑了，像说"多小呀"。就像人们笑蹒跚学步的孩子和毛茸茸的鸡雏。朝克巴特尔揪一把小白菜往屋里走，反复观看手里的菜，眼里却是看草的表情，有点惊异。当然，小白菜卷曲的叶子比草好看多了。

菜园的土墙底下，斜着长出闲草。猪用墙蹭痒，花猫由于捕捉路过的蝴蝶，从墙头掉了下来。

继　母

到胡四台的第四天，我爸说："得看看你奶奶，咋也得去。"

他的口气虽然像商量，但很坚决。

塔娜因为感冒，头朝里躺在炕上，拿着一瓶风油精，听了这话，仿佛要笑出来。

她要笑的理由我了解。我奶奶是我爸的继母。曾祖母住在赤峰的时候，多次讲述一个故事，大意是：这位继母过门之后，把鸦片拌入黄油红糖的秫米粥里，飨以我爸。那时他三岁，最喜美味。就在这节骨眼上，曾祖母看出事情蹊跷，夺过碗，叱令我父亲的继母吃下去。我的曾祖母能在风平浪静中发现饭里有事，只是她一生所历奇迹中的一种。在我儿时，听曾祖母用蒙古语讲过全套的《瓦岗寨》和《三国演义》。曾祖母不识字，她年轻时听汉人说书，只一遍就能把几百万字的故事记下来，且转译蒙古语。书中人物相貌秉性、兵器屋舍乃至草木虫鱼，无不栩栩如生。当她平端一尺多长的烟锅向前一戳，烟雾从唇齿浮漾之际，吐露故事可谓天花乱坠。曾祖母则庄严如故，无论厮杀场面怎样血肉横飞，仍临危不乱，代表贵族身份的圆发髻高高绾在头顶，所谓"百会"之处。面对这碗秫米粥，我爸的继母没敢接，扑通跪下了。我爷爷也跟着跪下了。曾祖母把这碗粥顺窗户泼向当院，一条狗欢快飞舔，倒地，替我爸死去。

我妈常在不同的情境下引用这个故事，使其产生奇妙的寓意。譬如我爸翻译书稿挣了钱的时候，酒醉以及拍案把筷子震挺高的时候，也包括他在小园里种了许多向日葵，窗前蜜蜂飞舞的时候。我感到我爸一次又一次从他继母的毒害中逃逸，他对我妈提起此事并无快意，倒不是怕死，仿佛别有感触。

我爸三岁已成阔人，以眼睛特大、偷瓜、飞掠马背和擅骂人驰名于朝鲁吐一带。他常站在墙头上滔滔不绝地、用无法称之为文雅的骂人话把富人小姐弄得不敢出屋，出屋亦心跳耳热。乡亲们知道，当我爸的大眼睛乌溜溜转起来后，就有人（包括庙里的喇嘛）和瓜要倒霉了。他与我大伯的温良恰成对照。曾祖母将我爸昨日之种种称为聪明，并让大伯放羊，我爸念书。

他们跪了一宿，第二天被撵走。我爷爷彭热苏瓦早先是个当兵的。曾祖母独身抚养小哥俩。后来我爸也投军，远飘天涯，与其继母基本没有来往。而此时我爸这样说的时候，于我是意味着到供销社买礼品，于堂兄朝克巴特尔是套马车。

路上，朝克巴特尔翻来覆去地说自己种的玉米长势好，甚至停下马车指点。在南沙梁子下面，朝克巴特尔的玉米地高出别人的一头，黑绿叶子肥大，像欧洲球员与亚洲同事站在一起那样。马车轱辘在沙窝里磨蹭着，不时把大胆探头的浅粉色的牵牛花轧过去。在车厢的花棉被上，陈虹和鲍尔金娜挺身坐着，腰身随车韵律一致地扭动，以手遮阳，像给玉米仪仗队敬礼。我外甥阿斯汗惊讶地盯着辕马的臀部，后者高傲掀尾，粪蛋滚滚而下。在我小时候，曾用包点心的红纸包一提溜马粪,放在辽河工程局墙外的大道上,等贪财的人来捡。等有人发现,见左右无人,弯腰捡那纸包时,我们从墙后探身爆笑,羞得那人疾走。

我奶奶住在依咪姑姑的东屋,破旧而凉爽,窗台玻璃上爬满豆角的桃形的叶子。她躺在炕上睡觉。实际说不上睡,而是一个老人临终前的静寂,像在归途上等车。我们到来,依咪姑姑叫醒了她。她转过头,眼神是陌生的,宛如刚从另一个世界而来。即使对烟酒礼品也无眷恋之意。她的身体非常柔软,九十多岁,已经坐不起来了。看得出,她年轻时姿色不同一般,即使现在目光仍锐利,皮肤白而细。炕梢放一叠新衣服,内衣和外衣。显见是奶奶一俟咽气,就随时穿的。

"介……"(蒙古语,是,是的)依咪姑姑的额头掐两行暗紫的血印,如扑克牌的方块。她笑着抚摸母亲的头发,意谓就是这样。

我爸睁大眼睛看老太太,半响没说话。

依咪姑姑大声喊:"那顺德力格尔!那顺德力格尔依日介!契尼乎必希!"

"那顺德力格尔"是家父的名字。依咪姑姑反复喊着,企图唤起我奶奶对那个大眼睛男孩儿的回忆。后面的话是:"他来了,他不是你的儿子吗?"

"什么?什么?"老人目光茫然、徒劳地寻找什么。她什么也认不出来了。

"嬷嬷!"我爸低声叫,音有些抖,"嬷嬷……"

在蒙古语中,"嬷嬷"即妈妈,作为动词,又指吃奶的动作。这是非常亲的、连着血肉的词。

"嬷嬷",我爸的口气越发轻了,像微风吹过花朵。他仿佛回到了童年,至少那种语调如此。

没有办法了。我爸把钱放在她的枕下,老太太接着静寂。临走时,他用可怜的目光看炕上这个身材已经很短小的老妇人,说:"'文革'的时候,她替你爷爷挨了好多的打,铁丝都勒进肉里了。"

原来在我爸心里,继母经受的痛苦原本是应该由我爷爷经受的,虽然我爷爷已于光复之年就死去了。她的苦楚,不止勇敢而且是奉献了。

"……胳膊被拧断了,把烧红的炉盖儿放在她头上。"我爸缓缓介绍他故乡的造反分子折磨他继母的情况。

我们低头在架上的丝瓜间穿行,一行新栽的小葱透出像马兰那种银灰色的深绿。

朝克巴特尔拿鞭子站在车旁,他用一种特殊的笑容看着我爸,就像早上塔娜发笑一样。

夏季的峥嵘云阵里,余晖放射而出。我爸由于刺眼而皱着眉,向马车走去。阿斯汗在他身后问:"姥爷,你妈不认识你了,要是亲妈,她就认出来了。对不对,姥爷?"

阿斯汗边跑边追问着,我爸在朝克巴特尔的搀扶下费劲地爬上马车。我没看到他的表情。

满特嘎

满特嘎是我堂姐阿拉它的丈夫,他第一次来赤峰是接阿拉它和儿子双山的。我大伯的女儿们,在孩子生到了我妈感到气愤的程度时,就被招到赤峰做绝育手术并调养一个阶段。

阿拉它那次不知什么缘故没有手术,于是愉快地在这里度假。她尽一切能力把我们家的东西擦的擦,洗的洗,总之,一切都是亮堂堂的。

我爸常夸阿拉它漂亮,说:"这孩子就是当电影演员都行。"并把他从军时内蒙古军区歌舞团的女演员挨个跟阿拉它比——珊丹、杨吉德玛、莲花、贵丽斯花……结论是,她们都不行。阿拉它每次听到这里,都要"扑哧"笑出来,意谓叔叔的想法太离奇了。一个乡下人,怎么会比演员漂亮呢?况且是内蒙古军区的演员。

阿拉它的长相的确很好看。一笑,便有喜气洋洋的样子,演员也不一定如此。只有从心底笑,才好看。像花朵在早晨遇到阳光时一样。

阿拉它在我家头几天还很快乐，到处笑。后来渐渐沉默，她抱着双山倚着门框小声唱歌。那些歌在我听来一律是忧伤的。她一边唱，一边用手轻轻拍着双山的背。双山才几个月，脑袋大到仿佛脖子都禁不住，晃着。而我父母下班之后，阿拉它麻溜儿干活，不唱了，也不怎么笑。

我妈说："给满特嘎写信了，接你。"

阿拉它的脸忽地红了，抱儿子转过身。

那时我虽然还小，但能从阿拉它的眼睛里看出她在思念另一个人。一个女人，如果目光变得遥远，并常常失神，大约就是这样吧。

一天早上，我在睡梦中被浓重的膻味熏醒，睁眼看到一个陌生的人，他就是满特嘎。这个人的脸像树皮一样粗糙，颜色深红，眼睛细长，前额的抬头纹仿佛是被沉重之物压出来的。这张脸和阿拉它白净的、如满月般的笑脸并列在一起，实在太有趣了，按城里人的眼光看，也不般配。

满特嘎向我笑一下，仿佛很吃力，旋即闭上了嘴。我为阿拉它感到惋惜，并对她的神色飞扬有些不满。

膻味是满特嘎扛来的羊肉带来的，还有炒米、奶酪。在那个年代，这相当于一家人过春节所享用的美味。

满特嘎来了之后，阿拉它一往情深地望着他笑，如果撕一角报纸放到满特嘎脸上，会立刻被阿拉它的目光所点燃。隔一会儿，她就把双山递到他怀里，然后看他俯视儿子的样子再笑。而满特嘎是腼腆的，被阿拉它注视久了，就用手摸摸自己的脸，顺势连胡子带嘴捋一把。他看儿子的表情是怜悯的，看我父母的目光非常恭顺，而看阿拉它时，在细长眼睛的深处，跳荡着男人的柔情。无疑，阿拉它了解并幸福地享用着这种眼神。

父母让我带满特嘎上街转转。走到当院，他用手指轻轻捏一下我们的沙果树,说"唔"。这树无疑太细了,但满特嘎的意思仿佛原谅了它的纤弱。在大街上,满特嘎背着手,目光投向远方。蒙古人上街爱背着手,这并非摆架子,而如表达自己的谦恭与微不足道。而眼神——他们由于在草原上生活久了——总是投向很远的地方,看马群以及云彩。

到了百货公司,满特嘎见什么东西总要摸摸它的质地,用手指捻一捻。布匹、碗、大粒的青盐,除了那些隔着柜台摸不到的东西,摸完仍背着手。出来时,他买了一瓶白酒,把余下的钱用双手捻成一个卷儿,像炮仗一样,塞进内衣兜里。

晚饭前,满特嘎轻巧地咬下酒瓶的铁盖,像咬一块胶皮。斟上酒,双膝跪地,站起再躬身,把酒举过头顶,献给我爸。我爸接过酒一饮而尽的时候,满特嘎出神注视,仿佛很感动,嘴唇动了动,但没说出来。事实上,满特嘎几乎不言语,话都挤在脸上,在粗糙的眉眼间似更生动。

我现在算起来,满特嘎和阿拉它当时只有二十七八岁吧。我今年去看他们的时候,堂姐老了,满特嘎还是那个样子,但头发已经雪白。他头发卷曲,像戴一顶羊羔皮的帽子一样,五分硬币似的小卷儿闪闪泛着银光,使绛紫的脸膛笼罩安详之气。阿拉它说,大儿子结婚了,意谓他们已经为之盖房娶亲了,只剩下双山。双山已经高中毕业,文静地听我们谈话。

在科尔沁草原上,积十几年劳动所得,才勉强为一个儿子完婚,而另一个儿子的婚事就意味着阿拉它和满特嘎必须要努力到生命的临点。而他们把此事视为一种光荣的职责。由于自己年轻时曾经快乐过,虽然短暂,就应该让孩子们快乐,即使劳役多多。而孩子们对此也是平静的。眼下,满特嘎为村里人放一百多只羊。因为草场不好,每天赶羊往返百里,这样,羊才能肥。他天没亮就揣着干粮去放羊，天黑之后返回。眼下，他在灯下静静地听阿拉它对双山婚事的规划，全身一动不动，像一棵树，眼睛偶尔一眨，流露出慈爱的目光。我感到，在满特嘎心里，一切思想都没有了，不妨做一棵树。他的思想都被我堂姐移植走了。他们的思想加在一起，也不过是：活着，并且让孩子们更好地活着。

阿拉它在述说的时候，不时看满特嘎一眼，目光里仍有少女般的情意。她一定感到，她嫁给这棵树，是十分幸福的。而原来挤在满特嘎脸上的话语也消失了，他享受着没有思想的快乐。像一只老牛，卧在晚风的草地上，望着远处的牛群一动不动。

萨如拉

我无论做什么，身旁总有萨如拉的目光追随。一旦定睛与她对视，她反而不好意思了，撩起破裙子遮脸，只露出眼睛热烈地望你。她的嘴，一定在破裙子里大笑着。

萨如拉是我堂妹格日勒的孩子，只有五六岁。

虽然萨如拉学着大人的腔调厉声喝狗，用砖头勇敢地砍别家觅食的猪，敏捷地翻墙摘豆角，但你看她时，还是会羞涩。

她还不知道为自己家里的一贫如洗而难堪，她腿上久不洗濯而形成的黑渍，那件颜色褪到无以名之程度的裙子，都没有使她感到不妥。

当我用目光抓她时，萨如拉先"哦"地尖叫一下，惊慌而幸福，然后两脚蹬地、弯腰架臂，准备跑。

有一次，我对着架上的豆角秧假装自语说："萨如拉老是跑，肉都是竖丝，蘸酱油肯定好吃。"

我的声音不大，但已被蹲在外屋洗小手绢的萨如拉听到了。她警惕地直腰观察左右，然后偷着把酱油瓶藏起来了。

她也许真的认为我将把她按到锅里，填满水，煮了吃肉。

在胡四台村，我由于是城里人而被亲友们认为是有钱人。他们谦卑地谈吐，唯恐说错什么话，这使我难过，感到对不起他们。

孩子却不是这样，他们照样得意扬扬。你给他糖么？给吧。孩子们在品咂糖果的甜蜜时，其专注如一位教士读圣经，心里只有快活，而不是别人的恩典。孩子们聪明，知道世间之乐乃与生俱来，何须谦卑？

萨如拉爱洗小手绢，这一点已引起众人的议论。她一有空就用肥皂洗那个带小鸭子图案的手绢，扯在手上飞跑一圈，已干了，然后塞到鼻子下面，嗅阳光与肥皂的气味。

她一洗手绢，就要唱歌。其嗓子之嘹亮为整个家族所首肯。在我们的八度之上，她仍能唱两个八度，从容婉转，像鸟儿在云层里翻飞：

   弥漫着白雾的鄂托克西边，
   牵连着我心中的愿望，
   真想和他见上一面啊……

这是一天午睡时，萨如拉在窗下所唱。我静静地听，间或还有清水撩拨的声音，她又洗手绢了。

我坐起来往外看，见到她母亲格日勒对着我笑，大手大脚的，衣服后背让汗打透了。我们来后，亲友们轮流杀羊请客。我这个堂妹也随着大拨人马，找个不引人注意的地方，捡一块骨头啃着吃。她没有羊，请不起我们，惭愧着。仿佛对不起我媳妇送她的鲜艳裙子。

但是，当她发现我注意并赞赏小萨如拉的所作所为时，就非常高兴，如同送给我的独一无二的礼物。

萨如拉的确是独一无二的，如果条件允许，我很想把她送到北京的朋友赵世民身边，让他给请一位像沈湘那样的老师教歌唱，也许会培养出一位玛丽亚·卡拉斯或迪丽拜尔。

照　相

我大伯布和德力格瘫痪于科尔沁草原的沙漠深处，村名胡四台。他匍匐着种点菜和玉米，也能喂喂猪。

我爸率领一帮子孙后代去看望大伯，临分手时要照相。让他和我爸并排坐好，他总坐不好。一听说照相，他竟然连"坐"这么简单的事也不会了。

按快门时，他大骇举臂，几乎后仰落地。闪光灯的一道白光把我大伯吓着了。他生气了，质问："什么？这是什么？"

答曰："这就是光。屋子暗，照相得有光。"

他还是很生气，说："我知道这是照相。照片呢？把照片给我。"

我爸说："你大伯没照过相，吓成这样。"

后来我想，不对，他照过相，五十年代，他去呼和浩特治肺结核，跟我爸有过合影。在照相馆画有北海白塔的虚假背景前，他们哥俩儿似笑非笑地照了一张相。

不过，那时候的照相机是个大盒子，师傅把脑袋塞进红面黑衬的布袋里鼓捣，然后伸出一根手指说："看这儿，头再歪点儿，别动。"攥指捏咕一个橡皮玩意，就照了，没闪光灯。

我知道大伯害怕闪光灯。

我爸走时，大伯全家三十多口人往村口送。大伯扶着窗框，流着泪喊："明年你们来啊！我数着手指头等你们。"

明年再去，大伯就不惧闪光灯了。

我梦想给所有没照过相的人照一张相，尽管他们会被闪光灯吓一跳。

分衣记

在我大伯的孩子里面,格日勒并不是最穷的。她已经盖了房子,而且有房顶(吾侄保明的屋顶则不全,让暴雨浇塌半边后,一直没修复)。格日勒的家里,除了几床被子和地上的黄狗带点鲜艳的色彩外,其余一律是土色,墙、炕和窗台。

我爸环视一周,说:"挺好,年轻人都是这么过来的。下回带点蒙文报给你们糊墙。"

格日勒脸色红扑扑的,张着大嘴傻笑,同时用右手使劲扭着左手的指头,仿佛那指头犯了什么错误。她根本不在乎糊不糊墙,只对我们的到来表示欢迎。

格日勒的财富都在外面,即房前屋后的已长出几片叶子的黄豆。她在北山后还有几亩玉米。

"哎哟,格日勒还能种黄豆呢?"我姐塔娜惊讶地看着这些豆苗。格日勒住在塔娜家里的时候,是最懒不过的。

格日勒笑着,扭手。她是我大伯最小的女儿,在赤峰住过几年。

她个高,身架像外国模特一样,长得也像,大嘴尤似索菲亚·罗兰。无论你怎么说她,格日勒都不改笑,皮实。但说大劲儿了,她鼻尖也浮一层细密的汗珠,不断擦去不断浮出。对格日勒的各种毛病,我爸一般抢过话头先说几句,他的意思是不想让别人再说她。

"种树。"我媳妇说,"格日勒你种树,种树最好了。"别人家的院套大多有树,气脉旺盛的样子。格日勒的房子像古堡一样孤零零的,被几寸高的小黄豆苗簇拥着。

格日勒笑着听。她心里一定说,我也不是傻子,种树干啥?种树当年也收不上什么。

我们这次到胡四台,带来一些旧衣服,分的时候如我妈所说"平均一下,免得他们闹意见"。"他们"是我的堂姐妹们。但我媳妇还是上街选了一些新衣裙,送给格日勒,还悄悄告诉她:"你别一下子穿出来。"

要是"一下子穿出来",我堂嫂灯笼就会生气,我们住在她家。这几天,灯笼已讲了格日勒不过日子的种种缺失。她不懂,感情是在人的优缺点之外的一种顽固的东西。就在我们刚下车的时候,那个傻傻地站在门口的格日勒,飞也似的跑过来,搂住我媳妇,脸埋在她肩上哭出声来。虽然她并不知道陈虹偏心眼给她多带了东西。

我们来到之后,西屋就像公社一样热闹。兄弟姐妹们带着孩子和狗川流不息,甚至连大堂姐斯琴的猪也姗姗而来,但被灯笼撵跑了。我们的确也没给猪准备什么礼物,譬如项链或口香糖。孩子们身体黝黑,肚皮紧绷绷的,似乎准备随时飞奔。他们在静默中接着我媳妇一一送出的包裹,里面是旧衣服、鞋或其他,回家。不一会儿,他们穿上这些衣服出现在西屋,这实在有趣。譬如格日勒的丈夫、眼窝深陷的宝莲穿着我跑步时的一件T恤,他身旁的哈萨的丈夫、笑容可掬的乌力吉穿着我的另一件T恤,他们并肩而立。那些孩子们穿着我女儿鲍尔金娜各时期的衣服，表情各异。鲍尔金娜惊呆地闭上了眼睛。

而最为光彩照人的是格日勒，什么衣服穿在她身上都十分惹眼，可惜她没生在巴黎。效果在于，不一会儿她又换了另一身衣服出现在人们面前，洁白的牙齿粒粒可数。

我爸叹一口气，说："格日勒没心。"灯笼开始在窗下骂狗，声音冷冷的。我的另一些姐妹仿佛想用目光敲折格日勒的腿，省得她一趟一趟回家换衣服。她们从鼻孔里出气，鄙夷老格——这是塔娜的叫法——的浅薄。老格家离灯笼家不远，家里门窗洞开着，她、宝莲和六岁的女儿萨如拉以及名叫巴达荣贵的黄狗，在深绿的草地上朝这边走来。宝莲是个孤儿，带灰色的黄眼珠极为深湛。他常常是惊慌失措的，正如他的黄头发东倒西歪一样。他仿佛自知配不上格日勒，在家族聚会时谦卑地站在后面。但这并不妨碍常常被我堂兄朝克巴特尔揪出来数落一通。在牧区，一个成年男人如果没畜群和自己的房子，似乎对任何人都要带着歉意。格日勒和宝莲的房子去年才落成，是我堂兄无偿为他们建造的。

在格日勒穿着城里的衣裙飘然而至遭遇各式目光时，她大姐斯琴的笑容是始终不变的。斯琴五十多岁了，当了奶奶。我父亲在内蒙军区的时候，接她赴呼和浩特读到高中。每天早饭前，她盘着光洁的头发，领着所有的孙男弟女，蹒跚着从她家房后的墙豁儿迈过，朝灯笼家走来。我每天都去公社买一些果蔬，分给孩子们。当斯琴的六七个孩子领到自己的一份时，她就满意地笑了。过去，她总是隔一会儿就把烟袋锅点燃，双手捧献给炕头的我爸。如今我爸戒烟了，她只好自己吸，也减少了场面上的隆重。我们无论说什么，斯琴都用"哦——"来应答，这是用吸气来完成的表示谦卑的语气，如满洲人的"扎——"。有时，我们说的话跟她不搭界，斯琴也"哦——"

着,笑容是不变的,眼睛在看里外屋各家的孩子的项链和手镯——这是我媳妇在小商品市场买的小工艺品——谁的更值钱。对格日勒的大红大紫,斯琴就这么笑着,宽厚而大度。

有一天,我们吃完晚饭在窗下纳凉。格日勒的女儿萨如拉用裙子的一角遮住脸,唱了一首《云良》,声可裂帛,缭绕入云。墙边的木桌上,一头开膛的肥猪仰面卧着,这是吾侄保刚订婚用的。宝莲单腿跪在猪旁,用碗碴子刮它身上的毛。猪身白得耀眼。这时格日勒把萨如拉的塑料项链给其狗巴达荣贵戴上了。巴达荣贵黄毛高脚,轻佻而胆怯,也有格日勒式的天真,一看即知涉世不深。它有些怕斯琴家的狗,又跃跃欲试。斯琴家的狗是稳重的,不屑巴达荣贵的高脚。就在后者进退飘忽时,斯琴的狗一口咬住巴达荣贵的红项链,然后向一边拖。巴达荣贵立刻麻爪,张着嘴却叫不出来,几乎要被勒死。格日勒跑过去,对准斯琴的狗扇了一记耳光。

"咄!"斯琴大吼,我看到她一脸怒容。只有骂牲畜才用"咄!",她显然对格日勒打她的狗不满意了。见我们在看她,斯琴脸上已堆满了笑容,恭顺地垂下头。

格日勒从小就没妈。我爸曾经说:"等你大伯死了,更没人拿格日勒当玩意儿了。"大伯今年春天已与家人永诀。他们来信说,朝克巴特尔与斯琴两家互殴,住院并报官了。我媳妇给格日勒的华丽衣裙怕已被胡四台毒辣的日头和绊脚的荆棘晒褪色并撕为条缕了。不知她今年种黄豆了没有?宝莲畏缩着,萨如拉在一边洗小手绢一边尖声歌唱。大伯死了,格日勒站在孤零零的泥屋前面,扭着手指,她那天真的笑容该向谁展露呢?

歌　唱

　　每天晚饭后，二堂姐阿拉它都要来为我爸请安，领着孙子阿拉木斯和孙女海棠花。阿拉木斯的分头带着水渍的木梳印。她家到这里没有一袋烟的工夫。至近，阿拉它把双手放在膝盖上，屈膝，用文言的蒙古语请安。礼毕，几个女人上前跟她打闹，因为今天阿拉它穿得醒目。二堂姐快五十岁了，在科尔沁草原的沙暴毒日下，仍然白皙妩媚。我爸当兵时，接她到呼和浩特住过一年。用自行车带她吃冰棍、看电影。那时，阿拉它姐姐三岁，在我大伯的一堆孩子中，我爸最疼她。

　　"优衣麦？"阿拉它手扯衣襟反诘女人们的哄笑。这句蒙古语的意思是"啥呀？这算什么？"口气在委屈里带些得意。她穿一件绣胸花的绿衫，有在箱子底压出的"井"字折痕，那种绿浅得像小虫翅膀的颜色。

　　朝克巴特尔望着二姐像傻子一样笑，昨天他把她老公满特嘎灌醉了。"鼻涕流这么长。"早上，朝克巴特尔学的时候，手在腰上比画。满特嘎每天放羊要走一百来里路,这从他的帆布裤子和破黄胶鞋上能看出来,而他黑檀木雕像似的脸上泛发柔和的光彩。

阿拉它很气恼,但我爸在场,就假装看不见朝克巴特尔幸灾乐祸的笑脸。

"叔叔!我给你唱个歌吧?"阿拉它说。

"好,好。"我爸欣然领受。过去,每当我爸回到故乡,阿拉它站在地下,目不转睛地看着他,仿佛追忆叔叔当军官时朝站岗小兵还礼的丰仪。一会儿,她卷一支烟点燃,用双手捧上,一会儿斟一盅酒举过头顶。她等着叔叔满意地说出那句话:"米尼阿拉它!"这是称呼孩子的昵语,意为"我的阿拉它!"然而我爸已经戒去烟酒,他像国宾领受鲜花那样,把烟酒接过来分送左右。这时,阿拉它的眼里便有些黯然。我爸垂垂老矣,多数时候,他把忧虑的目光投向我大伯——他的瘫痪而更老的、于醉乡陶然的哥哥。阿拉它请我们全家吃过了全羊宴,新鲜的奶酪拌炒米。她还有许多的感情找不到载体。

"奥到,到了尼。"阿拉它说,意谓"这就要唱了"。

"榆树啊柏树,假如真的烂了根啊⋯⋯"

这是东蒙民歌《达那巴拉》。阿拉它唱歌的时候,像突然变成了另外一个人。她腰身挺直,表情如认真的儿童。她大睁着眼睛在寻找,旋律上置放的许多东西。最奇怪的是,她双手并拢,在胸前端着。好像指缝里漏出的哪管是一点点东西,都不能使她继续歌唱。我爸面露得意之色,上身微晃。我大伯颓乎墙角,嘴里嘟囔着。小孩子用手捕捉纱窗上跃跃的小虫。

当歌声唱起的时候,蒙古人会齐齐换上另一种表情,堂皇而尊贵,在心里跟着唱,脸上的表情必与歌的意境十分洽和。

"剪子翅的鹦哥鸟啊,要到哪里去唱歌⋯⋯"阿拉它唱。然后是

《云良》《达古拉》《金珠尔玛》。后来，众人肃穆，如同想起了那些说不清的事情。对他们来说，这些歌自小就和屋后长着芦苇的湖水，和马儿从披纷鬃毛露出的眼睛，和饮茶的木碗，和骨节凸出的手联系在一起，因此唱歌时应该换上干净的衣裳。歌声和我高髻的曾祖母努恩吉雅、我爷爷彭热苏瓦、我大娘牡丹的面孔联系在一起。他们的坟就埋在路南玉米地前面的沙丘上。

歌止，阿拉它双手松开了，不安地看大家。她的笑容仍像三岁时那样羞涩惊慌，像躲在大人胳膊后面的笑，忘记了身后的阿拉木斯和海棠花。而我爸的鼻侧，一点点地闪着泪光。

买　卖

哲盟人把商店叫"买卖",而胡四台的买卖在公社。这里早叫苏木了,他们还叫公社,顽固。"公社"这个词,他们说的也是汉语,叫"公社——日"。

今天我要去公社——日买卖,看看里面的样子。为防日晒,我在早晨上路。买卖离这儿十五里远。路上遇到骑马、赶毛驴车和骑摩托的人,女人头上包着防日光的厚头巾。他们盯着我看,我的穿戴、表情和走路的姿势表明是一个外乡人。他们的疑惑是:这人干什么来了?

红砖房的地方就是公社,人们停下闲聊,转头看我。一个人穿着武警带红牙子的旧裤子,一个人穿着铁路的旧制服上衣,袖口有两道绿杠,一个人的汗衫印着"北京舞蹈学院"救灾物资。两个小孩拽一头肥猪的尾巴,猪嚎叫。

买卖很大啊,像一个候车室。墙边有四五个玻璃柜子,里面摆着花花绿绿的烟、酒和药品。棕色的柳编筐挂在墙上,地中央的铁锹和犁涂一层黄机油，空气中弥漫着奇怪的气味。

我给朝克巴特尔的老婆买了眉笔和口红。回家送给她，她大笑，说："他想把我变成妖精。"

朝克巴特尔跟着笑。我嫂子瘦小，黝黑，由于劳累、精明和卵巢切除，比埃塞俄比亚的灾民还具风霜感。

那几天，我嫂子逢人就说这件事，左右手放着眉笔口红，然后笑。朝克巴特尔怂恿她画一画。

嫂子撂下脸子，问他："你真想看到我变成妖精吗？"

阳光碎片

　　胡四台的白天和夜晚像两个地方。这么说，早晨、中午、下午都不一样。八月的太阳像卸车一样把热量倾泻在科尔沁沙地，周遭白花花的，人被晒得睁不开眼睛。最热的时候，空气里如有声音："嗡——"这是阳光照在沙漠上的音波，传自太阳。在白天，胡四台的房子和沙漠颜色相似，燥白；树和庄稼发灰。一切静悄悄的。到了傍晚，村庄开始一点点蠕动。我是说，炊烟和小孩游动时，狗和毛驴在动，房子也走动起来，像从冰块里活过来的鱼。玉米恢复黑肥之绿，饮马的石槽淡青。我哥朝克巴特尔的房上有瓦，明黄色。鸭子不知从哪里钻出来，竟有一群，蛋囊岌岌乎坠地。人们出现在家门口，全有笑容，世俗生活又回来了。

　　这是说傍晚。而早晨，胡四台又如另一个地方。空气的潮湿，可称为晶莹。沙漠金黄，我哥的屋瓦润红，这是雇拖拉机从甘旗卡买来的。马向我们致眨眼礼，睫毛俊美。杨树的树干白里透青，挺拔如俊男，真是"宫娥不识中书令，问是谁家美少年"。屋脚丛草沾露、朱雀、绣眼、冠纹柳莺,还有山鹨在羊圈横木和马棚顶上俯仰乱唱。保刚开始洗头。

吾侄保刚对我放在窗台上的一瓶洗发水产生兴趣。在我沐头之前,他不知这个鲜艳的塑料罐里装着什么东西。我倾之浴发,泡沫如棉花,屡搓屡出。保刚赞叹:"这才是最好的东西。"然后,开始仿试,用洋井的凉水一日洗十遍。作为叔叔,我赞许贤侄清洁,但受不了他的歌声。保刚洗头必唱歌,唱歌必唱流行调:明明白白我的心。吾我尔汝,情倾爱哀,一派洋泾浜汉语。

在胡四台,草木山川甚或人的相貌都为蒙古民歌而设,苍凉恒远,像天空飘来的绸子。保刚这个小兔崽子用轻薄歌辱杀了风景。有一天,保刚丢了五元钱,遭嫂子叱骂。我于心中发言:骂得好!骂得好啊!并用指骨叩桌,使吾嫂的詈骂加入板眼。

进夜,我住的东屋成为议事堂。我与朝克坐炕之两厢,中置饭桌杯盏,地上站立女人和孩子。朝克巴特尔谈经济,如玉米之销售收入;谈教育与文学,如酒后教他孙子吟诵《格萨尔王》诗篇;谈未来,即保刚的婚事。谈完,"滋儿——"(酒过唇),问:"难道你不说一些什么吗?难道沈阳没有发生什么事情吗?"女人和孩子都用表情拥护朝克的提议。

沈阳每天都在发生非常多的事情,但我说不清楚。沈阳制造的歼8-2飞机难道不是事情吗?春天广场时装秀,大街上有一万七千辆出租车飞快行驶,跟他说不清楚。我说:沈阳——蒙古语称之为"穆格顿"——有七百多万人口,我不知道别人在做什么事情。

穆格顿有七百多万人口?他们吸气,向上翻眼,嘴里"丝丝"地惊叹。借此,我吃点菜并喝酒。

"那么,"阿拉它姐姐吃惊地望着我,"你早上一开门,就见到好多人站着?"

"好多人站着？那成专家门诊了。"我告诉姐姐："在沈阳，出门见到许多人，无论早上、中午或夜间。"

"丝儿——"他们吸气。

"没问他们在干什么？"朝克巴特尔问。

"不能问。"

"为什么？"

"修自行车的就在修自行车，不用问。"

"在马路上走的人呢？"

"也不能问。问你到哪里去？那不行。工作，人们在工作。"

朝克巴特尔小声对他老婆说："他把走路叫工作。"

我嫂子更小声说："喝醉了。"

我假装醉了，眯着眼睛，省得回答这些难题。我所喜欢的，是这么多张面孔和我血缘相通，一同沉浸在奶茶的气味和蒙古语的言说中。

有一天，朝克巴特尔告诉我："明天有人来看你，巴丹吉林村的满达老人，套车来。"

"是咱们亲戚？"

"不是亲戚。他说想看一看沈阳人。"

我闻此言，何止意外。我不是经典的沈阳人，本生边地，侥机遇之幸于其间谋食，怎么宜人套车观瞻？

满达老人一早就到了。他的毛驴车上铺着红花绿叶图案的棉被，还有旧军用水壶。进屋上炕，敬茶，朝克巴特尔卷烟双手递给老人。老汉喝一口茶，烟雾从鼻孔漾出，海狮胡子花白。

"沈阳的庄稼怎么样啊？"老汉开口问。

"沈阳郊县的庄稼很好。"

"唔。"老汉喝茶，问："沈阳的天气怎样啊？"

"越来越热了。"

"可以种西瓜。"过一会儿,他又问,"沈阳还有卖丝线的吗?"

半天,我想起马秋芬写的《老沈阳》提到中街吉顺丝房的事,说:"已经不卖了。"

老汉拉过我的手,捏了捏,放下,说:"沈阳有很多蒙古人吗?"

"有七万人。"我回答,"大学里也有蒙古孩子,聚会的时候唱蒙古歌。"

"是吗?"老汉似乎感动了。

"是的。"

老汉看我,仿佛从我的面孔中看到遥远的沈阳,而后微笑着扳腿下地,趿拉鞋,说:"我走了,到那什罕村的孙女家。"

上驴车时他转回身说:"沈阳好啊!我十八岁去过,过去七十年了。沈阳多好。"白嘴的毛驴,耳朵立而又平,像告别。

我目送老汉的驴车远去。他的言说像诗,像讲给自己听的话,很柔软,让人生出一种难过。谁能知道,科尔沁沙漠深处,有一位八十八岁的蒙古老汉心里在想着沈阳。多年前,有他少年履迹或许还有爱情的沈阳。像英国古谣《苏格兰的蓝铃花》唱的:多年以前,多年以前……

伊胡塔的候车室

　　科尔沁夏季的太阳照在没有边际的沙漠上的时候,那种刺眼的金黄让人不大敢四处张望。金黄的视野内有一间车站,日式拱脊建筑,顶上涂黄粉,屋檐的木板刷绿漆。当火车从远方呼啸而来时,它像穿节日服装的男孩子一样,捧着鲜花迎接,鲜花是月台上的两株丁香树,暗散使人头脑迟钝的浓香。

　　车站有两间房。候车室,另一间应该是站长室,但窗台挡蚊的纱布里探出一只狗的脑袋,如雕像似的一动不动,等着风来吹发亮的黑鼻子头。

　　候车室的两张长椅,对着放,挨得很近,身后是墙壁。我坐下以后,面对的是一位老人。两个陌生人,就这么鼻尖对着鼻尖坐着,没办法。

　　老汉两撇灰胡子向上翘起,能看出他常常用手捻,有尖。这是一种晚年的游戏。老汉眼睛望着屋顶,目光迟滞,隔一会儿,飞瞥我一眼,接着连眨几下。显然他不习惯我像傻子一样盯他胡子看,距离太近。

这种样式的胡子，即使到了戴高乐时代也落伍了，如今在一个乡村的蒙古老汉的唇边出现。我不小心笑了出来。这使老汉猝不及防，也笑了，眼光灵活而明亮。他仿佛早就想笑，没敢。他是一个谦恭的乡下人，牙齿没几颗了，一笑，他的嘴像藏在柴草里的缺碴儿的旧碗，而红软的舌头蠕动在牙洞间。

交谈。老汉是图力古尔人，去甘旗卡的外甥家做客，膝上的布袋里装一些杏，还有一包红茶和茶缸子。他说第一次去甘旗卡。甘旗卡是一个镇。他用粗黑裂口的指头，轻轻捻着浅粉色的车票。

话语结束，候车室又静下来，老汉向门外望闪闪发亮的铁轨。他用力抬眉毛，扛起前额一堆皱纹，这位老人与科尔沁草原的其他人一样，过着简朴的生活，心智单纯。假如你一笑，他会立刻报之一笑，胡子尖升达颧骨。他们的笑容，一生浮在脸上，没间断过。像孩子一样，他们笑起来很容易，绷着脸却困难。这样的脸如果不笑，看上去反而不得劲，仿佛带着忧愁。

送行的队伍

今年仲夏,我父母领着我姐姐塔娜及其子阿如汗和阿斯汗、我女儿鲍尔金娜,探亲结束离开了科尔沁左翼后旗朝鲁吐公社胡四台大队——这是我的家乡。

出门,我的堂姐堂兄以及姐夫嫂子和不计其数的孩子全都穿上新衣服,送行。愚昧的蒙古牧人和西方的绅士一样,穿最好的衣服为客人送行,决不敷衍。这里面暗含一种隐喻,如节日的隐喻。离开亲人原本就像节日一样隆重。

我两个堂姐把辫子梳得光溜溜的,结实地盘在头顶,戴在帽子里,这是结婚的蒙古女人的发式。她们身上的新衣服每粒扣子都系好,衣上挂着在箱子底叠压的折褶。我的侄儿们相貌英武,鼻梁直挺,眼里含着宛如悲悯的神情。他们呼呼啦啦走在我父亲的身后。

我大伯是瘫子,手把着窗框流泪。

雨后的草地现出沉绿,仿佛压抑着某种忧伤。铅云从天边飘起,深者如蓝,浅者似灰。漫布在草地上的几百个水泡子盈不过数米,闪着亮光。有孤独的马低头吃草，以尾悠闲地撑扫虻虫。

我大伯家门口的路上，就这样走过来一列送行的队伍。孩子们的衣服五颜六色，招人耳目。这的确如办一件盛事。

邻居们站在门口，远远地望着。他们每个人都知道这是做什么，谁来了以及谁走了。在《圣经》中常常出现"荣耀"这个词，在那里，"荣耀"是归于主的。在俗世中，被一大群穿新衣服的人簇拥送行，应该说是一种荣耀。

当然，官员们倘肯深入牧区腹地，送行的人也许更多，但谁肯为你穿新衣裳呢？所有的人怎么可能同时想一个问题——你明年会不会再来并为此悲伤呢？他们悲伤着，并压抑着悲伤。当我父亲的目光转向每个人的脸上时，每张脸都带着谦卑的笑意。

在送行的队伍中，不止有孩子，还有黄狗、小羊羔和永远垂着头的老马。它们也许不知道这是在干什么，但不妨这么走着。

走啊走啊，他们走了两里多地，来到乘拖拉机去旗里的站点。拖拉机来了，我的四五十岁的已经有了孙子的堂姐们扑上去，紧紧搂着我父亲大放悲声。这一点，蒙古人与汉人的确不同。我的堂兄和侄子们远远僵立着，像木头一样，眼里含着泪水。他们拒绝哭出声来，不断擤着鼻涕，往裤子上蹭。

我父亲似乎觉得不应该流泪，他扬着脸，弹着眉毛，不断眨眼睛，让眼泪顺原路流回去。

拖拉机开了，也就告别了如此众多的送行的人、羊羔及狗。车开出很远，他们还在站着，仿佛等待什么人的指令。在雨后苍茫深绿的草原上，他们的穿戴鲜艳夺目。

火　车

阿拉木斯是我二堂姐阿拉它的孙子，今年五六岁，颧骨上有个半圆的牙印，狗咬的。阿拉木斯爱笑，一笑，狗印跟着圆。他每天都梳着整齐的分头来我们这儿，水淋淋的，我堂姐给梳的。他前额有一绺毛不服梳，弯弯地探下来，使这个沙漠深处的小男人有了些时髦的意思。

我们去探望大伯，住在堂兄朝克巴特尔家。每天太阳升起的时候，亲戚们陆陆续续来到这里说话。朝克巴特尔家里像过去的生产队部一样热闹，旱烟味、狗和小孩在大人腿间钻出钻入。窗外木桩上挂着马，以尾扫虻。再远处是银镶一般的湖泊。

阿拉木斯随我二堂姐而来。同来的还有他的妹妹海棠花。海棠花胖而安静。她始终坐在二堂姐膝上，似乎连眼都不眨。她唯一的动作是趁人不注意时，用小胖手把丝袜从大腿娴熟地卷到脚踝，见有人观察，又悄悄卷回原处。这里方圆百里也没有穿丝袜的，她是唯一的淑女。阿拉木斯则不同，指天画地大气磅礴。倘若哪个房间传来碟子碗的破碎声以及人们吃惊的尖叫声，必与阿拉木斯有关。他高声申辩，并准备夺路而逃。不一会儿，阿拉木斯又笑吟吟地回到人们中间，带着脸上的狗牙印和那绺不肯后梳的颤颤的额发。

有天傍晚，大伙儿多吃了几杯酒，在东山墙的阴凉处歇息，看几十里外的天空打闪。近处，一队骆驼沿沙丘的峰缘走下来。这时，头顶出现一架双翅小飞机，防雹或做什么事情。大伙很激动，在偏远的牧区，能看见飞机被认为是幸运的事情。

朝克巴特尔说："阿拉木斯，好好念书吧，长大开飞机去。"

大伙啧啧，表示这种选择太正确了。

想不到，阿拉木斯竟沉下脸，坚定地说："不！"

朝克巴特尔问为什么。阿拉木斯不回答，低头大步在沙地上走，无论谁问都一律摇头。

阿拉木斯何以如此轻蔑飞机呢？后来，我父亲问，他才说要开火车。

阿拉木斯说："火车大！"他呼地伸开双臂，并左右看自己双臂够不够大。"火车，这院子也装不下。还有，火车声音大，呜——"阿拉木斯的脸已涨红。他被火车的体积和震耳欲聋的声音所折服。这就是力量的象征。

显然，他认为天上的飞机太小了。二堂姐说飞机倘若落在这院子里，也很大。阿拉木斯不信，说："依嘻！"这在蒙古语里是表示鄙夷的感叹词。依嘻。

朝克巴特尔很不满了，说："火车，甘旗卡就有；飞机，通辽才有。"

通辽是一个市，甘旗卡是县城。"依嘻！"阿拉木斯摇摇头。所谓大丈夫威武不能屈。

"飞机上随便喝汽水，"朝克巴特尔又说，"火车上喝米汤。"

"依嘻！"阿拉木斯连头都不屑摇了。

这是出现飞机那天傍晚的事，我们对阿拉木斯的火车情绪很钦佩。他对飞机的偏见也令人发笑。

我们走的时候，家族的人雇了一辆中型吉普送我们到甘旗卡，阿拉木斯也去了。在月台上，大伙等火车到来。我买了一些香瓜、杏和汽水，招待亲属。唯有阿拉木斯不吃，他焦急地向远方瞭望，或大步踱行。

车来了，我们忙于道别，搬东西。坐上位子之后，看到阿拉木斯远远地站着，用异样的眼光看我们，像看世界上最幸福的人。他表情出神，那绺头发无规则地在风中飘动。

我心里一酸，想带他走，坐一坐火车，但这事实上是不可能的。

开车的时候，我看见阿拉木斯的泪水在顺脸颊流淌，那必是为火车而流。火车已开出很远，我感到阿拉木斯还在向这边看，二堂姐用手拽也拽不动，脚下像有了钉子。而海棠花正悄悄地用手卷丝袜。

狗的时间观念

常听到狗的故事。如某人远走某地,把狗送人寄养。过了不久——《史记》将此写为"居无何"或"居无几何"——狗在某个早晨出现在前主人面前,像一个周游世界的乞丐一样眼泪汪汪,如谓:这就是你干的好事。主人原以为吾犬不可见兮,见此,唯有痛哭。居无何,狗死掉了,累的。

我在朝克巴特尔家见过格日勒那只狗,名巴达荣贵。当朝克巴特尔痛斥格日勒的丈夫不治生产时,与淮阴的漂丝妇女骂韩信口气差不多:"大丈夫不能自食(shi)。"狗在炕沿下面聆听摇尾,而后抬头看格日勒的丈夫宝莲。

格日勒家里最干净的东西是锅,不怎么做饭。我爸莅临格府,先掀锅盖,见而痛心,说:"看看!看看这锅!"格日勒、其夫其狗都低下了头。我爸接着找粮食。如果有粮食而锅太干净,证明其侄女懒。然而没找到粮食,吾父叹气,背手离去。巴达荣贵欢快地追随我爸,围前围后,极尽跳跃。它发现,在那些日子里,我爸到了哪里，哪里的锅就开始忙，香味绵延飘散。

过了不久，即居无几何，吾妹格日勒被牵扯到一桩愚蠢的讼事之中。他们借了别人两千元的高利贷，房子、马、几只羊和锅，特别是地，转移到债权人手中，反欠人家三千元钱。他们到苏木（镇）上请干部主持公道。说："我们借了这个人两千元钱，还不上，抵了财产，为什么反欠他三千元呢？"干部把大茶缸子往玻璃砖的桌子上一墩，说："懂不懂法？"

格日勒一怔，其夫躲到她身后，巴达荣贵"嗖"地跑了出去。

我听我妈介绍到此，不禁赞叹。只一句"懂不懂法？"就把什么房子、地，谁欠谁钱都挡回去了，既不打，又不骂，还跟政策沾边儿，显示了语言的威力。愚夫愚妇怎么敢回复懂或不懂法？退一万步，姑且说"懂"，干部再问："懂什么法？"还得败下阵来。谁能尽知世上都有什么法。在东村那个地方，司法助理、法庭庭长、派出所所长都由一人担任，即墩茶缸子的干部。身兼数职是为着节省开支，减轻牧民负担。他还兼有其他官员的妹夫、外甥和舅爷这些社会职务。

巴达荣贵被"懂不懂法"吓跑了，宝莲在哆嗦。格日勒由于脑瓜不开窍，还嘴："反正我不欠他三千元钱。"她意思是房子地都没了，钱应该抹掉。

助理、庭长、所长又问："懂不懂利息？"

格日勒败下阵来，她真不懂什么叫"利息"。朝克巴特尔解释，钱和别的东西不一样，它要下崽，崽就是利息。格日勒认为朝克巴特尔的解释很下流，无端地把钱与生殖联在一起。

她反问："你们家的钱在箱子里下崽吗？胞衣埋在了房后吗？"

朝克巴特尔称："钱在自己家里下不了崽，借给了别人，一定会下崽。银行就是钱下崽的好地方。"

"别累！"格日勒说。这句话不好翻译，约有"妖障"的意思，骂人话。

在法和利息的威慑下，格日勒一家决定逃走。他们走了，谁也不知道去了哪里。朝克巴特尔知道格日勒要跑，但没问具体地点，当然也没有送行，免得自己喝醉之后说出去。

过了半年，消息隐约传过来，说格日勒在锡林郭勒盟。

下面说狗，即巴达荣贵所为。格日勒走后，巴达荣贵一度在村里游逛，也去朝克巴特尔、阿拉它（格日勒的二姐）和利宝（阿拉它的长子）家里串门。居无何，这狗没了。不知什么时候，有人提起这个话题：巴达荣贵呢？

"吃肉了。"朝克巴特尔认为这事太简单，有好事者将此丧家之犬宰了下酒，无它。一只无人庇佑之狗，又不治生产，问它做甚。

事实上，巴达荣贵奔赴锡林郭勒大草原，去找格日勒。但事情如此平凡，就不值得写下来。巴达荣贵到了锡林郭勒盟之后，并没有去格日勒所在的东乌珠穆旗，而去了距东乌珠穆旗三百里外的西乌珠穆旗的某人家里。有狗自远方来，这家人收之，和羊群同出同入。

隔了两年，即七百三十个日夜之后，格日勒和宝莲离婚。这消息是听我妈说的，我问："后来呢？"

"后来，格日勒又找了一个人，建筑队的。"

"是蒙古人吗？"

"是。"我妈回答。过了一会儿，她突然说："哎，可别说了。你猜猜，格日勒在新婆家见到谁了？"

"谁？"

"嗨嗨，可别说了。狗，东村的巴达荣贵，跑他们家去了。"

"格日勒的狗跑到后结婚那个男的家去了？"

"对!"我妈拍腿,"格日勒还没离婚呢,狗先上他们家了。"

"这么巧?"

"什么巧?"我妈说,"这个狗见过那个男的,格日勒早就跟他有来往。"

我不禁惘然:"狗早就知道格日勒会离婚?"

"谁知道。"我妈感叹,她对离婚的事历来感叹:"格日勒算乱套了。"

格日勒的生活,早就"乱套了",经济、政治无不如此。然而其狗巴达荣贵仿佛已经预知这一切,暗中等待甚至及早介入。如果狗真的这么聪明的话,人更不敢养它们了。

电梯记

我堂兄朝克巴特尔生长在牧区,我四五岁的时候去过他家——通辽市胡四台村,这也是我父亲的故乡。之后十年,朝克巴特尔像学者回访那样到我家赤峰市参观学习。我爸交给我一项任务,领他上街。

我领他走进一座楼房,入电梯。电梯门从两面合上,吓他一跳。我伸出三个指头,然后按"3","3"红了,梯微颤,门开,我带他出去。我说这是三楼,朝克不信,他刚还在楼下仰视巍峨的楼顶。我领他从步行梯下到一楼,说明我们刚才坐电梯的经历,他还不信。我再次拉他进电梯,到三楼并从窗口往下看,马路上的人渺小地行走。朝克巴特尔大惊失色,于是对电梯极为崇拜,认为这个狭窄的金属房子是神的房子,说什么也不敢坐它下楼。我对他进行启蒙:"电梯即电房子,把人垂直拉到各楼,由电控制。"朝克巴特尔生气地反驳我:"电在电灯里面,不可能控制一个房子。"

今年春节,朝克巴特尔扛一只冻得邦邦硬的羊来到我们家。他头发全白了，对我说，他已经领悟到电或电池让人在收音机里唱歌，在电视机里跳舞，但不足以让房子腾升，那是另外的神秘力量。电，不过是冒火星的、小巧的、在胶皮线里乱窜的小玩意儿。

我和朝克巴特尔均为独生子。许多年前，当大伯告诉朝克巴特尔我是他弟弟时，他在我身上也发现一些乐趣。

那年，即我四五岁到胡四台，被一只羊羔吓哭了，以为是狗。朝克巴特尔和堂姐们哈哈大笑，讲解羊和狗的区别。我不信，以为他们骗我。见过狗，我以为是狼，越发大哭。朝克巴特尔越发大笑，用脚踢"狼"。

在胡四台村，朝克巴特尔飞身跃上无鞍烈马，奔驰至远，让我视为天人。朝克巴特尔一家和当时的全国农民一样穷，他的衬衫下摆和袖子都褴褛掉了，仅遮肩背。这件衣裳在我看来很神奇，在马背上飞扬如帜。他穿这件衣服在苇草里发现野鸭蛋，找到酸甜可口的蓝莓。他和我走在沙丘下面，他停下倾听，快跑几步，用手接住一只从上面滚下来的刺猬。在茫茫的沙漠上，他聪明健壮。他看我的笑容半是嘲笑半是爱。一个城里人在乡下的土地上不怎么会走路，不怎么会吃饭喝水，给他们带来欢乐。就像他在城里给我们带来欢乐——他用颤抖的手慢慢摸电梯门，"嗖"地缩回来。

我第一次到胡四台，在堂兄家吃到野鸡肉——肉丝雪白。我一人吃掉两块胸脯，余下的肉被我姐塔娜吃光。朝克和众多的堂姐站着看，带笑容。大伯招待我们的佳肴还有一小碟葡萄干儿、一小碟红糖。许多年后才知，野鸡和那么少的葡萄干儿、红糖是他们从供销社赊来的——秋天用五十公斤玉米偿还。事实上，大伯两年之后才还上这笔债务，因为当年的玉米扣除口粮后不足五十公斤。平日，他们果腹之物是轧半碎、炒过的玉米。如果玉米碾成面，就不够吃了。他们从未吃过野鸡肉和葡萄干，连玉米面都未曾饱餐。在山上捉到或挖到的山禽与草药,送到供销社抵债,偿还赊欠的红茶、盐和煤油。因此,回想当年他们那么沉静地观看我吃野鸡肉仍带有笑容,实在让人感叹。

那个年代,他们家没钱。他们有幸一睹钞票是每月乡邮递员驰马而至喊大伯名字并将其右手食指按向鲜红印泥再拔出来按在一张纸上,而后交给他们十五元钱。这是我爸从一九五〇年挣工资以来每月寄来的钱。这些钱隆重地积攒着,后来流入医院收款处。伴随穷人一生之物,除去饥饿,另一样就是疾病。

血缘是这样一种东西,超越城乡差距和所谓知识,在独有的河流里交汇,彼此听得见血流的声音。大伯去世后,我爸悲痛不已,痛哭、独语,几个月缓不过来,我们并不劝他安静。劝人节哀实为文化的虚伪中最虚伪的一种。人生连一场痛哭都不曾享用,灵魂何以自如呼吸?我爸经历过战争,在"文革"中被打为重残。自我曾祖母去世后,他从没流过泪。他七十多岁了,从自己房间踉跄而出,看着我们,说:"你大爷死了。"而后泪水蒙住他的眼睛,像胶粘在结膜上哆嗦,化为眼泪大滴落下。他本来想说许多话,但说出这一句就说不下去了,喉颈吞咽。因说不出话而全身颤抖,只站着,盯着我们,样子很吓人。我们报以沉默。少顷,他失望地走了,回自己房间。过一会儿,我爸还会走出来,告诉我们:"你大爷死了……"充沛的泪水滚滚而下。

父亲的正直,我早有感受。而他在失兄之痛中的纯真情感让我惊讶。那几个月,他回忆了大伯的一生,并用泪水送走这些回忆。

朝克巴特尔今年和我见面,我用笨拙的蒙古语和他对话并给他买一些东西,我爸很欣慰。在他的房间里,我爸拿出去年在现代文学馆开会的照片,拿出记有他事迹的内蒙古骑兵典藏纪念册,还有登他传略的《蒙古人物志》向朝克巴特尔述说。我堂兄听得很吃力,我爸讲得很从容。我感觉,我爸其实是说给一个老牧民——大伯听……

辑三

一辈子生活在白云底下

索布日嘎之夜：我听到了谁的歌声？

  我的心是一块顽石，在泥泞雾霾中泡过好多年。这样的心常常听不到草叶在微风里细碎的摩擦音。我来牧区，进入蒙古语的言说里面，感觉蒙古语把我的脑子拆了，露出天光，蒙古语的单词、句子和比喻好像是树条、泥巴和梁柁，像盖房子一样重新给我搭建了一个脑子。这个脑子有泥土气息和草香，适合感受马、盐、泉水和歌声，不适合算计，虚伪的功能完全被屏蔽了。我的心仿佛在蒙古语里融化了，剥落掉核桃一样坚硬的外壳，露出粉红色血管密布的心，一跳一跳，回到童年。

  我们坐在蒙古包里喝奶茶，外面响起雷声。牧民说，天说话了。其他人附和，天说话呢。是的，蒙古语管打雷叫天说话，也可译为"天作声"。"天"这个词，牧民常常尊称为"腾格里阿爸——"天爸爸。他们说出这个词自然亲切，像说自己家里的长辈。在牧民心里，一生都接受着天之父的目光，他的目光严厉而又仁慈，无处不在。

在巴林右旗索布日嘎镇，牧民说，他如果需要一块木料，上山选树。砍树的人心里忐忑不安，斧子藏在后腰衣服里。牧民们不砍草原上孤独的树，那是树里的独生子。他到树林里找一棵与他需要的木料相似的树。比如勒勒车的木辐条坏了，就找一棵弯度与辐条接近的树。准备砍树的人下跪、奉酒，摆上奶食糕点，说山神啊，我是谁谁谁，我的什么东西坏了，需要这棵树，请把这棵树恩赐给我吧，并宽恕我砍树的罪孽。然后拔出斧子砍树，砍完拖树一溜烟跑下山了。对了，砍树前，他还要掰下几根树杈警示说，我要砍树了，住在树上的神灵起驾吧！

我跟别人讲到这件事，对方笑了，说蒙古牧民挺幼稚，不懂科学。我想人类从远古走到今天，并非依靠科学，科学也不应该是巧取豪夺之学。人幼稚是说此人尚处在童蒙阶段，如果民族仍然幼稚，它该多么天真纯洁，归它走的路还有很远，这该是多大的幸运呢？

蒙古民族对其信赖尊崇的事物赋予拟人化的代称，比如把加工五谷的碾子叫"察干欧布根"——白色的、吉祥的老翁，管拉盐车队的首领叫"噶林阿哈"——火的兄长，管接生婆叫"沃登格"——大地的母亲。在蒙古语里面，一切都是生灵，彼此是具有亲属关系的父亲、母亲、兄弟姐妹，尽管这些生灵的外形是空气、云彩、土壤、水或结为晶体的盐。人只是这个大家庭中间叫作"人"的小兄弟而已。不同的语言里暗含着不同的价值观，顺着每一条语言的路都会走向不同的终点，清洁的生活产生清洁的语言。

在索布日嘎，我看见一位男人拥抱一位女人，身旁一人赞叹"乃波乃仁恩特贝日乎"。直译为"细细的拥抱"。也可译为"温柔的拥抱"。实际说的是"细致珍惜地抱住她"。我感叹于世界仍有这么体贴人心的语言，如果心与心拥抱，能不细致吗？我感觉人们现在使用语言太粗率了，无所敬畏，也无所怜惜，我们失去了好多用心描摹生活的机会和能力。

　　蒙古牧民称走马为"蛟若",最好的走马是"蛟若聂蛟若"——走马中的走马。他们形容好走马走起来"像流水一样",这一种步态寓意着马和马倌的智慧。水跟火是蒙古牧民心中的圣物,他们至今恪守着成吉思汗规定的戒律:不许往河水里扔脏东西,不许在河水里洗衣服与撒尿。河是母亲,河水就是母亲的身体。牧民们告诉我:每一座火里都住着一位火神,他们虔诚的神情表示这是不可怀疑的,"火神是一位女性神灵"。火婀娜地伸展腰身,让黑暗退隐,黑暗在远处注视女火神怎样为牧人煮好每一餐饭食。火的纹理没有杂质,如缎子一般细腻。它飘扬的样子正如母亲小声哼唱一首长调。直到现在,牧民们用干净的木柴和纸张引火,不许往火里吐唾沫,不许泼水。火最好的燃料是干牛粪。牧民说,小时候,父亲把他捡回的牛粪里的羊粪、狗粪和狼粪拣出来,烧这些粪是对火神的不敬。水啊火啊,山川大地,人们用清洁的、没有伪饰的语言吸纳你的回音,存在心里。大自然当中所有原初的事物都有浑朴的本质,即使我们闭上眼睛,用手摸一摸它们,也感觉得出这些事物亘古以来未变的质感。闭上眼睛摸摸并捻一捻河水,水的柔软活泼与清澈是一回事。摸一摸石头就摸到了时间的皱纹和古代。摸摸马,你想象马正用长睫毛的、黑水晶一般的眼睛看你,它光滑的脊背有汗,说明刚刚跑完。有一句蒙古民歌的歌词尤其让我感动——"马驹在羊水里就记住了自己的故乡。"牧民们喜欢传诵一个故事,说一匹马被卖到了长江以南的地方,它不知怎样翻山渡河却回到了内蒙古故乡。牧民们说到这里,交换眼神,唏嘘赞叹,并用眼神征求我的看法。我心里想这不可能,马固然会泅水也能登山,但它路过地方的人是不会放过它的。我还是跟着牧民一起赞叹,一起惊讶。既然我们会相信网络上天天都有的谣传,为什么不相信马也有返乡的美德？为什么不信火里和水里住着清洁的神灵呢？我宁愿把自己脑子里贮存的所谓知识清除掉，它们也许早过时了，让更多的民间传说和神话进入心灵。索布日嘎的猎人说猞猁聪明，它平时不留下任何痕迹。下雪天，所有野兽在大地上留下脚印，猞猁等大动物出来觅食之后，爪子踩在大动物的脚窝里行走。我眼前浮现出八十多岁的猎人苏达纳木手脚并用模仿猞猁跨越大步的情形，这多好啊！多幼稚，我喜欢这些还没有摆脱童年的幼稚的人们！

今年七月二十二日，农历六月十九。我被邀请参加索布日嘎镇吉布吐村祭拜村庄敖包的仪式。祭敖包何其神圣，村虽小，但越小越纯粹，我被邀请参加祭祀，深感荣幸。晚上，我甚至在镇政府的宿舍里来回踱步，享受这份荣幸。巴林右旗要在天亮之前祭敖包。古人称，约略看清自己的掌纹曰天亮，而天亮前依然伸手不见五指。我们凌晨三点钟起床，三点半出发。开车的司机很神奇，他在漆黑的夜里瞪大双眼看前方，左右转动方向盘，仿佛他是一只夜视的猫，在夜色稠密的草原上看清一条路。车停了，可能停在山脚下，抬头却辨不清山峰与夜空的分割处。我被扶上一台摩托的后座，抱住驾驶员的腰。摩托突突行进，我听到黑暗中有许多摩托轰鸣前进。摩托驮着我们爬上跃下高低起伏的丘陵，我听到水声，摩托冲过浅浅的河流之后停下来。这时影影绰绰看见许多人，却看不清面孔和衣服。我们登上一座不太高的小山。山虽然不高，但登上去周围却清晰了。一座敖包矗立眼前，上面系着飘动的哈达。全村的男人环立敖包前，他们穿着整齐的蒙古袍，戴帽子，脸膛肃穆坚毅。他们的面色好像比夜色还要黑，只有眼睛和鼻梁反光。驮我的摩托车手竟然穿着陆军作战服，他刚从部队复员。村里的敖包长宣读祭文，祈求敖包神灵庇佑村子人畜平安，风调雨顺。吾等全体俯身跪拜，起身献上自己所带的祭品。我献上了酒、袋装牛奶、糕点和奶豆腐。

拜过，我取一点奶豆腐带给父母吃，用我爸的话说，"山神吃剩下的东西，人吃了最好"。

站在山上转身看，仿佛就在转身的一瞬间，天亮了许多。天和地像轻云和浓云分开了，沉黑的大地伸向远方。我身边的村民笑眯眯地互致问候，这时能看清他们的年龄和老年人的皱纹了。他们变得轻松而欣慰，相信自兹日起，直到来年，吉布吐村风调雨顺，国家康泰平安，那是必须的。下了山，略多的光线让我看到吉布吐村牧民身穿的蒙古袍有多华丽。这些光让我看清他们海蓝色蒙古袍上的银白团花和橙色的腰带，灰色蒙古袍大襟的橘红绲边。他们比演员更漂亮，他们的英武气质和服饰在大自然中更显出恰当。而我想到一个村的男人们穿着华丽的衣着在夜色里穿行，该有多么诚恳，携带着他们自己才知道的美，让敖包神多么欢喜。大地啊，你有多少我所看不到的美，坚定地、默默地发生，它们发生在事物的肌理内部，而不是表面。

我们又坐摩托又过河，碾过晨曦铺就的地毯之前我们还按巴林人的习惯祭拜了清澈可爱的沃森花泉水。大地亮了，曦光下的大地多么可爱。光线以它刹那千里的怀抱告诉人们草原的辽阔，比长调唱的、骏马跑的还辽阔。如瓷器般青白色的天空刚刚醒来，而大地比天空更宁静，灌木和草毛茸茸地等待苏醒。远处的山峦如同画家的初稿，还差六遍敷色。而我们在飞驰，身旁还有人骑马，他们显出比骑摩托的人高大，手挽缰绳也比手把摩托好看。骑手在马背上跃跃然，瞻顾四方。东方正好有太阳倾泻的红光，如洪水决堤（这些光每天早上决堤一次）。这时看出平坦的草原并不平啊，每一处隆起的泥土都被红光刷了漆，像千万座雕塑面东沉思。前方是吉布吐村，光线早于我们赶到那里。"吉布"是箭头的意思，也是古代的名字。村里的彩钢瓦像在屋顶铺了一片片红毡。这个村好漂亮，户户有同样的黄栅栏和带"乌力吉江嘎"(吉祥图案)的大门,街路硬化,新栽的小树排列成行。太阳把鲜艳的红光照在吉布吐村里一点都没糟蹋,这里像一处童话外景地。而我自从祭祀敖包后成了村民中的一员,混迹在摩托车和马队里,与晨风冲撞。我们相互微笑,如同赞美这个时刻,领取大地天空赐予吉布吐村民和我本人的这个美好的早晨。

也是在索布日嘎,几天前,镇里的蒙古族职员组织了一场野餐会,地点在这个镇临近西乌珠穆沁旗的景区"荣升十八景"。他们在一棵枝叶繁茂的黑桦树下面等我,地上铺着防雨车衣,摆着食品,他们大多三四十岁,带着家属孩子。他们并不说什么,却亲切地注视着我,仿佛目光是一块布,轻轻擦去我脸上的尘埃。蒙古族人口少,同胞为自己民族能出一个作家而高兴,这是这么多双目光交织的眼睛送给我的信息。我很惭愧,我还没达到让这些纯真的目光褒奖的程度,但又没法解释,只好看周围景物。那一边山峦俊秀,这一边草场宽广。蒙古黄榆沿河边生长,如同河流的卫士,保护着它的清澈。黑桦树下面歌声响起来了——《诺恩吉雅》,所有的人都在唱,他们的眼睛看着树,看着山,看着虚空,仿佛那里写着歌词——"海青河水长又长⋯⋯"一遍唱完,再唱一遍。他们用嗓音不断往歌的火堆里添柴,不让它熄灭。这情形特别像海浪一遍遍冲刷堤岸,洗刷着我的心。他们怎么知道我需要洗礼?"吾欲仁,斯仁近矣。"歌罢,一个小女孩用蒙古语朗诵了一首诗,诗中说:"这座山哪管只有牛粪那么大,也值得跪拜,因为这是我们的土地。"她以稚嫩的嗓音念出这么诚恳的诗句,态度却坚定,竟使我老泪纵横。我怕在别人面前流泪,可在这样的旷野里,我能躲到哪里流泪呢?谁让你遇到这样的歌声和这样的诗呢?

高林艾里是一个村的名字,意谓河的村——这真是一个好名字。

我参加了一场牧民为我举办的篝火晚会。什么人值得让村里的乡亲为他办篝火晚会？我闻所未闻。听说这是为我办的，我真是惭愧至极。那是在山坡上，村民几乎从山的各个方向走向篝火，他们好奇地看我。一些孩子大胆地与我交谈，他们读过内教版蒙汉文课本收录的我的作品。我觉得更值得一说的是这里的夜色——珐琅色深蓝的夜空下，山坡上卧满牧归的羊，如石羊。篝火烧起来，有一人高，众多火星往更高处蹦跳。村民们用胸膛迎着火歌唱，高音冲向旷野回不来了，低音被火吸走。我走到山坡看篝火和火边的人群，远处有山的暗影，被搅碎的月色在白白的河水里流淌。我忽然问自己，这是哪里？我是谁？我真忘了自己是谁，忽然感到写作跟做一个纯朴的人相比真是微不足道，到牧区来找写作资源更是卑俗至极。人不写作也能活着，而活着值得做的事是清洗自己，我不想当我了，想变成牧民，放牧、接羔、打草，在篝火边和黑桦树下唱歌，变成脸色黝黑，鼻梁和眼睛反光的人。长生天保佑所有诚实和善良的人。

运草的马车

他笑呢，笑容被下面的人用大叉子上举的干草捆挡住了，密密麻麻的干草捆垛在马车上，都是在车上笑的那个人码的垛。金黄的干草垛在马车上，车辐辘已被下垂的草叶遮盖。而辕马居然还站着，它好像应该被压趴蛋才符合逻辑。辕马和三匹稍子马站在干草高耸的马车前，好像站在一座草垛前。好像牵着四匹马来到一个草垛边上，一挥鞭子，草垛就被拉走了，并不需要车与车辐辘。

这是草原，牧民把割下晾干的干草拉回家。地上暴露整齐的、已干枯的草的茬口，比谷茬更细小。秋天的秋云层层叠叠铺在天空，像叠好的被垛坍塌了。秋天的地平线比夏日下陷了两个指头，村里的房子也小了，因为秋天的大地过于广阔。如果草原的草色染黄又带绿色，大地会显出荒凉。如果天上堆着铅锭色的乌云，草色黄得特别好看，闪出耀眼的金色的光芒。乌云低垂，枯草却放射金色光泽，这也是奇怪的事。有时候，乌云下的光线十分强烈，这在牧区算不上奇怪的事。

干草装车不是轻松活计。一捆长长的干草，二十多斤，用叉子叉起来举过头顶，嗖地让车上的人接住，力量还要用巧劲儿。我看见送草和收草的人都在笑，好像这件事太好笑了。我看了又看，这件事哪里好笑呢？后来我笑了，我思考他们为什么发笑这件事就好笑。固然可以用"劳动者是快乐的"这句狗屁话状之，但快乐和幽默是两回事。可能是，车上的人每次都觉得车下送草的人送不上来，草越垛越高，但叉草者每次都把草举了上去，仿佛劲儿还有余裕。车下的人仿佛等待车上垛草的人不周密使草垛坍下来。但车上的草垛并没坍，于是他们笑，大笑。他俩其中一人的老婆扎着红三角头巾从地里把草捆抱过来，无表情地看他们，像看两只猴子上树下树。

别人干活，你不帮忙却远远地看，有点儿不那个，但技术活你想帮也帮不上忙。我继续在草原瞎溜达，秋天已经降落到草原，它把金黄的翅膀铺在草地上，让牛草踩着经过。秋天这只大鸟的羽毛是远远的树，一根根立在地上，在风里抖擞。好多草变成了红色。红色又怎么样呢？不能炒食也不可泡水喝，白红了。如果有一片草场地势渐高，取代了地平线。你就会看到金黄的草铺上了天的半空，金黄把蓝天切割得越来越窄。这些草仿佛已不再是草，成了一步登天的礼物。而我，闻到躺在地上的干草捆的气味，嘴里翻涌出甜味，如同我是一只羊。我看到牛羊慢慢地咀嚼干草，嘴边冒出沫子，我会跟着咽唾沫。甜肯定是甜，尝尝青草就能尝到它的甜味，干草还有香气。装干草的仓房里藏着隐蔽的香气，淡淡的，有一点点甜，主调是纯净的植物香气。人体发不出这样的香，人哪有草干净？我偷着嚼过干草，牙不行，嚼不烂因而尝不到只有牛羊才配享受的美味。

转回来，那辆装干草的大车已不在原地，它晃晃荡荡走在公路上。扎三角红头巾的女人和叉草的男人坐在草顶，赶车的人埋在草里，四匹马打开自动挡随便行驶。女人和男人坐在草上摇晃的节律一致，主要是脖子带动脑袋晃，屁股很稳地坐在草里。他们脖子的动作不约而同，而脸上均严肃，这才是最好笑的情景。他们自己看不到，被我看到了。他们坐在那么高的草上，不怕掉下来吗？可能这是他俩严肃的原因。黑色的柏油路走过一辆装满干草的大马车，摇摇晃晃，如果是希施金，是柯罗或画白嘴鸦的列维坦也许会画下这幅场景。那个女人的三角头巾真是好看，像藏在麦秸里的旗帜。男人的绿色短袖衫也好看，色彩沉着。他戴了一只系带的软檐遮阳帽，像澳大利亚士兵。他们的脸庞紫红，太阳放射的紫外线被他们吸收了不少于亿分之一。只有在熟食店的强光下才见得到这么红亮的色泽，如肘子，如他们的脸。

"红啊，红的檀香木啊。想啊，想念堆成了满满的湖水。洪连长哥哥……"

车上的人没张嘴，这是赶车的人唱的蒙古歌。这首哲里木民歌是情歌，说一个女的想念一个人。她也搞不清这个人叫什么名字，一会儿说洪连长，一会儿说哥哥。歌的后面，她把为洪连长哥哥缝制的红坎肩放进火里红红地烧掉了。这女的真生气了。我喜欢这首歌，说爱有爱，说恨有恨，都是真的。歌的节律适合于晃荡，我在网上看一位哲盟歌手苏亚拉坐在一把椅子上唱这首歌，边唱边晃身子。干草的大车占满了柏油公路，它晃着走远了，车上的金色和草原的金色融为一体。

一辈子生活在白云底下

我离开老家好多年,有时遇到别人的探询:你老家什么样子?到处都是草原吗?

我答不上来,迟疑,不知从哪儿说起。

我迟疑,是由于草原没法描述,它宽广而且单一。草原静得好像时间都在打瞌睡,低头看,一朵小花微微摇摆,像与别的花对话,蚂蚱随人的脚步弹到半空。回头看,人的影子被拉出两米多长,这是早晨。躺在地皮上的老鸹草的蓝花在见到阳光之前还不肯开放。

说草原,谁都说不流畅,只有旅游者才会说出一些观感,就像说大海,怎样才能把海说清楚呢?给每朵浪花做上记号,便于你讲述吗?海边的人说不清海有多少朵浪花,每朵浪花长什么样。像吉尔博特说的,希腊的渔人不到海滩嬉戏。

草原在每个人心中不一样。对家在草原的人而言,它是故乡,而非旅游区。草原于我,是一团重重叠叠的影像。想到马,马在奔跑的马群里转身,鬃毛挡住偏向一旁的头颈。想起四胡,蒙古人的英雄故事从四胡的弓弦声中款款而出。说书的屋子有漆黑、飘着茶梗的红茶缸,旱烟的雾气缭绕着牧人一张张倾听的脸。说书人惯用嘶哑的嗓音,像上不来气,医学称为呼吸窘迫或肺不张,而他有意如此,嘈杂的琴声接上他后半截的气。我想起冰凉的洋铁皮桶里的鲜牛奶;想起天黑之后草叶散发的露水的气味;想起饮水的羊抬头叫一声,嘴巴滑落清水的亮线;想起草原的夜晚真黑,人像被关在带盖的箱子里;想起马,桩子前雪青马的蹄子踏出新鲜的黄土。

这些记忆像解体的卫星碎片在大气层里茫然飞翔,没办法把它组合成完整的故事。我能跟问我的人说这些事吗?别人听不懂。还有磨出好看花纹的榆木炕沿,漂在水缸里终年湿沥却不腐烂的葫芦瓢,小红蜘蛛正在房梁上拼命奔跑。

我读过一篇国外语音学家的文章,说结巴是因为元音和辅音急于一起冲出来,结果堵车,谁都出不来。我对草原的印象也像一个口吃者——印象的雪球堵住了大门。

今天我对草原的记忆只剩下一样东西——云。地上的事情都忘了,忘不掉的是草原无边无际的云。骑马归家的牧人,挤奶的女人,背景都有云彩。清早出门,头顶已有大朵的白云,人走到哪里,它追到哪里。

老家的人一辈子都在云的底下生活。早上玫瑰色的云,晚上橙金色的云,雨前蓝靛色带腥味的云。他们的一生在云的目光下度过,由小到大,由大到老,最后像云彩一样消失。云缠绵,云奔放,云平淡,云威严,云浓重,云飘逸,云的故乡在草原。在异乡,我见到的最少的就是云,城市灰蒙蒙的雾气屏蔽了云。偶见零散的白云,一看就是进城串门的乡下云。有一次,我跟大姑姥爷到林西县拉盐,我躺在牛拉的木轮勒勒车里睡觉。大姑姥爷突然停车,拉我起来看。我问看什么?他指着天:那两朵云彩打起来了,像摔跤一样。我看去，两朵云立在天边，如决斗。他坐下抽烟，乐。看云打架比看人打架文明。他跟我说话间，云没了，大姑姥爷很惋惜，把烟袋锅掖进裤腰带，连吐几口唾沫。那年我七八岁，他七八十岁。大姑姥爷跟猫狗说话，跟豆角说话。他曾说，每个死去的人都会被云接走。他告诉我望云要带敬意。云打架让他乐了，露出光秃秃的牙床，像掰开的西红柿一样。

寻人记

德力德是个老头儿，岁数不小了。人上了岁数就看不出岁数了。二十岁跟四十岁差一半，七十岁和九十岁差别不多。老德头圆脸，眉毛弧形下弯，眼睛弧形，嘴角向上兜着，也是弧形。这样的脸，除了笑干不了别的。

他坐炕中央，逆光，笑着看这个看那个，像检查大伙儿的表情。炕下一对三节柜，红漆剥落。柜边是描花炕琴（垛被褥的家具）。

我妻子进了老德头家就喊："炕琴呢？那个炕琴呢？"见到，默视不出声。当年它光亮无比，妻子与其妹每天都用手抚之。

"当年"之"当"，是在七十年代初。我妻陈老师与其家人在这里住了四年，房东是老德头。

陈老师三十四年后来到此地，其激动自不必提。彼此用飘舞的鼻涕和不停歇的眼泪代替言说，配合拥抱。这里单说老德头。

老德头身穿八九式公安旧制服，戴前进帽，坐炕上笑，看这一屋子人。桌上摆着炒米、奶豆腐和黄油。

别人问老德头:"您多大岁数了?"

老德头:"虚岁十五。"

众人笑,提高声音:"您多大岁数?"

老德头:"刚上初三。"

声音再大:"您——高——寿?"

老德头:"住校呢。"

谁也不问了,没那么大气力。老德头耳聋,以为问他孙子呢。人若发问,他觉得无非问他孙子,其他有什么可问呢?

别人解释,老头儿上过朝鲜战场,是空军,耳朵被炸弹震聋了。他配手机,平常溜达到一个地方,掏手机告诉家人,我在哪儿哪儿,关机。不关机也听不见别人发言。

话说上个月,老德头一早儿出门溜达。中午给家里电话:"我在牦牛沟。"下午电话:"我在黄柳坝。"傍晚电话:"我在哈拉套海。"

家里人急了,从牦牛沟到黄柳坝到哈拉套海,越走越远。离家五十多里地了,八十六岁的人怎么回来?

但是,这在电话里劝不回来。此地是牧区,地广人稀。虽然狼和狐狸都不伤人,但磕了碰了就不好办。家人去找,他老伴儿和儿子共乘一匹马,再牵一匹马去了哈拉套海。到了那里,天空已出星斗。打听没地方打听,喊也没人应。这片广阔的土地上有一个种子站,去问,人家没见老德头。他们娘俩儿以一棵榆树为圆心,前寻四五里地,原路返回,从榆树再前往另一个方向,辐射式巡查。累了,他们靠树歇息,儿子抽烟,老伴抽泣。手机突然响了,老德头来电:"我在沟里呢。"

他儿子用最大的声音呼喊:"爸!你听到了吗?你别关机!你在什么沟?"

老德头平静地重复一遍:"我在沟里呢。"

关机。

"爸！爸！爸！"这边怎么喊都没用。人这时候恨不能乘着手机的电波找到对方。娘俩儿一想，哈拉套海没有沟啊，老头儿一定往北去山嘴子乡了，那儿是丘陵。他们骑马上路，走到半路忽然想起南边毛山东乡也是丘陵。老德头在哪个沟里呢？他儿子不禁下马呜呜哭了一场，决定先上山嘴子，后去毛山东。

到了山嘴子，老德头的儿子先把母亲安顿在老乡家，等待天亮。天不亮，几十条沟没地方找。熹光四射，老乡家糊窗的白纸抹上一层嫣红。手机响了，老德头儿在那边说："我在炕上呢。"

这边问了千言万语，老德头重复一遍："我在炕上呢。"关机。

老头儿好歹没事，"在炕上呢"。可是在哪个炕上呢？在沟里能急死人，在炕上也能急死人。

这时候，老乡发话，对老德头老伴和儿子说："不用急，一会儿会有人来电话。"

果不其然，老德头手机又打过来了，一个亲切的声音："你们是老头儿的亲属吗？别着急，老头儿挺好，在我们这休息呢……"

原来，老德头又回到了乌兰敖都。他掉的沟是公路边上栽树的树坑，发出的悠扬呼叫引起过路车辆注意（车上人下车解手）。车是果树站的车，人家认得他，找不到他家，于是拉到果树站的炕上喝奶茶歇息。老头儿睡了一觉，醒了之后打手机，才有这番对话。

讲这个故事的时候，老德头观看众人的表情，看大家由惊讶到恐惧到释然到欢笑，而他始终笑，又像评比众人的笑。

众人感叹手机之有用与无用，感叹老德头冒险历程。人知道，他漫游一宿也出不了事儿，这里十几年没有刑事案件了，六千口居民中只有一百名汉族人。这里有史前画岩，有民间艺术团，有个人承办的马文化节，一片世外桃源。野鸽子站在房脊，大花喜鹊落在树枝上。这里是翁牛特旗阿什罕苏木。

有人和炕上的老德头搭讪,用吼声:"认识王海吗?"

老德头答:"那是我们团的模范飞行员。"

吼问:"张积慧?"

老德头答:"哟,张积慧是中队长,后来成大队长了。他们俩现在干啥呢?"

这两个人三十年前都是空军司令员,可我们哪知道他们的近况。

老德头笑眯眯地说:"见到他们问个好吧。"

我们说:"是,是。"

忽然有人问:"您上那些地方干啥去了?"

老德头答:"虚岁十五。"

真急死人了!这人大声喊:"您上——沟——里——干啥——去——啦?"

嗨,老德头一伸手说:"看战友!"

张积慧他们在牪牛沟等你啊?越说越不像话,这人捧着他耳朵喊:"牪牛沟!哈拉套海!"嗨,老德头指着他的鼻子说:"你小点儿声儿。我原来不是在县大队吗?不是归二十二军分区吗?不是四野吗?三个战友,乌力吉、张广才、司旺不都死那儿了吗?牪牛沟、黄柳坝、哈拉套海,他们仨。我掉沟儿那天不是八一吗?去看看。坟都没了,头十年不就没了吗?让沙子刮跑了。往地下倒点酒,看看……"

老德头说得低声细语,我们大喊反显得不文明。有人查墙上的挂历,一指:阴历七月初一,正好是八一建军节。大伙儿纷纷向他竖大拇指,老头儿嘿嘿儿乐,端奶茶喝了一小口儿。

燃灯人

那些铜碗亮了,从里面亮,像菩萨手拢一朵莲花。莲花扑扑跳,涌出红的花、橘黄的花。铜碗对着灯芯笑,转圈儿看火苗的头顶和火苗的腰。一念长于千古,佛灯融化了时光。

燃灯人缓缓走过来,点亮灯,一盏一盏。酥油捻子遇火露出一张红通通的脸,它见到了熟悉的燃灯人。燃灯人的皱纹也像莲花瓣,额头三道纹代表水,智慧海上莲花渐次开。他的瞳孔回映两朵更小的火苗,也在跳,与灯对视。紫檀香的木佛像,笑容似有若无。佛超越了苦,自然无所谓乐与不乐。乐比苦更短暂,短暂就不要执着了。人手心的皱纹比脸上更多,手心从小就有皱纹。它抓东抓西,什么也抓不住。摊开手,是让上天看到你什么也没有,天给你一些宁静。

紫檀木的香味像骨头的香,钻进鼻孔里还往里钻,一直趴到骨头上。酥油也有香,它在燃烧中混合了空气,似昙花开放在木鱼的敲击中。雪白的大昙花开在夜里,密集的花瓣挤出一张张脸看世界。

世界不结实，转瞬变幻。昙花比时间走得更早，刚绽放就招回了花瓣，它们对周遭只看了一眼。一眼就够了，万物越看越虚幻，第一眼最真实，后来所见，早已不是它了。所谓六根，眼最欺人。

　　燃灯的人早晚各走几百步，走走停停，停下就有一盏灯亮。他的脸被佛灯照亮一万遍，如同过了生生世世。海潮声传过来，那是螺号伴随诵经之音。你感觉声音真是一道波，没见到风，波却扑到脸上，从汗毛眼钻进心里，到心里又去什么地方就不清楚了。梵语和巴利语的经文像听过，记不住多少年前听过，也许是在一千年前。经所说非"意"，而为"义"。而"义"也不可详解，顶算从耳朵往心里放一块玉，让热辣的心凉快一下。喇嘛闭目诵经，他们诵一模一样的经文，为什么呢？盏盏酥油灯在佛前开成一个花池，夜色是无边的海，露出灯盏的岛。灯的岛把花开出来，照亮一张张宁静的脸。脸们本来追求物质，可是物质不坚固乃至不存在，转而求安慰，安慰也是对来世的铺垫。此世之人谁都没见过来世，证明不了来世，来世未必比此世好。盼来世没有农药和谎言，没有PM2.5和隐瞒，没有户口和拆迁，有没有钱都算好世道。油灯照不干脸上的泪痕，油灯让心驻在一小朵跳动的火苗上。火苗像开口说话，欲言又止，像不说了。众所周知，佛灯跟谁都没说过话。

　　灯慢慢跳着舞，酥油反射白亮的灯影。灯芯爆出一朵花，像宣布一个消息。佛灯开的花，蒙古语叫"zhuo la"——卓拉，多好的词语。走到灯前，跟卓拉相见是幸运的事情，好像佛跟你笑了一下。灯花一爆，是你跟佛照的一张合影。

土离我们还有多远?

花日村在大雁山的后边。"花日"就是花儿,蒙古语"花"的音译。这个词也是对汉语的借用。蒙古语中,"花日"是花,"讷日"是名字,"觉日"是画,"怒日"是脸蛋子,"夏日"是黄,"穆日"是脚印,"海日"是珍惜,都好记。

"为什么叫花日村?"我问吉雅泰。

"花日是外号,这个村的人爱种花,实际上叫大雁村民组。"吉雅泰回答。

花儿——大雁,这些名字都好听,纯朴而遥远,以后人们会离它们越来越远。沈阳航空博物馆附近有一家"大雁肉烧烤店",我看了——心情怎么说呢——无论人类遭受到怎样的旱涝灾害,都不必去怜悯,他们曾经对动物这么无情。

我们走上大雁山顶往下看,花日村没什么花,每家门口有三四棵柳树。房子没铺瓦,屋顶的泥巴被太阳晒褪色了,燥白。土埋在地里原本都是新鲜的黄色,土也氧化。进村,见每家窗下摆四五个木制箱子。不是蜂箱，是花箱。

冬天卖橘子的木制包装箱，里边垫一层塑料布，盛土栽花。

"这些土可了不起。"吉雅泰说，"草原没有土，是图卜勋老汉套驴车从外地拉来的土。"

草原没有土吗？这真是个奇怪的说法。广阔的草原怎么会没有土呢？草原难道是塑料的吗？然而，草原真的非常缺土，或者说绿浪翻滚的草原只有薄薄一层表皮的土。这层土珍贵呀，它是无数青草用根须编结的半尺厚的土毡，是草原的衣裳，下面的流沙无止无休。鄂尔多斯草原水草丰美，它也是央企主力煤田的所在地。《半月谈》杂志二〇一〇年第十期报道："那里有上湾、榆家梁等千万吨级的矿井，高管每年拿几十万元的工资。采矿的结果是地表塌陷，植被枯死，水源渗漏，土地不长草。"没土了，怎么长草？煤矿开采区的牧民背井离乡，生活穷困。煤采完，草原失去黄金般的土，将变成永远不适合人类和动物生存的无人区。

蒙古人珍惜草原，包括珍惜这一层薄薄的土，它是草原有血有土的皮肤。剥掉这层皮，草原就死了。祖祖辈辈鲜花盛开的故土，死在 GDP 上。GDP 变成了剥皮抽筋的代名词。野花在草原盛开，野花只用它自己脚下的一盅土。它怀抱自己的土，死后又用枯萎的枝叶填充自己用过的土。除了土，野花一生什么也没有，它们知道报答。

牧民们不挖草原的土栽花。草原的花儿比海洋的浪花还多，还需要在自己家里栽花吗？要想栽，自己去弄土吧。就像花日村每家门前摆的木箱子，土像在河床里那样细腻，挤在木箱里，举着娇艳孤独的花朵，如礼物。

图卜勋的家住在村子最东边，比别的家低矮。屋顶西北角已经露天了，还没用泥抹上。门口大鹅叫，老人猫腰从门口走出。他身高一米八多,开口笑,两撇灰胡子从上唇垂下来。

"看花来了。"吉雅泰说。

"嗨,都是乡下的花。"图卜勋双手在裤线上蹭。他的花木箱放在窗台上。一箱秋海棠,个头矮小,紫红的花瓣像蜡做的。一箱三色堇,也叫猫脸花,每朵花上有蓝、黄、白三种颜色。还有一种花的茎像注满了水,躺在土上不起来。它的叶子如小香蕉,肉乎乎的。

"这是什么花?"我问。

"太阳花嘛。今天阴天,它不开了。"老汉说,"它的脾气很怪,太阳出来才开花,红的黄的小花。"

老汉指那箱高棵的花说:"这是指甲花。春天的时候,苗是红梗就开红花,白梗开白花,它们不骗人。"

老汉笑起来,皱纹遮住了眸子。他说:"指甲花也有脾气啊。花儿谢了,胳肢窝长出一个小口袋,不能碰,一碰就像弹弓那样,把种子射出去了。"

"这是好事啊。"吉雅泰说,"自动播种机。"

"这个事都是瑙浩做的。"老人说。

敖浩在蒙古语里是"狗"的意思。我说:"狗聪明。"

"不是。"老汉喊,"瑙浩,瑙浩——"

跑过来一只白爪白嘴的小黑猫。

老汉说:"它的名字叫瑙浩。秋天了,它上窗台专门碰指甲花那个小口袋,然后去抓蹦出来的种子。"

黑猫舔舔白爪,像说"是这么回事"。

"养花的土是你用车拉来的吗?"我问。

"是,我干不动活了,套驴车拉点土,送给各家种花,也有种柿子的。"老汉回答。

"咋不上草原取土?"我问。

"那不行，咱们从来不挖土，土下面就是沙子。你看那些出夏营地的牧人，他们套牛车走，在这个地方支蒙古包住两个月。回家了，把木头楔子拔出来，土踩实。你在草地上钉一个楔子，拔下来不踩好，这块土就破了，像伤口一样，不长草，沙子从下面冒出来。嗨，土就像肉一样，咱们不破坏它。"

"什么人破坏土？"

"唉，"老汉叹气，伸胳膊指门外，"外边来的人都破坏土。他们不心疼土，开矿、种西瓜、种药材，第二年再换地方。种过地的土全都沙化了。开矿更完了，河都完了。"

"你拉的土是从哪儿破坏来的？"吉雅泰开玩笑问他。

"我的土不是破坏。"老汉挺直腰板说。"春天，西拉沐沧河的冰化了，发大水。水退了，岸边留一尺厚的淤泥，我套车把泥拉回来。挖泥也不要在一个地方挖，第二年发水，让挖过的地方淤平。"

"离这儿远吗？"我问。

"远，"吉雅泰说，"西拉沐沧河离这儿五十多里路呢。图卜勋老汉带着干粮，车上拉着瑙浩，还有咪咪——咪咪是他家狗的名字，到那里拉土，一回拉五六个木箱的土。"

图卜勋笑，他的脸、脖子和胸膛都是红铜色。他举起四根手指，一回拉四箱土，一箱十斤吧。

名叫咪咪的细腰黄狗跑来，坐地下看老汉伸出的手指。

老汉的儿子和女儿都在日本留学，吉雅泰介绍。

老汉笑着伸出三根手指，孩子在日本工作三年了。他说："看看我的驴车吧。"

绕到房后，我大吃一惊，驴车上扣一个驾驶楼。铁皮钻眼，穿牛皮绳子系在驴车驾杆上，驾驶人坐铁皮楼子前面。

"现代化。"老汉说。

小毛驴拴在车边上,低头吃帆布袋子里掺黑豆的干草。图卜勋套毛驴,咪咪和瑠浩迅捷地钻进驾驶楼,坐在人造革长椅上,从风挡玻璃里严肃地向外看。

"你们坐上吧,绕村子转一圈。"老汉邀请。

"不坐啦。"我们谢辞。

毛驴抬头,仿佛闻空气有什么味道。南风捎过来草的气味,我想起西班牙诗人希梅内斯写给小灰毛驴普拉特罗的诗:"这路边的花多美呀。许多牛啊、羊啊,还有人,从这些美丽的花旁走过。而花呢,仍旧立在路旁。花的一生就是春天的一生。然而普拉特罗,如果我们让这些花在秋天也为我们开放,用什么办法让它们永远鲜艳呢?"(赵振江译)

我见过爱钱财、爱肴馔以及爱珠宝的人。我也见过爱土地的人,但他们仍然把土地当作母鸡生农作物的蛋。图卜勋老人是我见到的最爱泥土的人,仅仅是土,就让他欢喜不尽。村里像蜂箱一样栽着鲜花的土,是他赶车从河边拉来的。而草原上的土,在他眼里是一片不能触碰的血肉。

我有些走神了——我所想的是——以后我们的国土会不会没有土了,被风刮跑或被河流冲入海里。土,这个最土气的词将会像矿产资源一样成为珍稀品,应了那个词——"稀土"。春天里,北京、石家庄、沈阳的人为沙尘天气所刮来的土而责怨。细密的土落在人的衣服和车上,让人烦。然而,它们仍然是珍贵的土。以后土搬家了,甚至沉入黄海,永不返回陆地。再往后,刮在人脸上和车上的全都是沙子,想见土已经见不到。这不是妄言,沙漠的风里,没有一点点土。

中国人如果为了工业化而丧失蓝天,丧失鱼儿游弋的河流,最后连土都不复拥有,后代会说他们并不需要工业化,他们想有一片有土的国土。成吉思汗陵所在的伊金霍洛旗乌兰木伦镇的一百〇八个自然村已经有四十九个丧失了土,地因为采煤抽水而塌陷,这些村子消失了。

图卜勋把两箱花装到车上,说送给村西的白喇嘛。驾驶楼里的猫狗把爪子搭在木箱上,花朵在它们的鼻子前面摆动,使它们像在嗅花的香气。图卜勋步行,在离毛驴一米之远的地方挥着鞭子。鞭子系一根细细的鞋带,上面拴着碎布条,打上去,驴也不会觉出疼。

清洁的蒙古人

草原，对蒙古人来说只是个舞台，演员结束演出之后不会把舞台变成一堆瓦砾。蒙古人在草原生活一辈子，但他们待过的草原仍然是清洁的，跟几百年前一样。

他们生活过的草原，大片的野花在五月到八月开放。五月份开的花最鲜艳，红花和黄花。七月有蓝花和粉花开放。人不相信眼前竟出现这么多的鲜花，开遍整个草原。在视力未及之地，花还在静静地开放。坐车在草原走，沿途的花开了几里、十几里地。车上的人忍不住下车，看这些花，捧起花的脸庞，想问：为什么这样开呀？怕花累着，怕哪一朵花没被看见而被辜负。

草原没有空气污染一说，所谓蓝天只是无穷尽的晴空。夜里，星星君临头顶，它们像趴在地球外层透明的玻璃罩朝这边看。星星大，有些摇晃，因为多而拥挤，显出一点傻。空气洁净，带给人的是星星成为你晚上的邻居。

蒙古人不砍树，除非盖房子、做门窗、马车和马鞍子。东部的蒙古人在砍树前先忏悔自己准备要犯的罪,祈求宽宥。因此,草原的树们和羊们和马们一样自由欢畅。盖一个房子住一辈子,做一个马车和鞍子用几十年。草原的人喜欢的不是木头,是树,后者有生命。小鸟儿们飞来飞去的地方,树一定多。树叶落下来腐烂了,几十年后变成了土,成了可爱的小虫们的故乡。

  我小时去巴林右旗,多年后再去,景色依旧。太阳出来,把房子东山墙照得如敷金箔,房后几尺宽的小河里有尺把长的肥鱼在水草里睡觉,好像这是鱼缸。我不会矫情地指责这里没有变化。变化一般就是破坏,破坏了大自然原来的样子。我的大姑姥姥和姑姥爷都去世了,他们的故乡还跟他们活着的时候一样清新,可能他们童年时就是这样子,绿草一望无际,苇草穗子到秋天变得像纸一样白。山的轮廓在夜色里融化,星星又趴在玻璃罩上看这边的事情。凌晨,曦光吐露少许,星星散了多半,它们去什么地方溜达去了。蒙古人在去夏营地的路上架锅做饭,挖一个土坑,用捡来的三块石头架锅。吃过饭,他们用好土把坑填实踩严,要不就不长草了。架锅的石头扔向四面八方,不让其他旅人继续用这些石头架锅。他们说:"石头被烧过了,应该休息,不能再用火烧了。"

铁　匠

早上醒来，一个想法钻进脑袋——我想当铁匠。当铁匠多好，过去怎么没想到这个事呢？

在铁匠铺，用长柄钳子从炉中夹一块红铁，叮当叮当地砸，铁像泥一样柔韧变形。把铁弄成泥来锻造，是铁匠的高级所在。暗红的铁块烧透了，也懵了。这时，当然不能用手摸它，也不可用舌头舔。砸吧，叮当叮当。

铁冷却了，坚硬了，也不红了，以暴雨的节奏打击，那么美也那么短暂。那时候，铁是软的。

用钳子夹着火泥向水里一探，"滋拉"一声，白雾腾焉。这件事结束了，或完成了，这像什么呢？真不好形容。这是一种生命扩张与凝结的感觉。

而铁匠，穿着白帆布的，被火星儿烫出星星般窟窿的围裙，满脸皱纹地向门口看——门外的黄土很新鲜，沿墙角长一溜青草，远处来了一个骑马的人。

历史上，铁是强力的象征。《旧约》上说："以色列整个地区未发现铁匠，因为腓力斯坦人说，免得希伯来人制造剑和矛。"在非洲，冶铁是宗教仪式的中心，安哥拉人在冶炼时，巫师把神树之皮、毒药和人的脑浆放入灶穴，当拉风箱的人开始工作时，伴有歌唱、舞蹈和羚羊的粗野音调。

在苏丹西部，铁匠像祭司一样得到国王的保护。而在北非，铁匠可怜地处于受侮辱的最底层，正如西藏的铁匠被视为最低等级的成员，因为他们制造了屠刀。而布里亚特——蒙古人认为铁匠是神的儿子，像骑士一样无比光荣。

铁匠是刀的父亲、犁的母亲。在人类的文明史或杀戮史上，铁匠比国王的作用更大。不说刀剑，一个小小的马蹬便能带来版图的延伸。

铁匠之所以神奇或另类，是因为他们面对的是古代人类最为敬畏的两样东西：火与铁。铁匠铺如同产房，在火焰中催生奇特之物，从车轴到火镰。布里亚特人的萨满仪式唱道：

> 你们这九个"波信陶"的白色铁匠啊，
> 你们下降凡间，你们有飞溅的火花，
> 你胸前有银做的模子，你左手有钳子，
> 铁匠的法术多么强大啊，
> 你们骑着九匹白马，
> 你们的火花多么有力量！

漆黑的铁匠铺里的"铁"味，是锻击和淬火的气息。炉火烤着铁匠，他的脸膛像通红的铁块一样光彩焕发。在太阳下，铁匠的脸黝黑，像塑像。

头　发

我来的这个苏木叫"乌兰扎德噶",意思为红色的扇形地带,是西拉沐沦河的一小块冲积平原。像扇子一样打开的平川叫扎德噶,乌兰是红。村里的居民大部分是蒙古人,也有汉人和朝鲜人。到朝鲜人家里做客有趣。他们用清漆把炕油得亮光光,我们坐炕上喝奶茶,边喝边吃朝鲜辣白菜。喝酒,朝鲜人唱蒙古人的鄂尔多斯祝酒歌——赛洛日外冬赛。而蒙古人用蒙古语唱"桔梗谣",是长调的唱法。我觉得古代的蒙古人和高丽人便如此对饮。

我住到了税务所的宿舍,公社干部次序上我房间问候。承担后勤的副苏木达(副乡长)吉雅泰送给我印着鸳鸯图案的红毛巾、牙膏和牙刷,一个鸭蛋大的小镜子,还有搽脸的雪花膏和搽手的香脂。

干部们看过我,离开房间都说一句"慢慢休息吧",这句话特逗。"慢慢吃"好理解,慢慢休息是怎样休息呢?睡觉不能太快吗?

汉语说慢慢走、慢慢喝,实为礼貌的敬语,意谓安泰由之。他们说的"慢慢休息",意思是享受,沉静下来歇息。我学会之后,向他们打趣:"你们慢慢笑。"

有一天逢集市,我和送我小镜子的吉雅泰到集市转。我见到了多少年没见到的东西:钐刀,带黄油和新鲜皮革味的马笼头,一窝粉色的小猪在阳光照耀下的大筐里睡觉,爪上拴绳的大公鸡睥睨四方,白兔在笼子里急匆匆吃菜叶子。半大姑娘小伙儿甩着腕上的手机播放流行歌,有个小孩子拿手机给毛驴照相,驴温良地摆出侧脸。

有一个蒙古女人坐在扣过来的筐上,面前放了一个笸箩,里面装着女人的长发,一束束用绳系着。有女人走过来,从兜里掏出一束头发扔笸箩里。她们笑笑,什么也没说就走了,都是蒙古女人。

这是怎么回事?我记得收头发要给钱,怎么扔进去就走了呢?又有几个女人把纸包的、布包的头发扔进笸箩里。看笸箩的女人只笑,啥也不说。

我问吉雅泰:"这是怎么回事?"

"噢,这几个村的女人有倡议,逢集把自己的头发捐出来。"

"捐出来干吗?"

"嗨,她们打电话让人来收,换钱买黑板。"

"买黑板?"

"噢,学校的黑板是水泥的,墨汁老是掉色。她们要买玻璃钢黑板。已经买来两个了,一会儿我带你看去。"

进入小学校,这里只有三间教室。进了屋,老师停止讲课,小娃娃们背着手瞪大眼睛看我们。吉雅泰像进了自己家一样,走上讲台,摸着深绿色的玻璃钢的黑板说:"这是她们的头发换来的,你摸摸。"

我摸黑板,质地光滑沁手,像女人们的头发。

"你写几个字,"吉雅泰说,"这比水泥黑板好多了,还好擦。你写几个字。"

我犹豫，吉雅泰说："鼓掌，欢迎老师给我们写字。"

我抓起粉笔，心里怦怦跳。写什么呢？这相当于在她们的头发上留言。说女人伟大或头发伟大都不对路。我写下两个字：母亲。

下讲台，学生们鼓掌。我回头看"母亲"两个字太孤单，又添了几个字——课堂的母亲。

学生们又鼓掌，我觉得这回是为黑板和头发鼓掌。那些我没有见过面的女人，她们乌黑光润的头发里面藏着密密麻麻的字，她们的孩子慢慢都会读出来。

班迪的雪人

过完年,我跟朋友 M 到牧区转。M 说:"阿什罕那地方有意思,牧民围着堆盖的雪人跳舞,然后架火把雪人融化。"

我说:"蒙古人没这个习俗啊?"M 说:"别的地方没这个习俗,阿什罕这地方的人祖上从元大都迁来,习俗特别。"

我们去了那里。无边的丘陵,积雪逶迤,空旷间小树兀立,像等候你。野兔留下的足迹的窘窿,见出它跋涉艰难。

进艾里(村子),见一家人围着雪人。M 说:"今天初七,是'查干乌德日'(白日子,逢喜之日),他们跟雪人搞联谊。"

雪人脖颈系着蓝纱巾,戴草帽,嘴部镶一圈儿玉米粒。说跳舞,其实是七十多岁的老汉和两个小孩围雪人转圈儿,手拎红绸子往肩后甩,这是哲盟的安岱舞的舞姿。稍微往深里说,安岱舞从萨满教驱鬼仪式而来。

男女主人敬酒让我们尝饮。蒙古人待客并不劝酒,按礼仪,不可把敬上的酒一口喝干,也不可不喝。双手接碗,酒沾唇,复双手还给主人完事。只有那些假蒙古人才劝人喝醉,没安好心。M喝一小口,我手指蘸酒,表示喝过了。依稀听到老汉念念有词,乃是赞颂诗篇,非常吉利。我们绕雪人走,手甩肩后,晦气都被抛掉了。他们抱来玉米秸和松树枝放在雪人上点火。风一吹,雪人扯出很长的火苗儿,像火刺猬。老汉拿瓶往上浇白酒,火苗遇酒,先凝黑斑后爆蓝焰,大旺。不消说,雪酥,化成一摊水,土地潮黑,像春天那样。老汉和男女主人双手摊开,像捧着哈达,躬腰,说"佳、佳、佳",意谓:好啊、如此,与"阿门"一个意思。老汉坚定地说:"雪人升天,吉祥留下了。"

我说:"祝福!祝福啦!"

他们回谢:"吉祥!都吉祥!"

离开这家,M说:"到巴根家吃午饭。"到他家,屋前是轻烟袅袅的秸秆和积水,雪人也刚刚升上太空。我们进屋喝茶,手把肉什么的端了上来。巴根——他前额深纹像船长袖饰的三个"V"字,对M说:"我遇到一件奇怪的事,可以请教吗?"

M说:"说吧。"M和他们熟,是旗武装部长。

巴根招手,他老婆捧一样东西进来,包着布。他说:"我家烧雪人,烧出这样的东西。"布撩开,露一个圆球,上画脑袋。他们神色虔诚,也可说害怕。

M拿过来给我看:球像橘子大小,一掂,没多重,像塑钢材料;画一张脸,小眼睛,留两撇宽厚的海豹胡子。另一面是英文字母:P×××S。既然有字母,我断定它不是神奇之物,也不是天外来物。巴根用手撑着炕沿儿,壮硕的胳膊微颤,问:"这是好事,还是坏事?我们烧雪人从来没烧出东西呀?带眼睛的……"

我像见过,跟食品有关。我问:"你家有小孩吗?"

"有啊!叫班迪。"

149

"几岁了?"

"七岁,一年级。"

"他在哪儿?"

"班迪喝醉了。"

"七岁小孩喝醉了?"

"这个雪人是班迪堆的。他特别喜欢,半夜醒了都出屋看一眼。他不让烧掉,我们把他灌醉了,睡觉呢。"

我呼啦想起来,这个球是洋葱薯片的标识玩具,外国货,一定是班迪的。我让他们把孩子叫醒,班迪揉着眼睛过来,抢过圆球,说雪人一定被烧了,球是他藏到雪人里面的。

班迪跑到屋外,趴在泥水上痛哭。巴根又堆了个雪人,安装大枣眼睛和胡萝卜鼻子。班迪蔑视地打量新雪人,抽泣吸气,运动医学叫"过度换气"。

我说:"这是你的新雪人。"

班迪说:"假的!我不要!"

成年人认为雪人都是假的,但在孩子眼里又分成真假。班迪的雪人是他的朋友,有灵魂和身体,却被烧了。成年人的眼泪永远挥洒不到雪人身上。班迪哭得如此伤心,泪水洒在雪人融化的积水上,享受着我们享受不到的东西。

你到过月亮吗？

女厨师回家后，接替她的是蒙古族姑娘萨仁其其格。她是扎兰屯医学院毕业的大学生，找不到工作，上这儿当临时工。

萨仁其其格娇小本色。我的意思说她不像成年人，也不像在外地念过大学的人。她眼神如小孩子看大人，纯净安然。她名字的意思是"月亮上的花"。

我问她："你到过月亮吗？"

她认真回答："没去过。"

"一次也没去过？"

"一次也没有。"

特认真。

我说："你是月亮上的花啊。"她想了半天（其实不用想这么长时间），说："是。"

女厨师做包子，萨仁其其格做馅饼。这馅饼特别好吃，有劲。我知道以"有劲"说馅饼不达意，但吃着确实有劲。

我吃了三顿馅饼，对萨仁其其格说："你做的馅饼真好。"

她笑着点头，好像示意学生——"你答对了。"

"怎么做的馅饼？"

"肉干。"

"肉干能做馅饼？"我觉得有点离谱。她领我到厨房，一根绳子上挂一串肉干。我摸一下，比铁都硬。

"你怎么剁馅？"

"用石头砸。"

简直没听说，用石头砸。不过菜刀也剁不了这样的肉干。水缸下面，一块积酸菜的大青石上放一块鹅卵石，沾着肉干的沫。

"这几顿的馅饼都是你拿石头砸的？"

她点点头说："年头越长的肉干做馅饼越香，这都是晾了三年的。"

我握那块角瓜大的鹅卵石，腕子都酸了。我觉得我的胃充满了内疚，吃一个小姑娘用石头砸出来的馅饼，还说有劲。

一斤鲜肉煮熟剩四两，晒成干连一两也不到，太浪费了。我说："以后不吃馅饼了。"

她说："没关系，肉干是我从家里拿来的。"

一个人从家里拿肉干给苏木的客人吃？也就蒙古人能干出这样的事。我问："为什么？"她眼里闪出敬佩的光彩说："你是诗人。"

在蒙古语里，"诗人"这个词比"作家"尊贵，不光说文体，还意味着纯良。腾格尔对别人介绍我，也说"这是我们蒙古人的诗人"，我说不是他不听。

我说："我不是诗人，我只写一点散文。"

"你是诗人，"萨仁其其格说，"我中学的蒙文课本里有你的诗。"蒙古人把喜欢的作品也叫作诗篇。

我默然。就算诗人,也不能挥霍牛肉干,我不成王三了吗?她的肉干砸成末,放在芹菜汁里醒,加上洋葱拌馅,确实好吃。

"老师,我哥哥想见你。"她仰脸说。

"来吧。"她掏手机,兴奋地说了一通。三个小时后,她哥到了。哥哥脸上的皱纹像被风沙吹成的丘壑,岁数几乎比妹妹大一倍,衣装破旧。

"肉干是哥哥给的,让我给你做馅饼。"妹妹说。

哥哥笑笑低头,意思是微不足道。

吃饭了,还是馅饼,他们俩吃大米饭。我问:"怎么不吃馅饼?"他们说:"不爱吃。"我心里明白,这是蒙古人的礼数,不跟尊贵的客人同饮食。我更加内疚。

吃完饭,哥哥要回去了。他骑马走四五十里地专门看我。分手时,他站着认真地看我,像看一幅画,笑了,挺满意。

萨仁其其格送哥哥到门外,回来说:"我哥说你的诗比一车肉干都值钱。"

这不是好不好意思的问题了,我想了很长时间。且不说我写的作品马马虎虎,值不上一筐肉干。是,蒙古牧民有一种独特的观念,他们觉得,文学艺术家为大家创造了公共财富,每个人都应该报答他们。这让我有点抬不起头来,回去得学习写诗了。

手如树根

诺日根玛坐在斜躺的水泥电线杆上。新挖的土坑里，一只橙色的甲虫往上爬。不远处，还有一根水泥杆，方形，上端有孔。这儿要拉电了。

从镇里到伊胡塔的手扶拖拉机两小时一趟，一张票五元钱，带行李加五角，狗二角，一只鸡一角钱。

车没来。几个十七八岁的姑娘抢说事情，她们系一样的三角形头巾，葱绿色，脸蛋子像从头巾里往外挣放的花。一个老汉筐里的鸭子伸脖子呷他裤子上的一片菜叶。

云彩散了，阳光毫不迟疑地射在草地上，紫瓣带黄蕊的小花朵摇晃着。云在天上分成两半，像棉花一样越来越薄，后来没了。

诺日根玛背对等车的人，低头，两只手掐草叶。她头戴蓝解放帽，辫子盘里边。

"诺日根玛！"一个女人跑过来，她的后背用化肥袋子兜着一个孩子，"你交树苗钱了吗？"

"交了。"诺日根玛抬起头,她眼角挂着泪,手掌一抹,颧骨皮肤新鲜。

"优惠一半呢。"

"是。"诺日根玛说,"杨树苗不好,根儿破皮了,怕活不了。"

她们说树苗的事。那女人好像没看到诺日根玛流泪,说话的时候看肩后的孩子。

"你家交七十元吗?"

"六十五元。"诺日根玛回答。

不知哪会儿,背孩子的女人走了,诺日根玛低头掐草叶。她的手像树根一样破旧,连带着"土坯、猪食、牛粪"这些词,用它擦眼泪仿佛不对劲,仿佛用靴子擦镜子上的尘土。过一会儿,一滴泪落在手背上,分散在皱纹的沟壑里。

她怎么了?家人病了?或者马病了?谁也不知道一个牧区的女人为什么流泪。诺日根玛家住村西头,窗前的豆角旁边种一畦江西腊花,黄狗立正坐着,白爪子像戴了套袖。

手扶拖拉机开过来,司机是阿穆尔古楞的二儿子,留黄胡子。几十年来,他是东村唯一用机动车把牧民运进城里的人。

诺日根玛把鼻涕抹在胶鞋底上,换上进城的表情,好像没哭过,往车边走。

水的身影

我住在牧民丹璧斯仁家里。天旱，花池子的蜜蜂都懒得飞了；玉米的个头长不足，叶子枯垂，像撕开的牛皮纸信封。

丹璧斯仁让我把靠西墙的大缸挪一下，他要掏一条小水渠。我挪开缸，地露湿润的一块圆，潮虫和蚰蜒四处逃窜。这么干旱的院子，这个圆却湿得发黑，像是十年前的旧景象。

我问缸在这里放多少年了，丹璧斯仁闭上眼睛算……分树那年之后……黑花牛生六个牛犊之后……南面房子盖完……十五年了。

十五年，潮虫一族在此居住超过一百多代，这是我的猜测，也可能只有七十代。总之，缸下有一小块江南。这件事丹璧斯仁不知道，县国土局更不知道，只有潮虫、蚰蜒和我知道。它们在幽暗湿润的三十厘米乘三十厘米的江南产卵和睡眠，醒了出去看别的地方旱成了什么样子。丹璧斯仁的西红柿根本没红，像青枣那么大，垂在秧上思考继续生长还是缩回去明年再说。虫子们看罢钻进湿土，说还是咱们这个地方好哇！水利也是昆虫的命脉。

可是，缸下湿土的水是从哪里来的呢？对别人来说，这是一个愚蠢的问题，但我一生都在思考这些愚蠢的问题，包括思考鹰为什么能在十分之一秒时间内分辨两种不同的声源。人们说地下有暗河，而暗河得知丹璧斯仁家院子靠墙的地方放一个腌菜的破缸，用土壤毛细管道群把水接到了这里，估计是这么一回事。总之，丹璧斯仁家缸底下是湿润的。

我把缸旋转着运回原处，准备把潮虫蛐蜒捉回塞进去，但虫子已经没影了。

丹璧斯仁问我："干什么？"

我说："让潮虫们继续过好日子。"

"嘻，"丹璧斯仁说，"那我绕道吧，从东墙掏个小水渠。"

我想起在德国，每天进山上的树林里逛。一天，我见一个红面人——德国乡下人红面居多——用铁锹在林地掏了个洗脸盆大的坑。我并没问他干什么，他却声情并茂地对我讲了一通德语。见我茫然，他又用英语把刚才的德语翻译了一遍。我用蒙古语告诉他："祝你健康长寿。"他耸耸肩，扛锹走了。下午路过这里，见小土坑涨满了水。刚好红面人牵一只牧羊犬走过，他让犬在坑边饮水，并满意地对我笑。这人把肩上的铁锹递给我，怂恿我也掏个坑。我唰唰唰掏了个坑，想：这会怎么样？第二天早上，我挖的坑里满是水。凡是有森林的地方，地下就有一个水库。水从地下慢慢涨满小坑，跟坑沿齐平，并不漫出来。在斯图加特这个名叫索力图的山林底下，不知蓄着多少水，它们是暗地里的汪洋。水住地下，并不因为它们是水就暴发流淌。水们安静地待着，像在候车室等车。

在索力图，六月的天气，每天下十几场雨，每场几分钟。森林的叶片把水分蒸发到天上，而水哪儿也不去，像从云彩兜不住的衣襟里泼下来，回到老地方。索力图的风透明，土被树根藏在脚下，地面没灰尘。斯图加特城里,参天的树木四处可见。我在德国的土地上没见过庄稼,除了森林,就是草场。

　　水藏在有遮蔽的地方,树下面、草下面都有水的管路。丹壁斯仁大缸遮蔽的地方也有水的身影。那时,我应该用铁锹在丹壁斯仁的缸下面挖下去,日夜不息挖到地下那条暗河。

水啊，水

我表弟伊兴额住在科尔沁的开花镇，离我家二百公里。他来电话邀请我去那里，给我姑姑祝寿。

坐大巴车到开花镇，窗外庄稼和草地的绿色越来越少。渐渐地，眼前出现大片荒地，不长草。旱。

表弟家在开花镇的胡屯村。十年前，这里发现煤田。千军万马一通开采，表层煤挖尽，人都撤了。原来的好耕地，现今沟壑裸露，一片破败。有些耕地大面积塌陷。水抽干，土就塌了。最要命的是缺水。过去，水泡子里野鸭浮游，村民用苇草编凉席，现在全成了赤地。地面无端开裂一指宽的缝，远看像龟甲花纹，没水。

头几年，我劝表弟搬家算了。他反问："往哪搬？农民只会种地。到别人的地方，别人不给你地。"

是这么回事。北方土地辽阔，但谁给你盖房子和耕种的地呢？户籍制度让农民老死此地，无论天塌地陷。

进胡屯村，许多房子的门用砖砌死，人不知到哪里打工去了。

沙化的土地上长着野生的沙蒿。玉米很矮就秀穗了，旱。

到表弟家，我姑姑被打扮得衣衫光鲜，神采奕奕，被人扶到门口迎我，但她已经不认识人了。我给姑姑请安，献礼物。她笑着目视远方。八十岁的姑姑正完成由人类到植物的转化，安然无虑。

伊兴额表弟邀请我来，但对我的到来仍然很意外。他感动地反复搓手，只见他眼睛眨巴，嘴里说不出什么话。

寿宴开始，一碗碗的菜肴端上来。伊兴额宰了一头猪。邻居们全请到了，大家向我姑姑敬酒。姑姑穿一件绿绦绳边的桃红蒙古袍，像庙里的菩萨。小孩子跑出跑入，偷着抓一把糖或黑瓜子，交换研究。但气氛不欢乐，大家脸上带一层忧虑。他们说着，话头到了干旱上面。

说到水，这些人全把酒盅放下了，垂头。没有水啊，邻居宝财说，以后怕是牲畜都没水饮了。

"卟"，我的酒盅里竟掉进一颗红扁豆，溅起酒花。伊兴额抬头对顶棚说："别瞎闹。"

我看顶棚，杨木板材在棚顶搭了一排，一个小孩脑瓜缩了回去。不一会儿，有个七八岁的孩子笑嘻嘻走进来，一头戴卷儿的黄头发。

这是我孙子虎博，表弟说："是他在顶棚往下扔扁豆。"

虎博皮肤粉白，脖子有鱼鳞式的污渍。

伊兴额发现我看虎博脖子，解释，这孩子打出生从没洗过澡，脏得很。

虎博一抻脖子说："洗过，洗了两次。"

"嗨，"伊兴额说，"都是下雨天洗澡。咱们这个地方不下雨。一下雨，又急又猛。赶紧拿盆子，搬缸到外边接水。小孩脱光了用雨水洗澡，妇女到房后背人的地方洗一下。一年也就洗一次。衣服脱慢了，洗都洗不上。"

虎博靠在我身上，说："你带我进城洗一下澡吧？"说完，他转身跑出去，从东屋拎来个布袋，倒地上——染了颜色的羊拐骨，已经蹬腿的绿羽毛的小鸟尸体。他说："领我洗一下澡吧，这些好东西都送给你。"

"好。"我答应他，让他把小鸟埋进地里。

第二天启程。我带上了虎博，进城洗澡。

表弟套上驴车送我和虎博，大巴站离他家有一段路。路边有一片庄稼长得特别好，玉米黑绿粗壮，园子里菜蔬青翠，特好看。

表弟说："这家打井了。他家不光庄稼好，每天还能洗澡，还洗衣服。他家娶的儿媳妇比别人家的都漂亮。"

"打井多少钱？"

"出水四千，不出水两千。"表弟回答。

大巴出现了。伊兴额表弟脸憋得通红，低头说："我有个事，想说。"

"你说。"

"我想向你借钱打一口井。"

我想了想，借就是捐，他们还不上。我说："回家给你电话。"

回到家，我领虎博来到洗浴中心。他脱光了衣服像个黑肉干，污渍已变成他身肤的一部分。我让他到温水池好好泡一泡。

泡澡池镶着天蓝色瓷砖，虎博显然没见过这么多水，不敢下，问："蓝水会不会咬人？"我说"瓷砖蓝，水是清水。"我抱他入水池，他用手摸水，往脸上撩水。水波在他身边温柔荡漾。

过了一会儿，虎博恢复了神智，跑到红色大理石墙壁边上的每个花洒下面拧开关，仰面闭眼冲洗。玩够了，我把他全身搓了一遍，红嫩似新人。他说："在这里洗澡，都是世界最有钱的人。"

我说："也不是。"

他拿巴掌沾地面的水，抹身上，说："没钱怎么有这么多的水？城里人真了不起。"

三天后，我和虎博到客运站，买大巴票，送他回家。给表弟打电话，让他接站。突然我看虎博放在地上的书包湿了，我去拎。他不让碰。接着，一摊水从书包往地面上浸透。我打开书包——里面装着五六个旧塑料袋。有的装着水，有的水漏没了。

虎博低头说："我从你家里水龙头接的水，带回家去。"

我叹口气，说："你告诉你爷爷，我帮他打一口井。"

肖　邦

税务所院墙后边有一片野地，尽头是护岸林。清澈的霍思台河从林子下面流过。河原来分成两股岔。其中一岔干涸了，这边的还有鱼游。

每天早饭后，我到河边散步，看水鸟用翅膀拍打河水。它本想叼鱼，却常常叼不上来，鱼藏在靠岸的深绿的草丛里。用木棍拨草，黑脊的小鱼甩一下尾巴钻进泥里。

我仿佛听见河岸有琴声传来，抬眼找公社或者学校是否有高音喇叭，没有。河的上游，一群白鹅在水里游弋。它们以喙给对方洗澡，展翅大叫几声。我觉得琴声好像就是从那边传来的。风向变了之后，确实听到那边传来的琴声。弹拨乐，弹一个我没听过的曲子。

牧区蒙古人摆弄的弦乐器多数是马头琴和四胡，慢板，表现蒙古歌悠扬的情绪。弹拨乐节奏鲜明，蒙古人用得少。

琴声越来越清晰，好像是一首西洋乐曲。琴声不好听，似乎共鸣箱开胶了，声音破，音准也不太对。

岸上，一驾马车辕木支着地，一个少年坐在车上弹琴。看到他手里的琴，我乐了。这是一个三角琴。我认为除了边境的华俄后裔之外，全中国没人弹奏三角琴。它是俄罗斯民间乐器，又叫"巴拉来卡"。但这个孩子的三角琴比巴拉来卡小一半，白花花没刷漆。乐器怎么能不刷漆呢？不拢音，音色也不好听。

少年人见我来到，站起来笑了。

我问："鹅是你放的吗？"

他指镇里说："给肉食加工厂老板放的。"

"这是什么琴呀？"我问。

少年用手抓抓胸脯说："我也不知道，老板让木匠做的。"

"哪儿的木匠？"

"肉食加工厂盖房子的木匠。"

我越发想笑，盖房子的木匠能打乐器，胆够大啊！

少年说："我给他放鹅，没工钱，让他买个吉他。他说嗨，自己打吧，反正都能出声。"

"我说吉他不是这样的啊？"

少年说："木匠锯不出来葫芦形的面板，就改三角的了。"

这个琴用胶合板黏成，琴把是杨木，有四个琴钮。"咋不刷漆呀？"我问。

老板说："买一桶清漆刷这点东西不合算。"

少年十六七岁，瞳孔和头发都是黄色，卷发，后脖颈的发卷细密。

"你叫什么名字？"

"图嘎，星星的意思。"

"你刚才弹的是什么曲子？"

图嘎脸红了，窘迫地低下头，换个姿势站立，好像犯了错误。

"什么曲子?"

他用牙咬指甲,小声说:"《雨水》。"

"《雨水》? 这是谁的曲子?"

"什么叫谁的曲子?"他反问我。

"就是,你弹的这个曲子是谁创造的?"

"心连心创造的。"

看我困惑,他解释道:"心连心艺术团去年上这儿演出,一个弹吉他的叔叔很喜欢我,给我弹了这首曲子,名字叫《雨水》。"

"你再弹一遍。"

他弹起来,用截下的塑料格尺当拨片。我听了听,这是一个完整的作品,不是歌曲,也不是中国乐曲,图嘎弹得挺好。

"你听一遍就会了?"

"两遍,他举起食指和中指。"

他的天赋很高。这应该是一首钢琴作品,夜曲一类。

"对啦,"他突然大喊,"我想起来了,这是少蓬创造的曲。"

我想了想说:"你说的是肖邦吧?"

"对,肖邦,心连心那个叔叔说的。你认识肖邦吗?"

"我说肖邦早死了,他是波兰人。"

"你说说肖邦的事吧。"他脸上闪出神往的光彩。

"肖邦? 我真不太了解肖邦,勃拉姆斯、维瓦尔弟和贝多芬的故事我知道一点。"我说,"肖邦是个演奏钢琴和为钢琴作曲的人。他父亲是法国人。他的老师故意不教他,让肖邦自由发展。他拒绝了俄国皇帝的荣誉称号,一生没结婚,就这些。"我又想起,他说的这首雨水,应该是肖邦的《雨滴》。

图嘎说:"我觉得肖邦是个在云彩上行走的人,他手里拿着喷壶往森林里浇花。他懂得蜜蜂和露水的心思。他的手非常灵巧,像用花瓣拨琴。我弹他的曲子就想起雨从玻璃上往下流。"

他的想象力蛮好。我问："你知道肖邦弹什么琴吗？"

他用手比画："比这个琴大，跟吉他差不多，刷红漆。"

我告诉他："肖邦弹的是钢琴。钢琴就像把立柜放倒那么大，键子像一排牙齿，有白键和黑键，黑键是半音。"

"什么是半音？"

"米和发都是半音。"

"就它们俩是半音？"

"这个事很麻烦。多有升多，来有升来，也是半音。降米、降索也是半音。升发对米来说就成了全音。很复杂。"

"曲调越复杂越好。"他竟然说出这么一句话。图嘎是个没见过钢琴的孩子，他用白胶合板粘的假三角琴弹肖邦，而城里不知有多少孩子在憎恨钢琴。

"你能教我一首肖邦的曲子吗？"图嘎问我。

"我不会。"这三个字我说出来很惭愧，我多想说可以，然后教他一首肖邦的《蝴蝶练习曲》以及我最喜欢的肖邦的——辉煌的大波兰圆舞曲，但我不会，连哼唱一遍旋律也做不到。

图嘎礼貌地点点头。他说："再学会一首我就够了。我喜欢肖邦，可我们这里的人都没听说过肖邦。"

我离开了少年，既然帮不上他又何必打扰他呢？傍晚的时候，我从税务所食堂的窗户看到，一群白鹅昂首走过土路，图嘎挥一根柳条跟在后面。他斜挎着那只系麻绳的三角琴，琴身用蓝墨水画着两颗星星。

岩　画

大雁山上有岩画。

吉雅泰对我说:"老师你是专家，咱们看看去吧。"

专家帽子像云彩在天上飞，我哪里是什么专家？看看热闹吧。余生也早，见过克什克腾旗百岔河岩画、乌拉特中旗阴山岩画。这些画，按专家的说法，是"人类童年的记忆"，我看不出啥名堂。

我们步行前往大雁山。早上八点多，红色的萨日朗花已经开放，花瓣弯曲着，像杂技演员尽量往后弯腰，等待身边发出掌声。包拢花瓣的小黄花在萨日朗花的身子底下开放，准备托起花瓣的腰。我们顺漫坡往上走，花儿排着民间的队伍也往山上走。它们不回头。走一会儿累了，歇脚，往山下看。山坡柔缓地向远方打开，草和花的茂盛隐藏了山势的陡峭。青草像无数匹绿绸子滚到山脚下，造就宽阔的川地。这时，心里想唱宁夏花儿——站在那高山望平川，就这一句。每往山下看一眼，都想唱这句歌。我其实不会唱，这种逶迤顿挫的宁夏花儿从脑顶共鸣发出来的声音，一般人唱不来。歌像美人,想一想而已。这么好的歌词,为什么不做中国登山协会的会歌呢?

说话间,登上山顶。吉雅泰说:"岩画在东边。"东边的山头乱石嶒崚,从车轮大到房子大的深赭色石头突兀地摆在那里,更像是愣在山顶。石头不长草,也不挨着土,它们四分五裂地待在山头,好像刚从什么地方滚到了这里。这是山顶,它们从哪儿滚来的呢?

"看!"吉雅泰伸出手掌介绍,"楚鲁乃觉日——蒙古语——石头的图画。在这些赭石上——专家认为这种石头含铁量高——画着树叶大的图案,多数是人形。这些人像青蛙,如缴枪的兵丁,他们举着胳膊、蹲马步。除了人,还有鹿和花朵,花形显然是对萨日朗花的摹写,花瓣用力弯曲着,但下面没小花。"

"这些岩画是什么年代的?"我问吉雅泰。

吉雅泰偏头向天空看,好像云上有答案,说:"专家说,匈奴时期或者新石器时期。"

我笑了,这个专家看来不怎么专。匈奴跟新石器在时间上离太远了,它们并不是周一和周六的关系。

"哪儿的专家?"我问。

"哎呀,哪儿的都有。"吉雅泰手指遥远的天边,"全国各地的都有。他们一拨儿一拨儿来,还有八十多岁的专家,人扶着走路。他们照相、摄影。岩画有被偷走的,你看。"

吉雅泰指一块石头,缺了一尺见方。

"电锯割的,"吉雅泰说,"还有拍电视的,女主持人站在这地方说话,一会儿指石头,一会儿双手放一块儿,自己跟自己握手,可能是中央电视台的吧?拍了三天。他们从牧民家一共买走二十多只羊,全吃了。"

这么拉风的岩画我要好好瞧瞧。猪血般的岩石上,留下了灰白色的图案，线条流畅，笔触稚拙。我差不多变成专家了，流畅稚拙，是评论家爱说的话。这些岩画分布在方圆三十米内的七八块岩石上。我——有人说我眼光敏锐，大约如此——发现一幅岩画半成品。这只鹿，光有两条前腿和一只尾巴，少后腿。可能创作刚入一半，敌人突袭，比如汉人来袭匈奴人、新石器人遇到旧石器人的进攻（姑且说）。岩画家掷笔从戎，甚至战死也有可能，留下了半幅画。一般说，史前人士没这么不认真的，是残酷的战事让他们中断了心爱的创作。

"老师，你判断这是什么时期的岩画？"吉雅泰问。

"唔，"我用手摸了摸岩画，说，"我看跟红山文化属一个时期。"

"太好了，"吉雅泰说，"我用手机记下老师的观点，告诉旗文化馆。"

"别，你告诉了他们，我还得写论文。我摸着石头像，以前我给别人接过骨。"

吉雅泰听不懂这些玩笑话，用短信记录。

"啪、啪"，大雨点摔在石头上，听得清响声。石壁开放一朵一朵颜色更深的花，图案更清晰。

"头顶晴空，哪来的雨呢？"我问。吉雅泰指北侧山下，"铁灰色的浓云匍匐而来，和落叶松林接上了。下山吧。"他说。

我跟他急匆匆下山，奔一个孤零零石片垒的房子而去。进了这间房子，衣服全湿透了。

石房子是一位老羊倌的家，他叫虎其吐，眉梢各有一点眉毛，这是长寿的象征。吉雅泰跟他熟悉，牧区干部几乎认识每一位牧民，不容易。

虎其吐老人用干松枝拢火，松香味随毕剥声弥漫屋里。他有八十岁,目光灵活,也清澈。我拿香烟递他。

他双手接过,说:"好烟哪。"

我说:"旗里领导送的,我没花钱。"

吉雅泰介绍:"这是鲍尔吉。"他站起身说:"啊,黄金家族啊!"

我起身还礼,说:"不敢当。"

虎其吐听说我来看岩画,说:"你真喜欢这个吗?"

我说:"不懂,看一看。"像城里专卖店门口女孩拍手说的,随便看一看啦。

老汉看了我一会儿,他的目光里有儿童式的顽皮,或者说带一点点嘲讽。

他说:"我看你是诚实的人,我要告诉你实话。"

我和吉雅泰光着膀子,拎衣服烤,不知他要说什么实话。

老汉拿树枝拢火,说:"那些岩画是我画的。"

他画的?我不知所措,吉雅泰眼珠几乎要滚出来掉到火堆里。我们邂逅了一位史前岩画作者,嗯?

他见我们不信,搬来一个木箱,哗啦扣地下。里面有凿子、锤子和灰白的石块。

先用凿子凿出花纹,人的花、鹿的花,再用石头在花纹上蹭,岩画——"他摊开一只手,另一只手握着凿子,"就出来了。"

他看我们还是不信,从炕头的白毡子底下拿出两块赭石片,石上有青蛙式的小人和鹿形。"我画的。"虎其图老人用皴裂的手指点自己的鼻子。

我俩拿过石片看,和山上的一模一样。老汉又拿出一块石片,在地上凿。咔咔咔,圆形的头;咔咔,两个白点是眼睛;咔,接下的方形是身子、胳膊。

我倒抽了一口气。世上固然有许许多多人所不知的秘密,但眼前这个秘密太出人意料了。

"您是岩画爱好者吗?"我问。我不好意思管他叫骗子。

"不爱好,"老汉摇头,"是没办法。"

"什么没办法?"

"真的岩画,我们这里有。"老汉拍地面。"有人炸,有人用电锯割。没办法,我弄假的掩护真的。"

外边雨停了,虎其吐老汉领我们上山。老汉拿小铲子在一块石头下挖土,挖了约有一尺深,石壁露出湿润的岩画,图案跟山那边的差不多。如果一定要比较,我只好说这个看着更真实。

"这是真的岩画。"老汉说,"真的不多了。我从山下背土,背烂了两个筐,统共有一百多筐土吧,把这些岩画埋上了。堆上土,踩结实,过半个月就长草了。我最怕下大雨,土冲跑了,岩画又露出来,还得背土。"

"你保护岩画是为了什么?"我问。

"岩画是有灵魂的,"他诚恳地说,"岩画的灵魂夜里出来溜达,有人见过的。土埋着也不影响他们溜达。这些人古代生活在这个地方,死后,灵魂被吸在石头上。他们想看看河水,看看草地上的花,闻闻牛粪的味。月亮下面,羊群在圈里互相挤着,可好看了。鱼在河里跳,像有人一样。这些灵魂看了这些东西,心里不惦记了,回山上接着睡觉。外边的人拿炸药炸下来的岩画卖钱,电锯割,灵魂受不了,会给这儿带来灾难。"

我们走到山头那边——我称之为虎其吐岩画工作室,他的作品被雨浇过,愈发稚拙。他拿烟袋锅指缺肢的鹿说:"还缺两条腿。我腰疼,要不早把腿画上了。"

吉雅泰对老汉说:"鲍尔吉老师是好人,不会把这个事说出去,你别再告诉别人了。"

我听懂了吉雅泰的意思,说:"你放心,我不会告诉别人。"

吉雅泰说:"我们正准备申请世界物质文化遗产。"

我说:"祝你们申遗成功。"

老汉听不懂什么是申遗,看看我,再看看吉雅泰,笑着说:"成功了,什么都好了。"

我摸摸老汉的画,心里说,我摸到了人类物质文化非遗产,遗产在土里埋着呢。我问他:"你画的岩画没有灵魂吗?会不会半夜到处走?"

"嘻嘻,"他打开一双手,笑得露出稀稀落落牙齿,"我的手,抓牛粪、给羊接生,怎么能画出有灵魂的东西呢?"

银　匠

　　我来到乌兰扎德嘎草原，苏木（乡）里陪我的副苏木达（副乡长）吉雅泰很惶恐。他惶恐不是由于我矫情，我——用他的话说比老百姓还朴实呢。吉雅泰觉得记者（他认为我长得像记者）不朴实才对。

　　我问他："这种印象从哪儿得来？"

　　吉雅泰说："苏木书记接待过市报的三个记者。记者戴眼镜，走路背着手，很气派。"

　　吉雅泰说："他们喝酒能讲出三个多小时的话，介绍国家形势。"

　　"乡长能听懂他讲话吗？"

　　"哎呀，可能也听不懂，乡长原来是兽医。记者说话滔滔不绝，没等你听懂，人家说完了。"

　　我问："记者还有哪些不寻常？"

　　吉雅泰说："记者嘛，就是领导。乡长酒没喝干，他们掐乡长脖子灌下去。记者说你们这个地方太落后，喝完酒没有练歌房、洗浴中心，太落后了。"

吉雅泰叹气，拿牙把衣服上露出的线头咬掉。

我说："我在这里待得很高兴，比城里好。"

"你还想见什么人吗？"吉雅泰问。

我说："我想见一些特殊的人。"

吉雅泰陷入深思。他摸自己的脸，巴掌从眉毛往面颊捋下来，嘴里嘟囔什么。他突然问："肾结石算不算特殊的人？"

我一愣，说："肾结石患者算特殊的人，但这不是技艺。"

他说："有技艺的人多了。给羊治病的人，吹笛子的人。绍冷村有一个人，煮羊不放水，在大锅里干燸。他用肥羊身上的油把羊肉做熟了，特好吃。我们去绍冷村吧？"

"你们这儿的人还有什么技艺？"

吉雅泰又深思："还有的话，就不厉害了，会做靴子的人，给树嫁接的人。我们这里有一个银匠。"

"银匠？"这几乎是一个古代的行业。"他打什么？"我问。

吉雅泰似乎对银匠不那么重视，说："银匠打银碗、银戒指。还有什么掏耳勺，都是小玩意儿。"

"咱们去看看吧。"我说。

第二天早上，吉雅泰弄来一辆驴车。那地方有沙漠，不通汽车。他知道我骑不了马。

驴车里面铺着红花绿叶的棉被当坐垫。吉雅泰赶车，我坐在车上观赏风景。牧区的干部真是纯朴，吉雅泰虽然大学毕业（学医），身穿时尚T恤衫，但还会赶驴车。这里官民差距不大。

草原上的草刚刚晒干了露水，花儿还没完全打开自己的朵，像刚刚睡醒，藏在草叶的身影下。远看，草原平坦得没有起伏，但深绿的草长在凹地，高高举着红穗子的草在高处。野花好像越远处越多,待走过去回头,觉得野花还是原来的地方多。驴车走了十多里路,空气中青草味浓烈。草深了,车轱辘压碎草茎散发气味。天空宽阔得连一只鸟儿都没有。

进沙漠,我下车走。吉雅泰说:"你不要下车,车轻,毛驴使不上劲。"我又上了车,心里说对不起了毛驴,你就把我当记者吧。吉雅泰步行。沙漠如泥沼一样,脚踩下去,流沙淹没鞋。拔出脚,另一只脚又陷进去了。风在沙丘脊背刮出柔和的刀锋一样的曲线,上面有野兔蹬出的很深的脚窟窿。

到山峰,山下有一个绿树遮蔽的村子,七八户民居。

"那就是银匠的村子,贵力思台村民组,有山杏的地方。"吉雅泰说。及近,柳树的阴凉地有一群鸡挑蚂蚱吃,斑驳的树身钻出细绿枝,像一脸胡子的维吾尔老人。

"那家。"吉雅泰用鞭子指。

一座土房子前,几个人手遮阳光朝这边看。我们到了跟前,他们转身回屋里。驴车进了院子,他们再次出屋,脸上全有谦恭的笑容。老汉在前边,七十多岁,估计是银匠。炎热的夏天,他穿一件厚厚的毛哔叽中山服,一看就是为迎接贵客而穿。他身后的蒙古老太太前额的皱纹顺眉毛一根一根向外舒展,像草叶一样,这是常年笑出来的结果,格外慈祥。

吉雅泰介绍:"银匠,云登扎布。这是记者老师。"

云登老人双手捧过来我的手,说:"上屋吧。"

我一迈脚进屋就闻出他们杀羊了,又一只羊成了记者的牺牲品。屋里地面洒了清水,扫过,门帘子是新换的花布,一只小猫在堆积的农具上惊讶地看我。炕桌摆满奶豆腐、黄油、炒米和切成薄片的羊肉。每见到这场面,我心里总是愧疚。他们为什么为素不相识的人破费?农牧民总是觉得欠城里人的,其实是城里人欠他们的。大家坐下,气氛庄严。银匠云登坐在一只三脚圆凳上,双手抚膝,仿佛接受我的考试。吉雅泰介绍:"云登扎布老汉是闻名十里八村的银匠,他打的银首饰、银碗和银烟袋锅很受群众喜爱。"

云登用蒙古语提示:"我去通辽讲过课。"

"对,"吉雅泰说,"云登上通辽讲过课。讲什么来着?你自己说吧,咱们喝茶。"

云登手指墙,用笨拙的汉语说:"那是我跟旗长的合影。"

墙上挂一幅放大的黑白照片,镶框。

他说:"我们苏木没有人跟旗长合过影,只有我自己。"吉雅泰白他一眼说:"苏木干部跟旗领导都合过影,怎么说是你自己?"

"牧民只有我自己。"云登说,"我这个银匠已经干了四十年了。我师傅扎木彦是和他师傅白龙学的,白龙是和他师傅小桑布学的,小桑布是锡林郭勒王爷的银匠。"

云登头上开始冒汗,他用眼神询问吉雅泰。

吉雅泰一边吃羊肉一边说:"脱了吧,你的礼服是冬天穿的。"

云登脱下中山服,身上剩个带许多小窟窿眼的白背心,上印红字:海日苏灌渠大会战——一九七二。他接着说:"我到通辽的大学讲过课,说银首饰的花样,四十多人听过我的课。"

我等他往下说,他沉默了。

"后来呢?"我问。

他疑惑地看我,说:"没有了,讲完课我回来了。"

我说:"看看你的作品吧。"

他拿出一个蓝布包袱,打开,白花花的银器像对着人笑。一对银碗,银片镶在带花纹的榆木碗上。两枚银板指,一只银烟袋锅。云登打造的纹饰十分古老,我觉得里面有匈奴人的遗韵。内蒙古博物馆的"虎衔羊银饰牌"就是这样的纹样。花纹里有动物变形,也可以说云彩纹里藏着动物的眼睛和牙齿，这是匈奴人的创造。

"这都是别人定做的。"云登说。

我明白。银匠没有多余的资金打作品。他家北墙放三节红漆箱子，漆已剥落，木头炕沿向外倾斜，该换了。

我说完了，吃饭吧。银匠换上了轻松的笑容。

他灵巧地上了炕，大盆的羊肉端上来，热气腾腾，闷在烧水铝壶里的白酒也冒着热气。云登和吉雅泰像玩魔方那样用手转着骨头啃，流利地用蒙古语交换对天气和庄稼的看法。

我觉得对银匠的作品看到得太少，问："你还有银东西吗？"

云登翻眼珠想，他手指有油，用腕子擦额头的汗："噢，有的。"他下炕，拿毛巾擦擦手，从箱子里翻出一个盘子和一个证书。

盘子像不锈钢的，上面刻一棵大椰枣树，下面一行环形的阿拉伯文，盘子有一公斤重。

云登说："我给锦州的商人做了个全银的马鞍，他卖到外国，给我一个盘子和证书。"

证书上有一幅彩色照片，一副马鞍，极为华美，如古代君王的墓葬。

"证书说什么？"我问。

"不知道。"云登说。

"意思就是收到了。"吉雅泰说。他们俩哈哈大笑。

我用手机的翻译功能费劲地译出证书的大概内容。

证书说：云登的银马鞍已被阿布扎比的穆法塔酋长收藏，他专门为马鞍盖了一座盐晶的房子。酋长在遗嘱中写下，死后要把银马鞍捐给世界教科文组织。酋长向云登先生致以敬意并欢迎他到阿布扎比定居。赠送一只白金盘子，上面刻制云登姓名，酋长签名。

看完这个证书，我惊呆了。再看一下日期，二〇〇四年。我问：

"你怎么得到的这个盘子?"

"商人寄来的。"

"他说过证书的内容吗?"

"商人不懂英文,他说盘子是锡的,别靠近火。"

我不知怎样向他说明这件事,他们问怎么了。

我说:"你的银马鞍成了外国的国宝,这个盘子是白金的。"

他俩惊愕地相视,一起哈哈大笑,说:"巴拉根仓的故事。"巴拉根仓是蒙古人中阿凡提式的机智人物,意谓这是个玩笑。

我说:"这是真的。"

吉雅泰用指头弹弹盘子,在耳边听。云登对着阳光看证书。他们怀疑地看我。

"确实是真的,外国人没骗你们。"

云登嗖地下炕,穿上毛哔叽礼服,抱着盘子说:"记者,你给我照个相。这玩意儿在箱子里放六七年了,一直没用。"

我给他照了相,告诉他好好保管盘子和证书。我不能说太多,怕他们睡不好觉。

那天晚上我先睡了。云登和吉雅泰还在热烈地讨论,后来唱起歌来。

银器的笑容

  银匠笑容沉静,如花里的花蕊。他的笑不出声音,银器也不说话。

  银匠抽的便宜香烟,从鼻孔散出。听别人说话,他脸上淡然,如同看先锋电影。

  他的手指太糟糕了,指甲厚而且糟烂了,像水牛的指甲。他手指肚的裂口比脚后跟还深,已经愈合不上,大约裂了几十年,裂口深处见不到血痕。

  这双手竟捏出银器缠枝莲的花纹、突厥风格的团豹花纹、鲜卑的万字纹。银匠用手摸自己的脸,像回忆。

  我和银匠照相,他拉起我的手。手偷偷告诉我——银匠的手比石头粗粝。

  阳光在屋里照出一个斜长的方块,我们俩坐在黑暗里。桌上放着银匠熔银的小锅、小焊枪和镊子。这张黝黑的柳木工作台没有漆,裂着深深浅浅的口子。银匠死后,他儿子把藏在裂口里的银屑弄出来就够买两年的粮食。

一只黄鸡迈步过门坎,在地上啄食。仿佛它每天都进屋啄银屑吃,养成了习惯。鸡偏过头,用头侧的眼睛看我们俩。鸡眨一眨眼,上眼皮像帘子掉下来又拉上去。母鸡迈每一步都把爪子牢牢按在地下。它走到银匠熬小米粥的洋锅前,被银匠伸腿轰了出去。

　　银匠的墙上挂一排镜框,全放合影,找不到银匠在哪里。五十到九十年代,合影的人在黑白和彩色照片里惊讶地向这边看过来,像摄影人是个怪物。他们排列整齐,没一点笑的愿望。他们像说世界很陌生。

　　银匠的三节柜上摆着银器,货主还没来取货。银匠说一件作品都不留,他的生活不需要银器。一个小银碗是银箔包在榆木上,像穿裙子的碗,是酒和奶茶的乐园。一个银烟袋锅像歪头的烛台,上面有盘龙的浮雕。木柜上方的镜子照着银器的后背,银器的光散出无声的笑容。

　　银子到人世干什么来啦?银子寻找孩子的笑声,收进白色的口袋。银子看青草的长势,看百灵鸟落在窗台上的羽毛,银子是石头上的落雪。

　　银匠的屋里有清新的气息,不知道是不是银的气息。墙上挂着成吉思汗的彩毡绣像,已经变黑。外倾的炕沿下,嵌入一排炒米的米粒。屋里的空气好像被滤过,有一点山洞的凉气,还有青草被手指甲揉碎的甜味。

　　夜里,银匠睡在一堆银器当中。谁说银器半夜不会走下来转一转?银器悄悄从三节柜滑下来,到外屋的水缸舀点水喝,然后坐在门口扣着的破筐上观星斗。风从玻璃似的河面吹到身边,让银器发抖。狗和鸡都发现不了银器的身影,它们夜盲。天亮前,银器回到柜上,看银匠起床,一件一件穿衣,打哈欠,用脚找炕下面的黄胶鞋。银器发出一波波无声的笑。

羊倌扎木苏和烙饼的本命年生日

白巴日斯出生在一九六二年。那时候,河南那边的人没吃的,偷着跑到内蒙古来。好多挑筐背篓的女人穿白鞋。仔细看,她们在鞋脸上缝了一块白布。蒙古人没见过这个式样,问她们做什么。女人们一听问这个,蹲地上哭了,甩鼻涕。没穿白鞋的人不哭,悲痛地看哭着的人。

牧民们不敢再问,汉族人太奇怪,一问穿白鞋的人就哭了。穿白鞋的女人哭完,站起来说:"家里死人啦,我们戴着孝出来的。"咋穿白鞋?人有丧事不应该出门,要在家里守孝啊。

牧民看,光山县来的二三十个逃荒的人,只有两三个人不穿白鞋,家家都摊丧事啦。他们猜,是什么原因死了这么多人。战争?不能是战争,外国的敌人怎么能不经过其他省份直接侵略河南呢?要不然,村里的地一下子塌陷了,有这可能。瘟疫也有可能。这些人哭,蒙古妇女跟着掉眼泪,太可怜了。牧民们把他们领回各家,吃饭,住下。过了好多天,逃荒人的头领悄悄说:"我们不走了,家里人都饿死了。回去我们也要饿死，连穿白鞋的人都没了。"

哎呀，太可怜。这些人住下了，慢慢学说蒙古语，依蒙古风俗。过了十几年，他们的汉语反而不会说了，身上只剩下汉人的姓——冯、马、周。他们跟蒙古人和睦相处，谁也没饿死。白巴日斯的母亲来到查干努德村——这里是花加拉嘎河的冲积平原，有草场、有树，还有野花，是个好地方。白巴日斯的母亲生下他就死了，产后风。四十多岁的老羊倌扎木苏收养了白巴日斯。

羊倌扎木苏给这个孩子喂牛奶，喂米汤，喂到半年多，孩子又白又胖。该给他起个名字了。扎木苏宴请邻居，杀了一只羊，给孩子命名。邻居们把一只羊吃得只剩桌上一堆骨头，名字还没着落呢。

羊倌扎木苏说："哎呀，快起名吧，我不能杀第二只羊了。"

哈斯说："这孩子是汉人，要起汉人名。"他让大家想汉人都有什么名。这里的牧民们没接触过汉人，听说过的汉人有张作霖、袁世凯、傅作义、斯大林。

玛希说："斯大林不是汉族人，他是汉人咱们也不能起别人叫过的名字。"他们停止吃肉，想象一个真正的、别人没叫过的汉人名字。实在太难了，不知道汉人用什么办法起名字，算了，起蒙古名吧。

哈斯说："就叫四十八。扎木苏那年正好四十八岁，是本命年。"大伙说很不错，接着吃肉。在牧区，孩子出生以爷爷的岁数命名是一个风俗。名叫七十三、八十二的人在牧区多得是，再说这也是汉语。

"不行，"羊倌扎木苏说，"我小的时候就叫四十八，他不能跟我叫一个名字。"

大伙开始思考新的好名字。当过喇嘛的丹碧扎森说："就叫白玛顿珠吧，这是佛经里的话。"

"意思呢?"大伙问。

丹碧扎森说:"愿望像莲花开放一样圆满完成,就是白玛顿珠的意思。"大伙说好。玛希说:"他的妈妈来时候穿白鞋,生出他死了,怎么能叫圆满完成呢?"

大伙说这个名字好是好,这个孩子叫不上。

哈斯问扎木苏:"你想给他叫什么名字?"

羊倌扎木苏早就想好了一个名字,没敢说。他低下头拽胡子。

"说嘛,快说!"

扎木苏清清嗓子,小声说:"我给他起的是汉人名字。"

"叫什么?"

扎木苏声更小了,说:"烙饼。"

大伙哄堂大笑说:"烙饼?还不如叫槽子糕呢。"

羊倌扎木苏被笑声激怒,站起身说:"烙饼是人间最好的东西,你们敢说不是吗?我十多年没吃烙饼了,我要让这个孩子长大有烙饼吃,就叫他烙饼。"大伙互相看,如果不让孩子叫烙饼,羊倌扎木苏会失望,况且羊也吃完了。大伙说:"就叫烙饼。"他们开始怀想烙饼——白面烙的饼,有金黄的嘎巴,咬一口,没等嚼就被溢上来的唾沫冲进肚子里,多好。出远门的人,腰里揣几张烙饼,就带上了福气,受人尊重。烙饼卷鸡蛋,哎呀,别说了……

他就是烙饼!孩子听到这个名字,在羊倌扎木苏怀里连蹬带踹,哭闹。哈斯说:"上学的大名可以叫白巴日斯,老虎,他是虎年生的人嘛。"白是他们猜想的姓,表示他是汉人。他妈说老家住在白羊寨。

羊全吃完了,白巴日斯/烙饼的名字诞生。

白巴日斯十二岁,羊倌扎木苏给他过生日。他们还是两个人过,日子比一九六二年还糟糕。这是一九七四年,杀羊早就是遥远的往事，人只能杀一杀自己身上的虱子了。村里的牛羊被装上卡车运到了不知什么地方。上级告诉牧民开荒种粮食，自己养活自己。蒙古人自古忌讳开荒。草场一开荒，第二年就变成了沙子地。沙子被风一刮，草场全沙化了。

羊倌扎木苏种了几亩玉米。这地方百里之内没碾子，他们爷俩用鹅卵石把晒干的玉米粒砸碎，炒熟了吃。粗糙子扎木苏用茶泡软了吃，细糙子是烙饼的口粮。炒糙子用刺猬油炝炝锅，加点野葱，加点盐，凑合吃吧。

给白巴日斯过生日这天，扎木苏从树林里捡回一小堆蘑菇，还有金针菜，做了两个菜。他说："烙饼啊，今天是你本命年的第一个生日。本命年是有秘密的，我今天把这个秘密告诉你。"说这话时，羊倌扎木苏用长烟袋锅勾桌上的火柴。没勾着，再勾。"扑通"，扎木苏从炕上摔了下来。

他躺在地上吃惊：啊？秘密还没说出来就遭到天谴。他爬上炕说："吃吧。"

"什么秘密，爷爷？"烙饼问。

"老天爷不让说，不说了。"

"说，"烙饼蹬腿，"不说我就不吃了。"这个孩子被扎木苏惯得有点不像话。好吧，羊倌扎木苏领孩子出屋，在柴火垛后面蹲下。

"在这里说，老天爷听不见吗？"烙饼问。

"老天爷一般都趴在西屋从东数第三根檩子上。他老了，听不见咱们说话。"

"什么秘密？"

羊倌扎木苏说："你小点声。秘密，是人在本命年生日这天，可以跟天许愿。"

"跟第三根檩子？"

"第三根檩子是小官,天上还有大官呢,你许愿吧。"

"我许什么?"烙饼问。

"你不要说出来,在心里说,老天爷啊,我是烙饼,我想吃烙饼,我爷爷也想吃烙饼,让我们吃烙饼吧。说吧,在心里说,烙饼烙饼烙饼……"

白巴日斯跪在地上,闭眼,嘴动,脸也跟着动。"我许完了,我说老天爷啊,给我一张烙饼吧,给我爷爷两张烙饼,我们不想天天吃玉米楂子了。"

"我孙子说得很好。"羊倌扎木苏手抚烙饼的头发。"我也许愿了,请老天爷再让我活一个本命年,看着我孙子结婚。"

可是,白巴日斯疑惑:"今天并不是你的生日,老天爷会答应你吗?"

"嗨,孩子,我生日也在今天,六月十六嘛,咱们两个是同一天生日。"

"到了下个本命年生日,咱俩有吃不完的烙饼了。""是的,"扎木苏说,"如果我能活到那天的话。"

他往屋里走,右脚无端踩在自己左脚上,摔了一跤。烙饼要扶,他说我自己起来,你进屋看东数第三根檩子有什么变化。

白巴日斯跑进屋又跑出来说:"爷爷,檩子上吊着一只蜘蛛。"

蜘蛛?羊倌扎木苏抱着膝盖想,这是什么意思?我已经六十一岁了,老天爷想告诉我什么呢?

老天爷想告诉羊倌扎木苏并没摔坏,而且活到了一九八六年本命年的生日。他七十三岁,孙子二十四岁。烙饼在这一天结婚,对象叫齐莲花。他们的日子早变好了,有牲畜,也有草场。白巴日斯在生日也是结婚日这天烙了一百多张白面饼,炒鸡蛋装满三个洗脸盆子。婚礼上,大伙大吃大喝,羊倌扎木苏只吃了点炒鸡蛋。

"爷爷,你怎么不吃烙饼?"新郎孙子问。

"咬不动了,我想吃桃罐头。"

"桃还能做罐头?"查干努德的人从来没听说过这种事。"你吃过桃罐头吗?烙饼问爷爷。"

"没有,听别人说的。"

"桃罐头什么样?是肉的还是地里长的?"

羊倌扎木苏说:"桃罐头是小姐太太吃的,我听说把桃装进糖水的玻璃瓶里,泡七天七夜,可好吃啦。"扎木苏咽吐沫,像吃过一样。

婚礼结束,白巴日斯去公社和旗里的供销社,打听桃罐头,都没有,但有扁铁盒的沙丁鱼罐头。烙饼买到了苹果和白糖,只缺玻璃瓶。供销社里除了酒瓶,再没有其他玻璃瓶。他灵机一动,买了5瓶鸵鸟墨水,倒掉墨水,把苹果切成指甲那么大加白糖水泡了七天七夜。

吃了"罐头",羊倌扎木苏把五个小方瓶摆在窗台,告诉别人这是桃罐头的空瓶子。别人有见过墨水瓶的,笑笑没说啥。

扎木苏吃了鸵鸟罐头之后,神奇地活到了八十五岁,那是一九九八年。烙饼这时候比过去强一大截,他有二百多只羊和一辆摩托车。过生日这天,他给爷爷买了二十多瓶真正的罐头。大玻璃瓶里装着黄桃、荔枝、杨梅。柜子和窗台上摆满了罐头,盖开着,想吃什么吃什么。羊倌扎木苏没吃,说:"我什么也不想吃,我想有二十只小鸡崽。"白巴日斯买了五十只小鸡崽,放在扎木苏的炕上。这些黄黄的毛茸茸的小东西迈着动画式的步伐在炕上奔走啁啾,羊倌扎木苏咧开没牙的嘴乐,喂它们小米。小鸡崽长大了,展翅下炕,在草地里飞跑下蛋。扎木苏仰脸对着第三根檩木说:"我怎么还不死呀?老天爷你搞什么鬼。"他告诉烙饼,我还有一个秘密,等到下一个本命年生日再告诉你。可能扎木苏的话得罪了老天爷,偏不让他死，老羊倌又活了十二年，活到今年。

六月份我到翁牛特草原。旗委宣传部的人说，查干努德村有一户牧民自费举办蒙古长调比赛。来到，才知这是白巴日斯办的，庆祝爷爷和他的生日。过生日之前孙子问爷爷，生日想要什么？羊倌扎木苏说想听长调。

到查干努德，天近傍晚，落日把草原照得金黄辽远，依稀传来长调的歌声，来自烙饼的院子。他家盖了十几间砖房，瓷砖罩面，院子有铁艺栅栏，比兽医站、育种站这些公家单位都气派。一天的比赛结束，正发奖呢——每天一奖，奖出十个电饭锅。烙饼看上去没一点汉人模样，是个纯朴、壮硕的蒙古牧人。我给扎木苏老人请安，他已九十六岁，坐在铺棉被的小四轮车厢上。他问我："你想听长调吗？我会唱。"

他唱起来，气息很弱，但还能听出歌词——"骑上轻快的走马，拽上扯手，慢点走，要去的地方很远啊，别灰心……"这是哈扎布的歌。院子里所有的人——穿鲜艳的蒙古袍的歌手和观众们，有一百多人齐声和起来——"越过山连着山的路途，骑马要掌握好快慢节奏，就要和知心朋友见面了，想起来，心里舒服。"

大伙一起唱这个歌，音场辽阔，他们仿佛是脸上镀金的天使。这时候，惊奇的一幕出现：坐在车厢里的羊倌扎木苏过世了，他还盘着腿，头歪着，脸上甚至带一点笑容。烙饼和好多人喊他不醒，把他慢慢平放在棉被上。

白巴日斯和他爷爷的事是旗里的人告诉我的，而我看到了羊倌扎木苏带着笑意上路的一幕。这是喜丧，大伙都没难过。我猜想，扎木苏想告诉烙饼的秘密不是烙饼，也不是桃罐头和小鸡崽，是他本人将在本命年生日那天的歌声中离开这里，如同一场事先的预谋。

油 灯

油灯的光芒把屋里雕刻成圆形的洞窟,又像给人的脑袋包了一层又一层橘黄色与微红的头巾。

牧民沙格德尔家里拉不起电,点油灯。他爷爷五十年代被选为劳动模范,奖品是一盏带玻璃罩的煤油灯,至今还在用,点柴油。光亮和五十年代差不多,也可能更亮,柴油比煤油有劲。

沙格德尔坐在椅子上,脸上的线条在油灯下显出柔和。油灯把他的头和肩膀在墙上射出巨大的背影,像一个史诗中的英雄。他驼背,用手指按另一只手的骨节。而他的背影在灯焰下蠕动,像一只蹲着的黑鹰准备扑过来。油灯打扮人,照得沙格德尔眼睛明亮,像歌德的眼睛。我说的是他靠近油灯的右眼,另一只生白内障的左眼仍藏在荫翳里。油灯的光让人脸看上去有思想,在这样的光芒下,仿佛一晚上可以写出一篇哲学论文,说星空与道德什么的。沙格德尔鼻梁挺直,嘴角紧闭,眉宇间藏着若有若无的忧虑。他五十出头,头发全白了,全站立。

然而，沙格德尔什么思想也没有，他是这个世界上最可怜的人。如果没有油灯光芒的抬举，他是个没人肯看一眼的乞丐。他的草场被人开煤矿占了。煤挖完后，地面剩一片大坑，而卖草场的两万块钱至今还没到手。去年，他老伴得肾炎去城里住医院。沙格德尔卖掉了所有的牧畜支付医药费，换来的是两米长的账单和老伴的死亡通知书。他没钱火化老伴，用一对银镯子贿赂停尸房的看守人，套驴车把老伴拉回来埋在煤矿的废坑里。他把箱子拆了，把老伴捆得像一个木桶，放入坑里。他买不起棺木。他用煤矸石和黄泥砌了个墓穴。"煤矸石横着摆一层，竖着摆一层，每层撒一些野花。"他说。

这里方圆二十多里没野花，草原废了。沙格德尔到几十里外的山上采了一麻袋野花，撒进老伴的墓穴。墓里有他们两人的合影照片，老伴年轻时喜欢的小镜子，绿纱短袖衫，一双没穿过的鞋，余额为零的信用社存折。这是跟沙格德尔老伴一生有关的所有的东西，都被埋进废坑。沙格德尔的儿子在天津的蒙古餐馆当保安，有人说他打架已被抓了起来。

油灯照着沙格德尔家里余下的没被埋藏的东西：一条漆黑的四腿板凳，墙角的土豆，纸箱里的雨衣和雨靴，一个早就没马可放的马鞍子。沙格德尔不懂汉语，到城里打不了工。他在房前屋后种一些玉米做口粮。他年轻时是公社有名的摔跤手，是出色的马倌，懂一点兽医。现在像在冬天到来之前准备死去的昆虫。他说："我死了，没人埋我，村里人都搬走了。"油灯的光照着地上搪瓷洗脸盆里的鸳鸯图案，照着墙上骑大鲤鱼的胖娃娃画像。沙格德尔闭目沉思，可能在猜想他死后是谁把他抬进废坑，是谁捡石头填满了这个坑。

草木不会白白长在这里

其木德道尔吉已死去三十多年,他坟边的柳树年年都在长。柳树从粗黑的树桩里抽出浅绿的柔枝,在草尖上方摇摆,像拎一只看不见的灯笼。牧民说这里原来没有树,是一片草甸子。其木德道尔吉被埋到地里之后,长出柳树。牧民问我:"这说明什么?"我回答:"其木德道尔吉在地下写诗呢。柳树的叶子像一片片小刀,像他的诗——美含着锋利。"

在古罗马,一个诗人的名声先在民众中流传,尔后被官方知悉。伟大诗人的诗在民间有生命力,妇女、儿童和老人不知不觉地背诵他的诗,并以会背诵他的诗为荣。这种情形古今都不多见。唐代蜀地的老百姓也没几个人会背李白的诗。李白的诗大体上仍为文人所读所知,跟老百姓关系不大。其木德道尔吉的诗,如今还在蒙古老百姓的口中流传,他们觉得这些诗是珍宝,高于语言之上。

牧民们说起诗人哈哈大笑,哈,其木德道尔吉,哈哈哈!笑声透露赞美和敬佩。他的诗用蒙古文书写,一语双关,精巧难料。好诗是一种奇迹,好像是被诗人偶然抓住的妙句。他凑巧抓到的妙句太多了,牧民珍惜这些诗,喝酒的时候,吟诗赏析。其木德道尔吉的诗全然不是蠢货写的仅仅押韵的分行之物。蒙古诗不押尾韵,只押头韵,这就难倒了很多人。而他写诗一点不为难,如儿童玩耍,清风拂面,应了那句形容艺术品最高境界的成语——自然而然。

我的老师安谧是优秀的诗人,说到其木德道尔吉,他眼里每每闪出亮光,心向往之。安谧瘫痪失语在病床上躺了十几年,头脑和听力都清楚。我最后一次看他,聊起百年间中国诗人,说谁谁、谁谁谁,他没表情。说到艾青的时候,他的眼睛亮了一下。说到昌耀和牛汉,他的眼睛大亮。我说其木德道尔吉,他转过头对我笑,像感谢我说出这个名字。安谧能说话的时候,说其木德道尔吉的幽默、智慧与才华如喷泉一样时时刻刻喷发,所有的人都喜欢他。安谧老师躺着生活了十几年,他想的事情仅仅是:什么是诗、什么是诗人?诗和诗人的单子在他的脑子里越删越少,可能从几千页、几百页删到最后一页了。我问:"您最喜欢的诗人还是惠特曼吗?"他眨眼。我说:"第二个是昌耀!"他满意地眨眼。我说:"第三个是其木德道尔吉。"他在纸上写:"对。没有了。我的诗不好。"

安谧的诗很好,他的《金针花》和《手》多好,但他不满意。安谧老师喜欢把民主意识和纯美熔冶一炉的诗,喜欢诚实的诗。老天爷没给他更多写诗的机会。

其木德道尔吉比巴拉根仓更幽默。他的诗有艾特玛托夫式的细腻和母性之美。他是不需要编剧给他写脚本的喜剧之王或蒙古语言之王,他继承了编剧《江格尔》的高贵禀赋,他的诗不过时。

其木德道尔吉的墓地在他家乡——赤峰市巴林右旗夏波尔台苏木的乌兰敖都生产队。墓简陋,边上长几棵柳树。我有时想,柳树会不会知道其木德道尔吉是一个诗人?我是说,墓边的草木浸入一些特别的东西。草木会被躺在地下的其木德道尔吉逗得哈哈大笑，草在风里摇摆是它们笑的样子，它们不会白白长在这里。

* 其木德道尔吉（一九二四至一九八〇）当代蒙古族诗人、剧作家。

白桦树上的诗篇

穆格敦是我在图瓦认识的猎人,他自称是诗人。他灰胡子灰眼睛,说话时眼睛看着你的一切动作,好像你是随时可以飞出笼子的小鸟儿。

穆格敦会说十分流利的蒙古话,他说是小时候背诵蒙古史诗《江格尔》时学会的,用词文雅体面。

他住的房子是用粗大的松木横着垛成的,在中国东北,这种房子叫"木刻楞"。

他说:"你是作家,我是诗人。我们两个相会,像天上的星星走到一起握手一样让人感动。你会向我学到许多珍贵的学问。"

"是的。"我回答。

"唉!"他叹口气,"我要让你看一样东西,一首诗篇,它的题目叫《命运》。"

穆格敦从木床下面拎出一只桦树皮做的箱子,放在桌子上,刚要打开却停下来,走到窗边,指着远处一棵树说:"就是它。"

"它也是诗人吗?"我问。

"你的问话很愚蠢,但我原谅你。它是一棵树,这个桦树皮包里装着它的子孙的命运。"

那是一棵白桦树,独自长在高处,周围没有其他树,地上开着粉红色的诺门汗樱花。

"回头。"他说着,打开了箱子。箱子里装满了金黄的桦树皮,上面写着字。

"每片叶子上都写上了字,是我作的诗。"

我等他说下去。

"你为什么不问后来呢?"穆格敦说。

我问他:"你在桦树叶子上写满了诗,后来呢?"

"这些诗是用岩山羊的血写上去的,一百年也不会褪色。你知道我写这些诗多不容易?"

"创作是艰难的。"

"不对,我越看你越不像个作家。创作很容易,创作诗最容易,比吃蔓越橘果实还容易。"

"后来呢?"我问。

"那时候,这些叶子还长在树上。我不能为了方便我写诗就让它们掉下来。我搬了梯子,在每一片叶子上写满了诗句,我的腿站肿了,胳膊比酸浆果还要酸。"

我仿佛看到金黄的桦树叶在枝头飞舞的场景。我问:"你为什么这样做?"

穆格敦很高兴我这样问他,说古代的诗人都这样。他左手握一把干枯的树叶,右手拿出一片,念:"德行就是你把喝进嘴里的酒运到身体里的各个地方。"

他抬眼看我,我说:"好诗。"

他念：

"羚羊的气味在岩石上留下花纹。

野果因为前生的事情而脸红。

人心里的诚实，好像海边的盐。"

"都是好诗。"我说。

他瞟了我一眼，说："叶子背面还有字呢，这个——'下雪前一日，在三棵榆树的脚下，离家一公里。'这个——'已经穿皮袄了，独贵龙山项的石缝里。'"

原来，穆格敦在白桦树的每片叶子上写诗做了记号，秋天至，风把这些叶子吹走后，他走遍大地一一找回来。他在找回来的树叶的背面再写上地点和气候。

我不得不说他是一个真正的诗人。

"你为树叶找回它们的孩子，找回来后，用树叶在树干上蹭一蹭，它知道它回家了。"

"在霜降的大地上，你眼睛盯着草地，当你发现一片有字的桦树叶时，就知道那是我写的诗，是我要找的叶子。"

"有一片叶子飘进了水里，我游过去，十月份，水已经很凉了。但它不是我找的树叶，是楸树的树叶，但我也把它带上了岸。"

"最远的地方离这棵树有五公里，我不知道树叶带着我写的诗怎么会走了这么远的路。"

"可能有一些树叶被鹿吃掉了，有一些埋在雪里已经腐烂，我还在找它们。"

"你题诗的叶子一共多少片？"我问。

"九百八十九片，我找到了二百六十一片。"穆格敦笑着说，"如果我在死亡之前能找到七百片树叶，已经很不错了。"

李虎的故事

洪巴图是我在图瓦国采风时的向导、朋友和冤家。他有琥珀色的眼睛、眉毛和坚硬的一字胡。黄眼睛有这样的效果——当对方直瞪着黄眼睛看你的时候，他分明已经把你看透了，而你根本搞不清黄眼睛里面在想什么。黑眼睛本来很深邃，但黑色——想一想吧——不跟黄皮肤搭调，跟白皮肤对比强烈，混浊显得奸诈，亮显得凶，淡让人觉得傻。黑眼睛在我们眼眶里叽里咕噜一辈子并不容易。我们表情上如果有什么不对劲，皆因眼黑，而黄眼睛已经把一切变得平静，像洪巴图这样。

我问洪巴图从蒙古国到俄联邦的图瓦自治共和国来干什么？他说："第一，图瓦人和我都是成吉思汗的子孙；第二，我来调查图瓦天空的星星。"

洪巴图说的"第二"，我根本不往心里去，他随口说，是脱口秀。头几天，他对我说来图瓦是看一下公羊多还是母羊多。蒙古人、图瓦人、布里亚特人、楚瓦什人、埃温基（鄂温克）人都是北亚游牧民族，你不要问他们到这里干什么来了。这么问愚蠢，他们是游牧民族，他们自己也不知道到这里干什么来了。他们连什么时候来的都忘了，也不知什么时候走。生命一天一天挨过去，为什么要有目的？洪巴图对我说，他在乌兰乌德城里看到许多人登上一辆去远方的车，觉得他们是傻子。这些人在批发市场上了许多货，去别的地方卖。"傻子，"洪巴图说，"生命不是用来做买卖的，也不是用来坐车的。生命之正义是悠闲，反义才是功利。"当然，洪巴图又对我补充一句，"全世界最功利的人是汉地（中国）人，你们那么忙碌，你不觉得全世界的人都在嫉妒和嘲笑你们吗？你们为什么不觉醒呢？我如果说错了请不要生气，这不是我说的，是莫斯科出版的《生意人报》上说的。"

"不生气。"我告诉洪巴图，"三十年来，中国人吃的粮食里含有汉地科学家特制的化肥，对人体产生慢性的功效。第一种功效是停不下来劳碌，即使发生第三次世界大战也不会让中国人停下奔波的脚步；第二种功效是他们不太理会别人的讥讽、规劝和谩骂，听不出来。"

"真是好化肥，"洪巴图说，"汉地太发达了。"

我们说话，坐着一辆驯鹿拉的车从克孜勒到阔腾。克孜勒是图瓦国的首都，人口两万。阔腾在山里，这里的山是萨彦岭的余脉，长满古代留下的松树。采松子是图瓦国民的重要收入，会猫腰的人就会采松子。人们去松林里采松塔，剥出指甲那么大的黄松子，从入秋到初冬，每人可采一二百公斤，收入一到两千美元，政府收购。但大多数松子还留在树林里，图瓦人成心不把松子采尽，他们说这是动物的口粮，松子腐烂了是大地的营养。动物口粮和大地的营养属于神圣的东西，图瓦人认为不可冒犯。把大地的果实全都收走，图瓦人认为这是"伙勒嘎西"（盗贼）的行为。

去阔腾是为见一个歌手,他叫帖木尔。洪巴图说他会唱二十一首"Da qing"(大清,即清朝)的歌曲。清末,图瓦归清朝管,有衙门官吏和乐队,帖木尔的爷爷 X5 代是乐队长。我带了一支录音笔,打算录下这些大清的歌,回国给满族朋友听,这是他们的祖音。

松树像父母一样俯视着我们,高高的树冠在风里微微颔首,伸张巨大的枝叶;松脂和腐烂的松针混合成印度式的香气,让人颓废。我坐在车上想起许多颓废的诗与歌,比如金伯格"我倾听焚烧钞票的声音"。比他更颓废的是加拿大阿尔·珀迪(A1 pardy 一九一八至二○○○),这位安大略省出生的加拿大皇家空军的退役士兵的诗是(大意):在母亲的子宫,哥哥比他先到并走了,给他腾地方。他在母亲的子宫里寻找哥哥来过的迹象。

写得酷,即使到二○二八年时,中国诗人也写不出这么尿的诗。

"呼——",我看见一个花头巾似的东西从路旁的树上飞进草地里。"李虎!"洪巴图说。"李虎是什么?"我问,"是鸟吗?是彩色的大蝙蝠?"

"最坏的东西。"洪巴图说。他说话有时夹杂几句汉语,不知在哪儿学的,但都是反的。比如豆包,他叫包豆。牙齿叫吃牙。

"怎么坏?"

"它,"洪巴图说,"比人还坏,骗你,不讲道德。"

我说:"动物用不着讲道德。"

洪巴图用黄而迷茫的眼睛看我:"你怎么啦?动物怎么能不讲道德呢?你看,驯鹿彬彬有礼,兔子彬彬有礼。李虎是坏蛋!"

"呼——",那东西,也可能是第二个那东西又从树上扑进草地。

"还是它,李虎。它从草底下跑,爬到前面的树上跳下来,吸引你。"

"为什么要吸引我?"

"谁知道，一会儿你就知道了。"洪巴图说。

驯鹿走着走着突然不走了，我闻到骚味。洪巴图说："李虎在前面的路上撒尿了，让咱们停下来。"

我下车，见道中间坐一个动物，尖脸细嘴，双腿笔直，眼梢像京剧青衣的扮相一般挑向耳边。"这不是狐狸吗？它咬人吗？"我问。

"对，虎李，我记成李虎了，这是汉语。它不咬人。"

我们走过去，狐狸安之若素，如入定。它更像一只宠物狗，身上堆积金红色、白金色蓬松的毛。我们站在它身边看它，它坐着看远方，像回忆西皮流水反二簧的唱腔。

"日本画家加山又造画过许多狐狸，"我对洪巴图说，"特漂亮。法国民间故事里的狐狸列那，聪明可爱。可是，李虎坐在这里干什么呀？"

"在听你说它好话。"洪巴图说。

李虎点一下头，转身向左边树林跑去，回头看我一眼。

洪巴图指着狐狸说："它让你跟它走，但你要走在我后面。"

洪巴图迈着俄联邦军人的步伐走在李虎后面，边走边说："你们，汉语叫葫芦。"我纠正他："狐狸。"洪巴图说："是的，狐狸，你们吃喜鹊，叼着喜鹊的翅膀冒充是喜鹊；你们，从窗户往屋里放屁，让我头疼三天，以为得了癌症。狐狸，你不让驯鹿往前走，让大清的歌声停止了，你要干什么？"

洪巴图大声说，李虎小步在前面颠跑，绕了一个小漫圆。洪巴图抄直线走过去，"呜——"他大喊。

我一看，洪巴图斜着躺进草里，右手紧紧抓着身旁的树枝。我进沼泽里了，坏蛋狐狸，把我骗到这里了。

我跑过去。

"不,"洪巴图大喊,"你不要过来,咱俩全完了。"

我住脚,沼泽。我在电视里看过人在沼泽越挣扎越陷入直至泥沼淹没鼻孔的镜头。"你别紧张,洪巴图。"一瞬间,我脑子里不道德地闪过我们集体向他遗体默哀的场景。

"我在脱裤子。"他说。洪巴图一手拽树枝,一手解裤子,泥沼已没他腰。他仰面,侧身滑入沼泽里面。脱掉衣裤,人身体下沉的重力会少多了,洪巴图还是有办法。

"坏蛋,"他咬着牙骂狐狸,"我要活活咬死你,像你活活咬死山鸡那样。"李虎坐在边上看他。说完,他仰面喘息。洪巴图说,他手里拽这根树枝太细了,不能使劲拽。他说:"我要死了,要给我自己唱个歌——山啊,山一样生长的是红檀香木,连长哥哥噢。水啊,水一样丰满的是我的思念,连长哥哥呦。等着啊等着啊,你也不来……"这是科尔沁民歌《洪连长哥哥》。

怎么办?我特自私地想到天黑了怎么办?我还在这儿守着他吗?

这时候,李虎跑过来,嘴里横着东西。它到我脚下松开嘴,哇,一根拇指粗的牛皮绳,很长,足有七八米长。洪巴图,绳子来了。

他的声音已经发颤,泥堆在心脏部位,肺的呼吸就减弱了。他说:"把绳在树上绕一圈,你拽一头,另一头给我。"

明白了,我把牛皮绳在松树上绕一圈,一头系在我腰上,另一头甩给他。我把所有衣服脱掉,像一条鱼一样自己爬到洪巴图身边。他松开树枝,拽那个绳子,我拽他的手。然而我拽不动他,像拽一块石头。但我真不愿意看一个人尽管是黄眼睛的人在我眼前死去,拼命拽。

这时,李虎在边上狂跳,用后腿刨土,往右跑,又回来。

"找驯鹿,这是狐狸说的话。"洪巴图低声说。

李虎让我去牵驯鹿,它太聪明了。

我把腰上的绳子在树上系个死扣，光着身子，像野人一样跑到驯鹿旁。驯鹿吓得直跳，它有可能是母鹿。我把驯鹿从车上卸下，牵到泥沼旁。

我把牛皮绳挽个套，套在洪巴图腋下，左手另一头系在我腰上。我骑上驯鹿，抱着它的脖子，右手拍它肋部，说："介！介！"

驯鹿奋蹄前进，我听到洪巴图号叫一声，回头看，他像一头肮脏的猪被拖回泥沼。他的号叫让驯鹿害怕，跑起来。洪巴图拽着绳子，喊："停下来！停下来！我的老二完了！"我急忙下来，拦住驯鹿。去照看洪巴图。

"不！"洪巴图手捂老二说，"快把驯鹿套在车上，不然它会跑掉。"

我把驯鹿套好，回来，看洪巴图上身是泥，下身是泥，中间穿着我的裤衩，浸出血。

"被灌木刮坏了。"他指着裤衩说。"不过比憋死好，以后也不会因为偷情而挨打了。"

我扶着他往车边走，李虎跑过来，把嘴顶在我脚上，嘤嘤出声。"你差点害死我，"洪巴图说，"不过它有事找你，你跟它走吧。"

李虎扭头跑，回头看我。我和洪巴图一起随它走过去。

不远，李虎站在一个大坑边上。这个坑有一人深，最奇怪的是这个坑直上直下，像个筒子。

"陨石砸的坑。"洪巴图说。他趴在坑边看了半天，说坑里草丛有狐狸崽。

噢，李虎是让我们过来救小狐狸崽。这么深的坑，李虎跳下去上不来。

我打算跳下去，洪巴图说别跳，会把狐狸崽踩死。他说本来不该救这个狐狸崽，大狐狸差点害死他，但狐狸叼来了绳子，就救吧。

我问洪巴图："狐狸为什么会有绳子呢？"洪巴图说："它偷的，藏起来了。"他把牛皮绳系我腰上，我蹬着坑壁慢慢下去，把小狐狸举上来。又在地上摸了摸，没摸到陨石。之后，我被洪巴图拽上来。

我上来时，李虎领着小狐狸已经跑远了。我和洪巴图走到车边上，李虎领着小狐狸又出现了。小狐狸白色微黄，比猫略大，李虎把嘴顶在我的鞋上，嘤嘤其鸣，眼边的毛上散落泪水。

"穆热格间（跪拜呢）。"洪巴图说。

狐狸竟然在跪拜，它俩又在洪巴图的鞋前跪拜。

"佳、佳。"（行了，行了）洪巴图双手平伸，这是还礼。我也双手平伸，还礼。我们上车了，去找大清歌手。我从车篷往后看，见狐狸一大一小，一红一黄，坐在路上向我们行注目礼。

"它为什么把你引进沼泽地呢？"我问洪巴图。

"我骂它了，它不高兴。"他说。

"佛经说，嘴是漏福的地方，说得没错。"他又说。

落叶吹进门口的鞋子

蒙古栎树的叶子变成鹅黄色。它们的叶子都长在高高的树尖上,叶片宽大,风吹来,叶子翻滚得比别的树叶子更迅疾。大哈日巴尔山的南坡长满蒙古栎树,山脚围一圈儿樟子松,好像是栎树的卫士。往阿阑河对岸看过去,大哈日巴尔山好像是一只卧睡中的老虎,头尾金黄。细看,它金黄的皮毛间有一群又一群的黑鸟起落。

这是图瓦国南部接近蒙古国的地方,我来到住在这里的哈萨克歌手艾尔肯的家中,听他唱歌。艾尔肯说他们这一支族人在西伯利亚已经居住了两百多年,歌曲的旋律和住在中亚的哈萨克人不一样。我听出来了,节奏接近于蒙古长调,还有布里亚特人的萨满音乐的味道。

阳光从西面的萨彦岭射过来,艾尔肯毡包的门前如同撒了一层金屑,波斯菊的影子尽情拉长。好像它进不来毡房,要派影子进来。毡包里铺着来自阿拉木图的红地毯,松木餐桌上摆满奶食品和野生水果。艾尔肯弹冬不拉唱歌时,大约一分钟看一下他老婆然萨的脸。

然萨仿佛有预感,在艾尔肯目光投来的一瞬用眼睛迎接一下,脸略微红一下。每唱一首歌,艾尔肯要看然萨四五次,仿佛不看就唱不下去或记不住词。然萨每次都没让艾尔肯落空,用眼睛把歌词和旋律递过去。艾尔肯和然萨像两个儿童,或者说生活在戈壁滩上的两只兔子。他们彼此相爱,但他们更爱大哈日巴尔山。他们以崇拜的口气谈论松树、驯鹿、芍药花、露水和风。他们相信世上有妖怪,相信把盐抹在靴子上会使鼠尾草死掉。这不是儿童吗?在图瓦和布里亚特,我见过许多这样单纯幼稚的人。

天快晚了,艾尔肯和然萨要去山下找羊,我和他们一块去。在毡包外,我看到我脱在外面的黑皮鞋里塞满了鹅黄色如丝绸一样的树叶子。我问这是怎么回事?艾尔肯得意地看毡包附近的蒙古栎树,说风把落叶装到了你的鞋里,它们想到中国去。他们俩穿高腰靴子,里面没刮进落叶。蒙古栎树的黄叶子在树上抖动,像一群金鱼逆着激流游动。薄薄的云朵围着大哈日巴尔山旋转,从这棵树的树叶里钻出来,钻进另一棵树。天空的蓝色和黄叶子摆在一起,仿佛是水彩画家还没画完的画,白云冲进来阻挡黄与蓝的色彩对比。

艾尔肯和然萨往山下走。然萨肩上披一块深绿色的雨布,艾尔肯腰上扎着白色的外套。他们戴着哈萨克人的毡帽和绣花帽。我觉得这使这两个人更像儿童。中国人不怎么戴帽子或乱戴帽,哈萨克人的帽子已是他们身体的一部分。他们恭谨地戴着自己民族的帽子,帽子下是他们纯朴可爱的笑脸。哈萨克人的帽子好像还是歌声的一部分,是草原、雪山和河水的一部分,是艾尔肯和然萨头顶的花朵和树冠。我们往山下走,树的队伍里又增加了白桦树和落叶松。明亮的、毫无声息的溪水在林间流过。溪水把落叶分开,露出水下黑黑的泥土。壁虎般的松鼠从松树上垂直而下或垂直而上,仿佛在搬运自己硕大的尾巴却不知把尾巴放在哪里好。山下有一片开阔的草场,高高的金黄色的秋草尚未倒伏,十几只羊在草里缓缓游动。羊群后面跟着一个七八岁的哈萨克小女孩,她戴着紫红色的帽子,上面插一根洁白的羽毛。她是艾尔肯和然萨的女儿。女孩朝我们招手,她跑过来,红色的坎肩和白裙子在金色的草浪里跳动。艾尔肯和然萨和女儿拥抱,如久别重逢,估计他们分别只有一下午。但他们都是儿童,儿童比成人更重视亲情并相信神话。外国神话里的人见面先拥抱,中国神话的人见面先打一架比一比武艺。

我们往回走,羊群走在我们队伍的前面。羊群挑有石头的路走,因为它们是山羊。这些山羊如果没有胡子和犄角,就是一群猴子。它们极为灵巧,人还没看清,它已从石壁的边缘爬上去。我觉得它们如果会采药,早都是富翁了。山羊比绵羊的表情肃穆。有些儿童书把山羊画成学究。它们看上去确实有一些书卷气,至少有会计的气质。回到毡包,山羊排队进了羊圈。毡包前放了好几双鞋,中国产的绿色农田鞋。艾尔肯说:"我把鞋摆在这里,让落叶钻进去过冬,明年春天穿鞋的时候,脚上有香味。"

婚礼记

在炎热的六月,我身穿黑水獭皮绲边的海青缎面皮袍子,头戴高耸的羊羔皮帽,脖子上涂的香料令人晕眩。我满脸淌汗,端酒杯与陌生人对饮,向他们行鞠躬礼——这不是梦境,是去年的一场经历——身旁,是我的"新娘"阿季阿兰。我总算把她的名字记住了。

这个巨大的白帆布帐篷,能装五十多人,没桌椅,熟肉堆在地面塑料布上。食用固体酒精勾兑的酒在饮马石槽里荡漾,随便取饮。

我的"婚礼",实为阿季阿兰的婚礼,地点是俄国布利亚特共和国乡下的草原。

事情是这样的。为做一档电视节目,我们一行人围绕贝加尔湖,寻找蒙古文化的遗音。昨天,于乌兰乌德市兵分两路,我和摄像师占布拉搭一辆卡车前往湖边的塔布。司机谢尔盖是俄罗斯小伙子,已经醉醺醺。车上,占布拉(兼翻译,而我约能听懂一点点布利亚特语)向司机炫耀中国的富裕:"我们一幢楼比你们五幢楼叠起来还高(这里多为二三层楼),我们的电视有五十个频道,我们吃肯德基都吃腻了，我们……"我暗示占布拉换话题，他可能太想念祖国而滔滔不绝。终于，司机停车，绕过车头开右边车门，让我们下去。

我道歉并提出加钱，司机不屑，把二十美元车费和中国产清凉油扔地上，拽我们下车，说："傲慢的中国人，你们有钱，但没有森林和正直的心灵。"

司机——带着正直的心灵把这辆吉斯牌卡车开向远方，我们像两个蚂蚁被丢弃在南西伯利亚。我痛斥占布拉的愚蠢，告诉他："中国人刚富几年？穷人乍富，显摆啥？该！"可是，这条路还有车过吗？

"写遗书吧，在咱俩变成木乃伊之前。"我说。

占布拉以比蚊子还尖细的声音回答："摄像机还在卡车上。"

该！还管什么摄像机，我想应该去寻找村庄。如果没村庄等着我们，就只有死亡等我们。我和占布拉的手机都没办国际漫游，联系不上剧组。该！

我从风中的气味判断西南方向应该是森林的边缘，果然走出了森林，用两个小时。占布拉提出休息，我说："你不断思考自己所犯罪孽就不累了。"又走了一小时，遇见草场，绿汪汪的点缀着鲜花。"有没有人？"占布拉说："多美！要有摄像机就好了。"蠢货，还是不累。

走着，大脑和腿都麻木了，突然见到前面说的冒炊烟的大白帐篷，人们攒动，衣服鲜艳，像一场婚礼。

走近，我们伸出双手——人其实都有乞讨的本能——给我们吃的、喝的、睡觉的床铺吧！

人们端来矿泉水和洋葱抓饭。这时，一位威严的长者用手势阻止。长者蓄油亮的黑胡须，目光锐利，披一件阿富汗总统卡尔扎伊式的长袍，问了我们姓名、来干什么。然后告诉身边的人（名海日苏)带我去换衣服。

换衣服?吃饭或者说乞讨难道要换衣服?海日苏告诉我:"呼伦巴雅尔(长者)说你相貌端方,有尊贵的'鲍尔吉'姓氏,是伟大的成吉思可汗的后代。他决定选你做他的女婿,今天的新郎。"

"啊?"我问是不是玩笑,海日苏答不是。我又问:"原来的新郎呢?"他答:"等他等了五六个小时,不等了。"

不等了?难道这是看电影吗?我想了想,这是一场婚礼,并且是一次婚姻。谢绝?我的消化系统发出呐喊:不!不应该轻易说不,而说"耶!"

我换上华丽的新郎礼服,吃之喝之。"新娘"阿季阿兰,恐怕只有十九岁,但已很丰满,眼梢嘴角都上翘,蛮美类型。她对我似乎很满意。在众人的怂恿下——俄国婚俗,大家喊"苦啊",新人接吻——我和她接了二十多个吻。我成为"新郎",把占布拉乐坏了。他给我梳头,不断往我嘴里塞口香糖。而我,手端镂刻花纹的银酒杯,挨个儿看眼前纯朴的布利亚特蒙古人。他们眯着眼,面黝黑,眼睛带着笑意。他们祖先里面到达中国的人,被清朝皇帝赐名为"巴尔虎人"(虎旗军)。我在想,我已有妻,在中国;在此又得到一位比我女儿年龄还要小的媳妇儿,怎么办?这里的文化没有"怎么办"以及"以后怎么办",纯朴和当下欢乐是生活的全部内容。我曾问海日苏:"我和新娘要入洞房吗?"他答:"是的,生出很多孩子。"难怪阿季阿兰对我眼波烁烁,那是对三个,不,六个孩子的期待。

别了,祖国的亲人,闲暇来布利亚特草原找我吧,带上中国的好东西给孩子们。好了,就这么办!我把心念刚转过来,又有事情发生——新郎出现了。猜猜他是谁?司机谢尔盖。

他换上一身新西装,与呼伦巴雅尔(我今天的岳父)、阿季阿兰(我未进洞房的新娘)激烈争执。谢尔盖!是你把我们扔在森林,又因为酗酒迟到而失去新郎的资格,该!现在来抢我的新娘,呸!

人们静下来,谢尔盖阴沉沉地走过来,说要和我决斗。呼伦巴雅尔、阿季阿兰和所有人都看我们俩,看不出他们希望谁赢,这是他们的文化。我想了想,还是认输吧,能打过他吗?但内心的基因说不能说不。我,把袍子脱掉,表示开始。袍子、酒以及不知什么东西起了作用,总之奇迹发生。小时候我跟一个回民练过摔跤。此刻,我用手别子摔倒这个吃瘪新郎,又以"德和勒"再次把他摔趴下。人们雀跃,把新郎袍子披在我身上。

这一刻,我完全清醒了,发表演说让占布拉翻译:在这个帐篷里,我远离了森林死神的召唤,得到你们美好的款待并荣幸地成了新郎。但我想念我的家,我要回家……来,祝福谢尔盖和阿季阿兰成为夫妻吧,生一百个孩子……

原以为,我这番话会招来一顿殴打,不,是一片掌声,像敬重一位绅士。我把袍子披在谢尔盖肩上,把羊羔皮帽子扣在他的金发上,之后,我醉累交加,倒地不醒。

次日黎明,占布拉叫起我,我们登上谢尔盖的吉斯牌卡车。占布拉抱着摄像机赞美眼前的一切。谢尔盖表情甜蜜。上车前,阿季阿兰拉着我的袖子说:"你才是我想得到的新郎,你还会来吗?"

我说:"可能不会来了。"

"别这么说,会的,生活比我们想象的神奇。"

"但愿如此。"汽车向塔布开去。

三姐妹

来图瓦之前,我听说那里有一种奇特的花,叫"三姐妹"。一株花的同一茎上并排开放粉红、乳白和浅蓝三朵重瓣花。从植物学说,这不可能,上帝没这么安排。但生活中未必没有,况且图瓦位于西伯利亚南部,植被丰富。

皮埃尔——约瑟夫·雷杜德是历史公认的玫瑰记录者,他的《玫瑰图谱》记录过野蔷薇"七姐妹",蔷薇科,蔷薇属,又名"大叶野蔷薇"。它的花一茎七朵从浅红到深红,羽状复叶,通常有五枚细齿卵形小叶。雷杜德并没提到"三姐妹"。

而"三姐妹"太奇怪了,它的花完全不在一个色系上。我觉得我如果能发现这种花,拍一张照片卖给法国人就能赚到钱,花包含着他们国旗的颜色,虽然花不能带出图瓦国境。我所知道的"三姐妹"的记载见于约翰·林立的《玫瑰学历史专论》,他是伦敦皇家园艺协学的秘书,植物学家。林立没说他见过三姐妹,他说此事见于西伯利亚图瓦人的传说。

在图瓦，我问洪巴图——他是蒙古国古尔格朗人，红脸膛，眉毛、一字胡和眼珠全像琥珀一样黄——"你见过一根茎上开着三朵花吗？"

"有，太多了，野花都是这样。"洪巴图说，我和他用蒙古语交流。

"我说的是不同颜色的花。"

"用颜料染上就是不同颜色的花了。"

"洪巴图，"我庄重地说，"在图瓦有一种花叫'三姐妹'，是野玫瑰花，这是世界上稀有的花朵，值很多钱……"

"能买一辆三菱吉普吗？"他问。

"能，"我回答他，"如果这种花一根茎上开着红的、白的、蓝的花的话。"

"是一个花瓣红、一个花瓣白、一个花瓣蓝，统共三个花瓣吗？"

"不是！洪巴图，你又在胡说。是一朵红花、一朵白花、一朵蓝花开在一根茎上，三姐妹。你见过吗？"

"见过。"他满不在乎地回答。

洪巴图跟阿凡提差不多，蒙古人当中也有这样的人，叫巴拉根仓。阿凡提、巴拉根仓和洪巴图抹杀了现实和虚幻的区别，都是爱说谎者。我问他："你在哪儿见过这种花？"

他答："在上海见过。"

我说："你根本没去过上海！"

"就算我没去过上海，我也见过这种花，也可能是在泡然（波兰）见的。"

我指着他说："把想象停下来。我昨天才告诉你世界上有一个国家叫泡然（波兰），那里出了一个钢琴家叫肖邦。"

洪巴图想了想说："但我没有见过肖邦。"

"这句话说对了，"我鼓励他，"你坚持每天都说真话，习惯就好了。你想想，你见过'三姐妹'吗？"

"想事情会让我痛苦，我从来不爱想，今天为你想一想吧。"洪巴图摸摸一字胡问我："想事情对我有什么好处？"

我把一支中国烟递给他。

洪巴图先闻这支烟，点燃、吸入、喷出，他指着烟雾说："看到没有，烟雾里有字。"

我问："什么字？"

洪巴图轻蔑地看我一眼说："这是俄文字，你不懂——达，日达拉斯维节，克达依——中国伟大。"

"你想一想三姐妹。"

洪巴图说："我要吸第二口烟，看烟雾里面说什么。"他深吸，挤一下眼睛喷出烟雾，瞪大眼睛看，说："啊，不会吧？三姐妹怎么会在那里？"

"哪里？"

"阿巴干上面的米努辛斯克上面的克拉斯诺亚尔斯克水库的东岸。"

"这是烟雾里写的吗？"

洪巴图指着几乎散尽的烟雾说："明明白白写着吗？俄文，你不懂的。"

我有些恼火，说："洪巴图，不要再开玩笑了，我再说一遍，你如果在什么地方见过三姐妹，就领我去拍照。没见过也没关系，你要用脑袋思考，要回忆，不要用烟雾骗我。"

"是的，"洪巴图惭愧地低下头，用手抹一把脸，"我昨天喝酒太多了，脑子比羊圈还乱，我要好好想一想，明天告诉你，不过我二十多年没思考过事情了。"

第二天早上，晨曦洒在黝黑的松林顶上，像晾晒一块刚洗过的金红色的毯子，鸟群在上面翻腾嬉戏，比剧场还热闹。我住的牧羊人木刻楞的房子前面，地上有一尺厚的白雾，好像从松林跑出来晒太阳。往远看，更厚的白雾正从松林朝这边滚过来，像中国电视晚会结束喷放的干冰一样。

这时，洪巴图走过来。他今天穿一件带大襟的短袖衫，白粗布滚蓝边，兴致勃勃。洪巴图在蒙古军队服过役，走路有俄军那种僵硬又像弹簧式的步法。

"哈罗。"洪巴图走过来握手，把另一只手又放在我手上，"昨晚我思考了六个多小时，除去上厕所，跟老婆做爱和喝水的时间，也十足思考了一个半小时。我想起来了，我见过三姐妹，不过我们叫它兄弟花，三个脑袋挤在一起，红白蓝，或者蓝白红，对吗？"

"在哪儿？"我问。

"嗯，"洪巴图说，"你别急，我要思考十秒钟。"他用左手拍自己肚子上的皮带金属夹，说："够了，超过十秒了，在蒙古国的吉尔吉斯湖。"

"不行，"我说，"我没有蒙古国的签证。"

洪巴图又开始拍皮带夹，这回是用右手。说："没问题，我思考的结果是，我们往南走，走到巴音达布齐湖边就会见到兄弟花。嗨，太多了，连它们的爸爸妈妈都可以看得到。"

"你是不是又在瞎编？"我问他。

"不会的。"他撸起裤子，指一个条状凹陷的伤痕说，"我如果瞎编，就让这只脚再断一次，可以摔断，也可以让熊咬断。"

"好吧，有没有三姐妹无所谓，瞎逛吧。"我和洪巴图上路了。

我说过在图瓦就像在古代，意思说这里的土地山川还保持着上帝创世的样子，没用GDP改造过。如果人想知道古代的北亚草原什么样,到图瓦来,它是俄联邦的一个自治共和国。

洪巴图用俄式步兵操典的姿势大步向前走,我走路并不比他慢,在家里步行七八公里是常事,但姿势比他柔韧。我要节省髋部的关节液。我们走了大约七公里,洪巴图的大襟式短袖衫——这是清代马甲兵的夏季作战服,竟留存在蒙古国——出汗干湿好几遍了,白粗布看不出来汗渍。

前面是一条河,我猜测它仍然是叶尼塞河的支流或者叫末流,像一条蓝色的哈达,河岸开满鲜花。低头看,花朵从不平整的石块里长出来。在这一片花的彩毯上,走路却硌脚。

"花都在这里。"洪巴图摊开双臂,好像花都是他的,"你自己挑吧。"

"这里有三姐妹吗?"

"也许有也许没有,上帝早就安排好了。"洪巴图说。

我有点恼火,但一想他说得对——也许有也许没有。是的,凡事皆如此。找吧,我要找一株三姐妹拍照片发财,这差不多是植物学界的奇迹,但我永远不会告诉别人三姐妹生长在图瓦,免得他们来旅游。在我看来"旅游"是相当恶心的一个词。然而花不好找,我说过脚踩在块石上走不稳,鬼知道为什么这里会有风化破裂的石块,而且我不愿把我的登山靴踩在娇嫩的花瓣上。我不太懂花草,勉强认得这儿的花有粉红的小矢车菊、紫色的矮鸢尾花——它的花瓣像烫了发一样,蜀葵花,还有许多百合花,白的红的都有。我要耐心地等待三姐妹,上帝不会一下子让三姐妹跳到我跟前。上帝让爱迪生做了一千多次试验才发明电灯泡,我怎么能一下子发现三姐妹而名垂植物史呢?我猫腰看花,用手指把额头的汗甩掉。如果上帝在云端看到我的姿势,会认为我像法拉第、爱迪生一样辛苦。我看一眼洪巴图,他没影了。

"这边来看。"洪巴图喊。我赶过去,心里咚咚跳,或许真的发现了三姐妹。到了那儿,看到一片红百合、一片白百合、一片蓝色的远志花。洪巴图用手指点,红、白、蓝。

我说:"可惜没长在一株花上。"

"是啊,"洪巴图训斥这些花,"你们为什么没长在一株花上,你们没用脑子思考,你们是傻瓜!"

"别骂了,洪巴图,你简直在骂我。"

"是,"他谦恭地说,"看在你的面子上,我原谅了这些花。"

我递给他一支烟,他双手接过,说:"要不要看点别的什么?"

"看什么?"

洪巴图轻轻端着我的胳膊,说:"到前边。"

走过一块巨石,见到一座坟,很瘦的旧坟,墓碑写着俄文。

"这个人,"洪巴图说,"坟里的人,最了不起。他叫明甘达赖,是中国的蒙古人。他是一个医生,给图瓦人治好了很多病,然后就死了,已经二十多年了。"

我盯着洪巴图看,说:"我们能救活他吗?"

"不能,但——"洪巴图从裤子的侧兜掏出扁酒瓶和小银碗,"我们可以祭祀他。"

他把酒倒进银碗举过头,放坟前,说:"你把烟掏出来,穆热格哟(跪拜)。"

他跪下,我也跪下。洪巴图双掌托着酒和烟,说了一篇很长的带诗韵的祭辞,意思是:汉地(中国)人啊,你的灵魂伏在金鸟的翅膀上。你在天堂坐的椅子是檀香木的,因为你是医生。今天孔雀翎上的眼睛流下了泪水,因为你的同胞看你来了……

磕头,我头刚沾地,前额"嗖"地一阵凉风,见一条大蛇掠过,毛纹跟胡琴的蒙皮一模一样。我起身一躲,动作太大了,头撞在石头上,晕过去了。

我醒过来,察觉自己坐在松树边上,洪巴图正用我的帽子给我扇风。

"蛇……是你派来的吗?"

他惊讶,转为大笑,说:"是的。"

"这里并没有三姐妹花,你骗我到这里是为了祭祀这个中国人,对吗?"

"三姐妹?"洪巴图手按太阳穴,表示正思考,说,"也许有也许没有。但是,明甘达赖高兴啊!我们相信有灵魂,他的灵魂正在高兴呢,中国人来看他了,不然怎么会有蛇出来呢?蛇代表灵魂。"

他转身对坟的方向颔首,说:"扎,白意拉间(啊,高兴呢)!"

我也说:"白意拉间。"我接过帽子戴到头上,却戴不进去,脑袋磕了一个大包。

看过来,洪巴图从短袖衫里掏出一株花。百花、蜀葵和远志花插在野芹菜的茎里,红的、白的、蓝的,用青草系在一起。

"三姐妹。"他说。

"兄弟花。"我说。

水碗倒映整个天空

图瓦人布云的家里没有杯子,只有碗。他家人喝酒喝茶用的是从巴基斯坦买的铜碗。布云说:"玻璃杯是不好的,像人不穿衣服一样。酒和茶的样子被人们看到了,它们会羞愧。"

"谁们羞愧?"我问。

"酒、茶、水、汽水它们,不好意思呢。"

"那你用瓷杯子吗?"我问。

"瓷杯子嘛,我在布尔津的饭馆里见过。酒在里面憋屈,那么小。你知道,酒不愿意待在小东西里,它喜欢大缸(他指了指西边,西屋的大钐刀边上放着布云酿的骆驼奶酒的酒坛子,他喜欢管它叫缸),还喜欢待在皮囊里,最小的地方也是酒瓶子里。"

我在布云的家里用巴基斯坦的扎哈拉(蒙古人支系)人制造的大铜碗喝奶和奶茶。一条小河从他家的窗户下流过去,河水泛青。我在新疆看过的河大多是青色的,如冻石一般,只有伊犁河黄浊,他们说用伊犁河水煮出来的羊肉最香。在喀纳斯——这里是图瓦人和哈萨克人的乡土——青碧的河水在戈壁石的河床流过，激发细碎的白浪花，像啤酒沫子一样。河水绕过松树，流入白桦林里面。落叶松像山坡上睁着眼睛张望的狍子。松树的阳面微红，像肉煮到五成熟那种鲜嫩的粉红色，而背阴的树干褐黑色。落叶松的脚下洒满去年的松针，冬天，这些松针保管在干净的积雪里。雪化后，松针一片金黄。落叶松落下这么高贵的松针，真有点可惜。如今松树枝头长出新叶子，像肉色的小松塔或小花蕾。山坡上，松树错落排列，似僧侣下山散步，走进布云的家喝茶。

布云听说我去过俄罗斯的图瓦自治共和国，喜欢听我讲这个国家的一切，特别是总统的事情。我说："他们的总统四十多岁，笑眯眯的，背着手逛商店，或者坐在广场长椅上晒太阳。"

布云听得眼睛亮晶晶的，他把嘴角上拉，说，"是这样子吗？总统笑眯眯的？"

我说："正是，总统右手无名指戴了一枚琥珀的银戒指，左手食指戴一枚西藏松石的银戒指。"

布云摸自己的左手和右手，说："我也要有那样的戒指，人人都可以有银戒指。"

"我的故事讲完了，该你吹楚尔了。"我说。

布云从墙上摘下用芦苇做的笛子——他们叫楚尔，用嘴角轻轻吹。旋律轻柔而忧伤，仿佛在叙说湖水、雾和白桦林的样子。我觉得梅花鹿如果会吹笛子，吹的就是楚尔，它的音色表达的正是动物的心情。松鼠看见露珠从松针垂直坠落，羊羔在河边看见一条小鱼卡在水底的石缝里，猫头鹰看见月牙坐在松树的枝杈上，后背让露水打湿了。布云的楚尔正在表达这些境状，简单，说幼稚亦无不可。布云本人就很简单幼稚，愿长生天保佑他越来越简单，越来越幼稚。在这里，奸诈没有一点用处。

我拿铜碗，舀一碗泉水喝（布云的泉水从山腰取回，放在维吾尔人的大铜壶里，他认为水和铜相互喜欢）。我走到房门外边，见绊着马绊的马两个前蹄一起往前蹦，找新草吃。黄色的山羊群急急忙忙跑过来，白云像围脖一样遮住山的胸口却露出山峰的脸。我低头喝水，看碗里竟然有玫红的霞光和刺眼的蓝天。碗装下了这么多东西，真是比杯子好多啦。

蔚蓝色的鸡年

往宝音霍达方向走,路过一个村子。从山坡上看,村子像一个小盆景。几棵树,下面有石头。"石头"是白色的屋顶。进村,见碾盘倾斜,多少年没碾米了,石滚下方的沟槽有青苔。井边上站一头黄牛,身体向西,头转南,一动不动。

有老汉晒太阳,见我过去,拍拍身边,用手掌拂上面的土,让我坐。拂去土,下面还是土,我坐。

"歇歇吧。"他说,这是牧民对外乡人的款待。"你包里装的什么?"

问得有意思。我回答:"跑步鞋,换的衣服。"

"你走这么远的路,还要跑步吗?"他看我的鞋和裤子上的土。

我没言语,走和跑步是两回事儿。

"你应该带上绳子,出门,绳子有用。"

说完他沉默,我松开鞋带。往西看,河流不结冰的地方,水色似黑,而冰上的旧雪被冬阳晒酥了,孔洞上落着沙尘。

"我看过一个人。"老汉说,"用烧红的铁条扎进西瓜里。"

"有这样的人?疯子吧。"

"是个孩子。"

"噢。"

"我见过洪水从高高的山上冲过来，从山顶上卷下来，前面的浪头像成千上万的野兽奔跑……"

他转过脸看我的反应。老汉眉峰隆起，鼻梁直，颧骨是圆圆的，牙床塌陷了，胡子有尖。他有七十多岁。

"我一生经历了很多事情，你呢？"

我摇摇头。

一群羊从村口走过。羊步幅小而快，光看腿，也有奔腾的意思。它们挤在一起，低头走，头羊在前面看路。

羊群走远，老人说："人活着，有人像斧子头的一片楔子；有人像门上的折页；有人像舌头，饿不着冻不着；有人像马蹄的铁掌；有人像火盆里的灰。你看上去有一些忧虑。"

"没有。"我说，"我的生活很平静，没忧虑。"

"可你眉心聚拢，在想一件事。你是干什么的？"

"我写东西。写不好，眉心着急了。"

"写诗吗？"

"写过。"

老汉说："你应该读《格萨尔王》，没读过吗？一看你就没读过。不读《格萨尔王》，写不出好诗。你听：

> 你们在有岩石的旷野围猎，
> 你们捕获黄羊、野驴。
> 你们为分黄羊和野驴的肉，
> 相互砍杀、分裂。

这是德·薛禅对俺巴汗的十个儿子说的话。对合不勒可汗的七

个儿子,他说:

>他们在有浪涛的河川围猎,
>他们杀死雉鸡、野兔。
>在分雉鸡和野兔的肉的时候,
>他们相互祝福,然后散去。

这些诗像一顶镶着玛瑙和珊瑚的狐狸皮帽子那样漂亮。你能念念你写的诗吗?"

"我记不住。"我忘了写过的诗。

"这是不应该的事。你读过什么诗?"

"杜甫的诗。"

"他是谁?"

"唐朝的汉族诗人。"

"唐朝?读一个你不了解的人的诗,对你没什么好处。他长什么样子,他爱做什么事,他喜欢什么样的女人,你不知道,就不明白他在说什么。"

沉默。翻滚的云团从浅蓝的山峦后面上升,像帝王龙椅背面斜支的大扇子。东面白花花晃眼的一片是沙漠。一群羊从山坡下来,像摊开一小块布。

>从东边呀看过去,云朵茫茫,
>这是千万只鸟儿唱歌的地方,
>老虎和狮子跑过来跑过去,
>这是家乡的山冈。

老汉唱歌,他穿的蓝布旧棉袄,袖口一圈开绽,露棉花。这首歌叫《吐固勒吉山》。

> 从西边呀看过去，云朵茫茫，
> 这是千万只鸟儿唱歌的地方，
> 老虎和狮子跑过来跑过去，
> 这是家乡的山冈。

还有两段歌词，从南边和北边看过去，其他词相同。

"为什么从四个方向看过去呢？"他问并答，"因为家乡的山，我们看不够。人这辈子就是从各个方向看山。从四个方向看，就唱四遍。歌这个东西，一遍是唱不够的。"

一遍唱不够，像在喇嘛庙点亮酥油灯，再点一盏，又一盏。

俄而，他看自己的手，看手心，再看手背，说："我的手。"

他双手握在一起，像石雕，像两条树根从地下长到了一块儿。

"我……"他左手对着自己的脸，放下，伸右手，"这只手，掐死过一条一岁半的狼，能撅断茶缸粗的树，摸过女人乳房。"

手和乳房放在一起，真是诗。

"好啊！"他把手塞进腿间，问，"你带了什么礼物？"

我从包里翻出甘草杏、牛肉干和创可贴。他挑一袋甘草杏，我送两袋，他不要。

他从怀里掏出一样东西送我。

一只用木头雕刻的公鸡。硬木，一刀一刀削成。翅膀和尾巴用另外的刀，爪子上的纹用更小的刀。公鸡身上涂蓝色，像钢笔水，冠子染红。

我双手接过。他把手罩在公鸡上，说："按蒙古历，今年是蓝色的鸡年，能带来好运。"

我谢过，起身走了。过一会儿，听到歌声，沙哑，高音用细嗓子代替。回头看，老人用两手抱着膝盖，身子前后摇晃，对着对面的山歌唱。

转经筒边土

克孜勒是俄联邦图瓦共和国的首都，人口只有几万人。市中心是广场。周围有列宁像、总统府和歌剧院。中央立一幢亭子，赭红描金，置一个大转经筒，高过人，两米宽。克孜勒的市民清早过来转转经筒，这是个全民信仰喇嘛教的国家。

人说，转经筒里装粮食，有谷子、高粱、麦子、玉米和黑豆。

我到时，转经的人走了，该上班了。一位老汉坐亭子台阶上，手拿马鬃小刷子和一个蓝布袋。他拂扫经筒地上的浮土，归小堆，捧进袋里。

我看，亭子地面已经很干净。过一会儿，老汉又去扫土。他可能是这里的保洁。不过，这个刷子太小了，只有两个牙刷那么大，手柄好，象牙做的。

待我要走时，老汉先走了。他把蓝布袋和小刷子揣怀里，背着手，身态蹒跚。袋里的土也就二两多。

我上前，请教老汉在做什么。

老汉目光转过来，清澈，说婴儿的眼睛也可以，只是眼窝的皱纹证明他老了。

我们勉强对话，用蒙古语。他懂一点蒙古语，会藏语。我主要使用肢体语言。一番交流得知，他不在这里搞卫生，把土收藏回家。

为什么收藏转经人鞋上的土呢？

他比画，家不远。明天在这里见面，邀我去他家。

他家里有什么？

有花。他比画高矮的花儿，花朵有鸡蛋那么大、香瓜那么大。

噢，他用这些土栽花儿。四方人脚下的土栽出不平凡的花儿。

次日此时，我等老汉，没等到，欲归。一个小孩从广场西边飞跑过来，拽我衣裳。怎么回事？他手指我左胸的成吉思汗像。这件T恤是纪念蒙古帝国诞生八百年的纪念，海中雄送。我明白了，小孩是老汉派来的，成吉思汗像是标识。

我随小孩来到一处平房人家。老汉门口迎接，他在家为我做酸奶。院子里，我看到忍冬细长的红花、鸡矢藤、蓝色的桔梗花，还有层层叠叠的虞美人。

可是，这不会是用扫来的土栽的花吧？我意思说，这么大一个院子的土，扫不来。扫来的土应该在盆里。

我比画——盆。

老汉——没有盆，只有土地。

我——花，长在盆里。

老汉——你喝酸奶。

我喝酸奶，不加蔗糖的酸奶开胃生津。我忍不住起身模仿他扫土、转经筒、布袋子。

老汉恍然，领我进入一个小屋。墙上挂布达拉宫的绒织壁画。老汉小心揭开壁橱的布幔，一排小佛像。

它们用扫来的土烧成。

老汉用手语表示，这些佛像将放到各地的庙里。他送我一尊，嘱我放在中国的寺院。花和转经筒边的土，原是两回事。

回国，我心中有一点点未解，以脚下土制佛像，有些不尊敬吧？一天，逢机缘请教一位大德。

他说，好。佛向八方去，人自四面来。土最卑下，脚下的土更卑微。人的心念就在脚下，土带着各种人的心念，如今烧成佛像，土和心都安静了。甘于卑下，正是佛教的真义。

这尊佛宁静微笑，如有沉浸无上欢喜之中，并无卑下，只有浑朴。我把佛像留在了这个庙里。

辑四

从我的梦中打马走过

吉祥蒙古

一

小时候,我认为所有的人都是蒙古人,这是语言造成的。

我三四岁时,和姐姐一起由贴贴(蒙古语,曾祖母)照看。贴贴怕我们丢了,圈在家里玩儿。我只透过玻璃看过一些人,卖酸枣面的老头,还有敞着大襟、露出八寸乳房的中年女人。贴贴说,这都是坏人。

在家里,我们全说蒙古语。一个人第一次遭逢语言,是非常重要的时候,即万物被"命名"。语言不是工具,它是领你走进世界的神祇。桌子、火、脚趾、眉毛、土和虫子,头上有须的虫子、扁圆的胖虫子。世界对我来说是蒙古语的,它亲切、翔实、变化。到现在,我也无法从大脑的黑板上擦去那些蒙古语的声音,如好日好(虫子),多么生动而逼真。我认为蒙古语在表达动作、神色、形态方面非常高级。这个民族只有七百多年的历史,生活在游牧与征战之中,口头文学发达,没有陈腐长的文学史,自然会更纯朴刚健。它还细微,某些动词在某些句式中,传达出非常微妙的心态,如恳切、卑微、问询。

那时,我也接触过汉语。我以为汉语只是蒙古语的一种辅助说法,像汉语把"太阳"又叫"日头"一样。但汉语坚硬、遥远、隔膜。我说"隔膜",是说在说汉语的时候不容易带出感情色彩(说不出)。同时,它的词的指向又绝对。人们无端地吵架,恐怕和这个有关系。汉语还有一个毛病,假。它适于滋生假话空话。当然这是另外的话题了。

二

当我大了一些,开始和家属院的孩子们一起玩的时候,汉语颠覆了我对世界的命名,或者说重建、扩大了?但这是令人忧伤的。你指着青草里的虫子说"好日好"的时候,他们尖锐地纠正你:"虫子!"这使人悲愤。因为这不仅是语言,还是事情的性质。总之,你被汉语领到了一个遥远的地方。

对孩子来说,汉语展示其强大的力量时,是它的故事或历史。金兀术、黄天霸、秦琼。你能拒绝它们吗?当然不能。在故事当中,汉语展示了它的强悍、宽广,以及意味深长。然而,母语被覆盖之后,并没有消失,它们永远也不会消失。它们还在原来那个地方,我说的是它们和我的心灵相遇时的地方,十分安静。

蒙古语是这样一种东西,你一说它,蒙古人的一切都会神奇地从你身上出现,你的表情、容貌、思想都是蒙古的。就像一个人从岸上跳进水里,或跳进火里。教一门外国语的时候,不可能教你说每一句话的表情。但一个人使用自己的母语的时候，都会这种表情，虽然每个人有不同的表情。因此，一个人学习外来语，一般也就是做工具，而无法由语言进入这个民族的心灵。事实上，只有通过语言才能进入心灵。一些感叹、评说以及那些微妙的意味是外人永远无法窥知的。我的朋友抬举我说："你是蒙古人，又精通汉文汉语。"这是一个人听着高兴的话。我不知道"精通"的界限在哪里。但我通过汉语能深入了解汉人即绝大多数中国人的心灵，包括深藏其内的东西。而母语，让我了解蒙古人的心灵。母语的存在，让我有机会发现汉语当中晶莹的、纯朴的、干净的、细微的词汇，我知道它们在哪里，也知道怎么运用它们表达我的感受。我使用汉语的时候，常有到别人家的菜园里挑选果蔬的感觉。这是感激的，也是意外的，因为我是一个蒙古人。

有人使用外来语到了烂熟的境地，他们仍然有可能不了解这种语言的内涵。他们的汉语流利无比，但还像鹦鹉学舌。他不懂，一个不识字的陕西农民说关中汉语是令人感动的，一个四川农民的家乡语也是令人感动的，没有人怀疑他们在说什么。语言是血肉，不是发音之类所能说清的。这就像歌唱，歌唱不仅是呼吸、吐字及共鸣的问题（这是基础问题），歌唱还有感受、有心灵。好的歌唱家使我们忘记了他的吐字或发音，我们被他给领走了，领到一个从没去过的地方。

三

贴贴身材高大，肌肉松弛的脸上高贵而冷漠。她带我们的时候，约有七十岁了。当她眼里跳荡温亮的火苗时，必是看到了我父亲。我父亲是她心爱的孙子。她没有必要地维持着贵族的礼仪，譬如吃饭的时候我母亲要站在地上,而我们在炕上坐着。

贴贴是个神奇的人,她不识字却能讲全套的《格萨尔王》和《三国演义》。年轻的时候,她听一遍汉族艺人的书,如《瓦岗寨》,就能一字不落地记住,并翻译成蒙古语,永远储存在脑海中。书中人物的出场、容貌、衣着、心理状态以及作战状态,无不详略适宜、栩栩如生。她简直是一个天才。讲着,她有时会陷入沉思,含玉石烟嘴儿的嘴唇松开,吐出淡淡的青烟。

小时候——现在我仍不能把那些故事与我的童年剥离开——我们为她的故事着迷,不能区别现时与历史。实际上,这是一种童年的神经症。我记得,最神奇的一个故事说,某人进了某房,推开南窗——这时我脑中情不自禁地响起了贴贴的蒙古语,我尽可能原生态地翻译它们——"花儿呀,开放着呢,红的、黄的、白的,鹿儿愉快地吃青草,小鸟飞来飞去,唱着歌,但它们不离去。这里还有珊瑚、玳瑁、松珠石、水晶石撒在地上发光。"关上了南窗,打开西窗,"一看,啊呀,苹果、葡萄、白梨、黄梨、金丝枣、土耳其枣。当然西瓜、香瓜不值一提,在这里都有"。简直馋死我了,贴贴赶紧关上了西窗。在东窗,她说:"巨浪劈面打过来,无数野兽哭喊着挣扎着,关上。北窗是冰雪,什么都死了,太阳、月亮和星星都冻死了。它们的尸体扔在当院,后来空气也没有了,树被冻得变成粉末被风吹走。"

这些描述严重妨碍了后来我对客观世界的认识,譬如我无法认同时间的顺序性,怀疑季节,不能认同世界的实在性。事实上,"开窗"只是一个铺垫,后面还有这个人做了什么事,各窗的景物又变了。而我却永远地停留在东西南北窗各自的内容里。只要我到了一个陌生的环境,只要有不同的窗,我就想起了它们。我认为现在的窗子欺骗了我,然而这只是暂时的。总有一天,我会看到那样的景物。贴贴还不厌其烦地描述过灵魂,灵魂的去处,灵魂所遭受的种种境遇。当然这也是真实的。每当我喝多了酒或神经症发作时,灵魂就离开了我,感谢神,最终它还是回来了。有时,我会文雅得体地说一些话,连我自己都吃惊,我知道这又是灵魂在开玩笑。有时,灵魂还开玩笑,譬如在酒桌上让我突然地唱完一整段歌剧,或大段引述一部科学著作,别人惊奇,我却不能告诉他们真相,我不懂科学,也不会歌剧,这只是一场玩笑。我没说,因为谁也不会相信。

然而贴贴说到"青吉思罕"(成吉思汗)的时候,突然挺直腰身,静穆至极。她常常会在故事中提到成吉思汗,表情会变成另外的人,宁静而坚定。她不仅敬奉成吉思汗,而且常常思念成吉思汗,这是我从她的脸上看到的。我尽管很小,也明白了一个简单的事实:蒙古人是成吉思汗的子孙,没有成吉思汗就没有蒙古人,没有我这个微不足道的个体的存在。

四

没有秦始皇,华夏族人(这应该是汉族的规范术语)也存在,甚至存在得更好。没有汉武帝、李后主、宋太祖、袁世凯、段祺瑞、孙传芳、郝柏村,汉族人都存在。汉族人的高明处在于,谁不存在,他们都存在。

而成吉思汗是蒙古语与蒙古帝国的缔造者。"莽古勒"(蒙古利亚)这个词是他命名的。他既是人,也是神,还是我们的祖先。全世界的蒙古人都认同这一点。

这就表达了一个重要的观点:蒙古人是在"蒙古"和"成吉思汗"这两个核心词之下聚合起来的。否则,它没有宗教(黄教是清代之后的事情),没有政府。它为什么不在七百年间分散成无数小部族？事实上，中国北方骑马民族的特性与蒙古人现今居住的蒙古高原的地域特征使其易散难合。而许许多多的"蒙古人"已经融入波斯、匈牙利、俄罗斯的民族之内了。也就是说，当你不叫"蒙古"的时候，会像一片叶子一样被吹走。而我所见到的所有蒙古人，提到成吉思汗的时候，全都激动，场面十分感人。

五

蒙古使我感到忧伤。下面的话并不是因为如何如何，没有，什么也没有。在韶关，一位"师傅"劈头问我："你为什么唱忧伤的歌曲？"我们刚见面，她甚至没看我一眼。是啊，但我怎么知道呢？梁晓声说我笔下的文字"优美"。那些歌像白云一样滚滚升起，我一唱歌就变成了另一个人，和牧区的蒙古人一模一样。

忧伤后面一定有一个没有实现的巨大的愿望，我想那就是回到草原去，盘腿坐着喝酒，眯着细长的眼睛看门外的牛羊，搂着马的脖子看它的眼睫毛——动物中最好看的眼睛是马的眼睛，其次是虎，最难看的是猪的眼睛。当回到了草原上，我一想起我的家在沈阳，我还要回去的时候，心里就更忧伤。为什么不永远留下来呢？我说服不了自己。

有一天吃完饭出去散步，我在前面走，我爸和我媳妇在后面走。我爸说："你看，这就怪了，原野从小生在城里，走路的样子还像牧区的蒙古人上羊圈抓羊，没办法。"

我没有看到蒙古人怎样去羊圈抓羊。每当走到有镜子的地方，比如宾馆，边走边看这个人是怎么去抓羊的。

说实话，写到这里我不知道怎么写了，因为不知道怎么说蒙古与我这么一件复杂的事，还有好多事情不能说。这时，我想起了张承志。一次吃饭时，一帮人（自然是文人）骂起了张承志，我说请你们不要骂他，你们骂他，我心里很难受，想从这里逃出去。他们惊奇，以为我有更新颖的话要说出来。在心里，我把张承志看成是蒙古人了，一个穆斯林蒙古人。他对待蒙古人的态度让我惊讶不已也感动不已。当我把他看成是蒙古人后，就不惊讶了。我也见过许多会说流利蒙古语的各族人，但他们说不出蒙古人的蒙古语。而张承志在心里热爱着蒙古的土地、河流和额吉敏，我为他感到自豪，同时为蒙古民族感谢他。他比所有蒙古族作家写蒙古写得都好，他钻进了蒙古人的心灵之中。这与文学无关，与恭维也无关，他是"曼聂莽古勒"（我们蒙古人）。还有我们蒙古人尊贵的朋友，诗人安谧，他对蒙古的一切流连忘返，真诚地歌颂我们民族的优秀品质。他是我的老师，他拉着我的手，走进惠特曼。蒙古人尊贵的朋友还有大舞蹈家贾作光，他几乎受到了所有蒙古人的爱戴。而我这篇文章的名字来源于油画家的一幅作品——《吉祥蒙古》。我要说的话都被他画出来了，吉祥蒙古。而我又要到别的地方抓羊去了。

静默草原

谁有过这样的经历呢?

站在草原上,你勉力前眺,或回头向后眺望,都是一样的风景:辽远而苍茫。人难免为这种辽远而惊慌。

在都市里生活,或是寻访名山以及赏玩江南园林的人,都习惯这样的观察:眼光的每一个投射处,都有新景物可观,景随步移。

然而草原没有。

蒙古人前瞻的时候,总是眯着眼睛。他们并非欲看清楚天地间哪一样东西,而是想在眼里装填一些苍茫。

城里的人大睁着眼睛看草原,因而困惑。草原不可看,只可感受。

脚下的草儿纷纷簇拥,一直延伸到远方与天际接壤。这颜色无疑是绿,但在阳关与起伏之中,又幻化出锡白、翡翠般的深碧或空气中的淡蓝。

因而草原的风景具备了看不到与看不尽这两种特点。

和海一样，草原在单一中呈现丰富。草就是海水，极单纯，在连绵不断中显示壮阔。

有一点与海不同，观海者多数站在岸边，眼前与身后迥然不同。草原没有边际。它的每一点都是草原的中心。与站在船上观海的相异处在于，你可以接触草原，抚摸、打滚儿甚至过夜，而海上则行不通。

在草原上，辽阔首先给人以自由感，第二个感觉是不自由，也可以说局促。置身于这样阔大无边的环境中，觉得所有的拐杖都被收去了，所有的人背景都隐退了，只剩下天地人，而人竟然如此渺小与微不足道。二十世纪哲学反复提示人们注意自己的处境，在草原上，人的处境感最强烈。天，果真如穹庐一样笼罩大地。土地宽厚仁慈，起伏无际。人在这里挥动双拳咆哮显得可笑，蹲下嘤嘤而泣显得可耻。

外来的旅人，在草原上找不到一件相宜的事来做。

在克什克腾，远方的小溪载着云杉的树影拥挤而来时，我愿意像母牛一样，俯首以口唇触到清浅流水。当我在草原上，不知站着、坐着或趴着合适时，也想如长鬃披散的烈马那样用颊摩挲草尖。

草原上没有树，所以即使有风也听不到啸声，但衣襟已被扯得飘展生响。我扯住衣襟，凝立冥想。关于克什克腾的一些旧事，譬如霍去病在狼居胥山立碑，康熙大战噶尔丹等一俱杳然无踪。

草原与我一样，也是善忘者，只在静默中观望未来。

精神边疆

一

临近克什克腾的时候,我总觉得这次行旅有些冒犯它。克什克腾——富饶之地,在元代是一座大城市应昌路的所在,今天我小心翼翼地接近它。这里从古到今都是蒙古人的土地,蒙古人的歌声一直渗透到土层下面,连天上的苍鹰听到鄂尔多斯的"祝酒歌"的调子,也知道远方又来了客人。这里不像沈阳,蒙古人曾经居住过——有盛京边墙与"法哈牛"等地名相证,后来退居大漠。如今,蒙古人来到沈阳,会因为问路等不胜其烦。最主要的,是成吉思汗曾经来过克什克腾。作为蒙古人,我从未去过成吉思汗生活过的地方。今天在这里与老祖宗相遇,我不敢想象在这衰草飒飒的草场上,哪儿会是成吉思汗坐骑踏出的蹄痕。当他眯起细长的眼睛向关里遥望时,顺着他的鞭梢指处,可见铠胄映日,滚滚烟尘中有灌木一般的马刀……

我的目光在车窗两边搜索,此行经由赤峰市松山区、翁牛特旗和林西县抵达克什克腾旗境内，途经两个农业县和一个牧业旗。当年担任副总参谋长的杨成武上将曾手指着地图问当地驻军长官，为什么在牧业旗（巴林左旗、巴林右旗、翁牛特旗与克什克腾旗）的包围之内，楔入一个林西县？主人为之语塞。县制意味着汉人聚居区，此乃清政府为削弱蒙古人王公进攻能力而采取的放垦移民政策而致。移民与喇嘛教，使满洲强大的北方邻居陷入手无缚鸡之力的境地。清政府以减免赋税的优惠条件，鼓励蒙古人将男丁送进庙里，不仅使他们生育能力锐减，也将其注意力集中于寺院的香烟缭绕之中。杨成武还问主人，为什么林西县城中心的十字路口从南边看不到北边，从东边看不到西边？杨将军称，这必是出于一种军事上的考虑，占据一方街口，却无法枪击对面的敌人，街心则御四方来敌。林西县乃军事要津，退可匿身漠北，进能据赤峰直逼北京门户。这里也是清将米振标与巴布扎布将军（谁也搞不清他是什么人封的将军，此公乃甘珠尔扎布之父，日谍川岛芳子的公爹）激战的地方。

进入翁牛特旗境内，地形丘陵为多。秋天了，一捆捆的麦子横卧在疲惫的土地上，形成很宽的收割带。高粱仍站在田野里，明朗而挺拔。路旁的农妇直起腰身，手拎着镰刀看我们的车。她面色黑红，在阳光下蹙着眉眼，看不出表情，亦不知其悲喜所在。这都是农业区，即汉人的所在，不管它的地名叫什么，因为这里漫山遍野的都是庄稼。庄稼呀庄稼，春天里像婴孩一样被农人娇惯过，夏季装点了山村的风景，秋后在最昂扬、最饱满的时节，却倒伏于地。农人仍膜拜你们，用怀抱过，用手摸过，然后把你们像神一样堆积在场院上，这既是一连串生计的操演，也是对天地的祭祀之仪。

庄稼连着庄稼从车窗掠过，我留心着草原的来到，那是一片没有庄稼的天地所在。在秋天里也许会显得荒凉的草原，会一下子跳入我的眼里吗？我不清楚哪里是农村与牧场的交割之处，我期待着那一刻的到来。

但我始终没有看到这个边缘,也许是在车上分心了。退出克什克腾的路上,我也不知道哪里是草原的结束之处。在由经棚镇前往达里湖的路上,大家几乎同时发现了窗外是一片宽阔无际的、枯索的草原。人们缄默了,惊异于自己在不觉间步入了草原,或者说草原以不速之客的姿态闯到人们面前。

人们首先感到委屈的,是眼前的草原竟没有绿浪翻滚。因为是秋天,这儿岑寥而肃穆,使人暗暗感受到草原在冬天里的峻烈。说草地一片金黄,稍嫌矫情,地面黄则黄矣,透着一些褐色。牧民已把高草用刈刀割下,做牲畜的过冬饲料。草原上留下一条条整齐的割痕。

二

来到草原,我感到苍穹之上有成吉思汗隐隐的注视。这是一种神的注视,我感觉他一直在看我。其实他看着每一个人。只有神才有这样的目力。就像上小学时,我们感到墙上的毛主席像如此专一地看着自己,即使走到左边右边也是这样,每个人都有这样的感觉。小学的课堂里不过五六十人。事实上,人数增至百千,也不致使毛主席像的目光有所分散。

既然来到草原,人们纷纷下车观瞻。在一望无际的土地上,有人出于激动想大步奔跑,却犹豫着,因为不知往哪里跑,这里毫无遮拦,往哪儿跑呢?在草原上,人太微末了,只宜站着观望,以手捂住头上的帽子,防止被风吹走。

克尔恺郭尔在日记里写过:"什么是反思?它实际是面对两个问题而愁肠百结,我怎样进去?我怎样出来?"对一般人来说,他们注意的仅仅是目前身在何处,是草原是城市是官场或文坛(坛,很有一股会道门的意味)？即进来了，以及出去。至于"怎样"是哲学家如克尔恺郭尔的事，克氏将此称为"无思"。

进入草原，人们都变得无思想了，只有情绪。在这里你很难苦思一件事，眼前景物流转，不如让感情随之起伏。

三

昨天我对同事说："妇人不仅在生产一个俊美的婴孩时会疼痛流血，生产一个丑儿也会疼痛流血。"领袖或恶棍的出生，对母亲来说要付出同样的代价。每个人在社会上的质量与地位，可以相差许多，但父精母血的孕育却是相同的。这不公平吗？一个无论多么平庸的人的诞生，对他的母亲来说都不是无意义的事，因为这是创造。创造从来不能用人世间的公平法则来衡量。

在草原上生活，这一点看得尤其清楚。人在草原上只是大自然这条永恒的链条上的一环而已。天对他们来说，是头顶的覆盖物，也是雨水的降临者，土地承接雨水长满青草，牛羊因此繁衍不息，蒙古人依赖这些生存。在草原上无法夸大人的作用，人与牛羊草木一样，谦逊地居于生存者的地位上，天地雨水则属于创造者。草原上的人们极端尊崇母亲。在蒙古民歌中，对母亲的思念挚情，超过咏诵爱情。一般的民歌中，总是爱情内容居多。母亲是创造者——在牧人眼里，天地之后居于第三位的，不是君主，而是母亲。在草原这样一个游牧征战的大背景下，人无论贤愚，彼此的差别并不大，生生不息而已。这里没有城市形形色色的衡量尺度，都市人恰恰是局促于悲喜于各种尺度之下。升迁与贬谪、认同与拒否、真品与伪劣、结婚与离散、夺冠与败北、获奖与退入、反腐与倡廉、结党与背叛等，一律是各种不得已而制订的，而且是越来越多的尺度下的产物。人们依赖这些尺度而活,每人在各自的网格里和线路上奔走。草原只有几种浑然的大尺度,天地为之一,父母为之一,牛羊为之一,如此而已。城里人来到草原,嘴里说"身心太轻松了",实际心里还有无法放松的紧张,那种"招之即来,来之能战"的心理定式放松不了,同时又被眼前的懒散与寂寞所激怒。

来到这里,便临近人们的精神边疆。

对我来说,回到这里是回到了自己的精神家园,一切都熟悉而陌生。克什克腾,我只来过一次,也同别人一样新奇于这里的山川草木,但同车的宝音却以一首《达那巴拉》唤醒了我所有的梦想。

榆树柏树,假如真的烂了根啊,哥哥,
剪子超的八哥,要到哪里去唱歌……

我的眼泪止不住流了下来,这是我白沙漫漫的科尔沁故乡的歌曲,它能够极其自然地从这里的土地和泉水中冒出来,那么这也是我的故乡。

心上的人儿达那巴拉,今天动身去当兵,
啊嗬咴咿,留下金香一个人,
指望谁来过日子呀,哥哥!

曲调苍凉优美,它所传达的故乡的景物与气味,从我的脑海里飞速掠过,眼泪则可以浇灭乡愁之焰。

我曾远离精神边疆,成吉思汗训示他的子孙"不可居于城市",我在远离故乡的都市里浪游谋生,是为不孝。但谁也不会忘记故乡,在时间的流逝之中,我已将故乡由异地慢慢迁到了心里,于是不再惧怕流浪。

诗人说:"所有的故乡原来不都是异乡吗?所谓故乡不过是祖先漂泊旅程的最后一站。"

长城之外的草香

一次聊天,朋友说:"日本人为什么喜欢哭呢?你看小泽征尔,说说就哭了。"

我不知小泽何以哭,知其父与两个侵华主将是朋友:板垣征四郎和石原莞尔,于是"征尔"。后来想这句话,感觉东北亚民族,具体说是阿尔泰语系的人们常常会流泪,如朝鲜人、日本人,还有蒙古人,从他们的歌声里能听出悲伤。这几天读一本诗文摄影集,《席慕蓉和她的内蒙古》,目睹许多故乡的景物。读着,泪水哗然落下,想起了朋友那句话。想,泪水跑出来看这些画面,这也是我的内蒙古,虽然"就这样一直走下去罢\ 不许流泪,不许回头\ 在英雄的传记里 我们\ 从来不说他的软弱和忧愁"。(席慕蓉:《祖训》)

一

一群孩子向我们招手。

如实说,他们向摄影者招手。我看这些手,像看他们的脸。有的手羞涩,有的手大胆。有的孩子像上课发言那样举手,而他像敬礼,他在击掌,他在模仿别人伸出了手。

这些手的手心白,手背黑。它们牵马,摸土,捧石块堆敖包上,捡牛粪回家晾干。这些手长大是什么样?就像我在另一张图片看到的:一群人站在土路边上迎接客人。一个女人平端葱心绿带桃红绳边的蒙古袍,她的手弯回去攥衣服,骨节突出。另一个女人用海青色的哈达包着白瓷的酒瓶和镶银边的木碗。这些手黝黑,人不过三十多岁,手已经老了,就像这一片土地老了。有沙子的土地,野菜比草还多。

迎宾的队伍很长,站在车辙边上。一个孩子怕自己探出队伍,反手抱住大人的腿,而小狗大模大样站在路中央,眼上方有神气的斑点。

这是给谁的蒙古袍?给一个游子——席慕蓉。"在'故乡'这座课堂里\ 我既没有学籍也没有课本\ 只能是个迟到的旁听生。"(席慕蓉:《旁听生》)

我看到十五六个用手笑的孩子,那件折叠的(诺日古拉的)蒙古袍有多么贵重。

二

白桦林要演出了,她们在候场。

如果树会唱歌,最先唱的是白桦林。

她们合唱。唱河水呀,云彩呀,还有小松鼠蹦蹦跳跳,藏不住后边的尾巴。

在树里面,桦树像准备奔赴一个地方,什么地方?

我小时候,我爸坐炕头晃着身子唱一支歌:"高高的山上\ 流下一道清泉\ 清泉里的水呀\ 明亮又清澈\ 啊咦,清泉的水呀\ 灌溉着草原\ 草原的人们\ 幸福又快乐。"

我印象深的,是他唱"水呀"。我爸因为支气管粘连,"水呀"嘶哑。

"水呀"是蒙古人的命根子。而今草原沙化,到哪里去"水呀"呀?

白桦树想去的地方是我爸唱的那个地方。吾父唱出一个生态链条。山→水→草原→人。

我小时候想,"幸福又快乐"谓之何义?幸福不就是快乐吗?非,幸福指一个大环境,快乐乃我等心里面小小的欢愉。

白桦树把裙子拎过脚踝,准备过河了,去一个地方,好地方。

三

西拉沐沦河如同脱去衣服洗澡的巨人,肌肤比鱼还白,露出波浪的肋骨。后来它睡着了,水鸟喊都喊不醒。

八只水鸟有红红的脚蹼,六只翅膀向下,两只向上,像拉满的、放松的弓,箭呢?

四

像向日葵那样黄,像凡·高饮苦艾酒吸雪茄烟造成神经错乱之后想象出的黄,像蜜蜂从花蕊里刚拔出的马裤般的大腿那样黄,像月亮喝过菊花酒于黄昏时分的黄——这是大兴安岭的落叶松林。

有一句歌词叫"金色的兴安岭"。小时候,我想:兴安岭怎么会是金色的呢?今天见到了。

是说秋天,说雨后,说灰蓝的群山像父亲一般照看这片落叶松林。香奈尔一支香水叫"五号",不是第五款,她的幸运数字是"五"。香奈尔给自儿起个名儿叫"可可"。可可说五号香水代表着北欧白夜的气味。我情愿告诉可可,去金色的兴安岭采集落叶松的香气吧,创造一款新香水。可惜她死了。临死前,香奈尔对用人说:"你见过人死亡吗?我今天就让你见到。"然后谢世。

"兴安"是蒙古语,再往前也许是突厥语,我不懂。这是一个好词。

兴安,芳香的、泥土的、松针腐烂的、小鸟做窝的、宽展的、吉祥的名字。兴安!

五

一杯酒,洒在草原上。照片里的酒浆如同几十枚银币叠加滑落,小小的酒盅怎么能盛下这么多酒呢?

内蒙古的土地经常会遇到酒,是祖先、森林、河流和亲人的缘故。

六

他们戴着解放帽。

这是解放军当年戴的制式军帽,后来老百姓也戴。在那个年代,一切人都戴这种帽子。

后来,越南战士、高棉的波尔布特的战士、尼泊尔毛主义战士、墨西哥的"副司令马科斯"的持木头枪的战士都戴这种帽子。

察哈尔牧人戴解放帽,穿蒙古袍,站在敖包前祭拜。女人戴护士的帽子或头巾。

那是一九八九年。

七

通戈拉格唱歌了,她的身影拉得很长,比身高长一倍,这应该是上午九点多钟；春天，草刚长出来。远处的砖房还没有开窗。

通戈拉格用尖细的童声唱察哈尔民歌。在牧区，如果两个蒙古孩子在一起唱歌，会唱出和声，我对此不理解。和声需要专业培训，需要有人写配器，小孩怎么会无由地唱出和声呢？但确实听到过。

就《乌尤黛》这首歌而言，次序的乐句几乎是上一句的和声。结实而单纯的旋律，像一个花梨木的架子，可以放上去很多东西。但这个事不太容易说得清楚。

八

蝴蝶落在没有开放的桔梗花上。蝴蝶好像对花说："开不开？你不开我开，比你鲜艳。"

我忍不住想批评这只蝴蝶，太骄傲。

桔梗花有蓝色和白色的花朵，五角对称旋转。在英文里，桔梗叫"balloon flower"，直译为气球花。桔梗花瓣有鲜明的纹路，比杨树叶子的脉络还清晰。而落在花上的蝴蝶的翅膀的纹路更清晰。它们俩可能正在比对纹路。

《桔梗谣》是高丽的民歌，原产地江原道，后来传遍世界。桔梗的根粗壮淡黄，是东北人爱吃的朝鲜小菜的原料。桔梗的中药药性为宣肺祛痰，而蝴蝶没什么药性。

我小时候听说，如果用捉蝴蝶的手提东西吃，翅膀上的粉会让人哑巴。

哇！

九

马站在浅浅的河水里，水流过，围绕碎银子的水花。

马喝水，而小马吮吸它的奶。

小马像刚生出来,尾巴带着波浪,鬃毛也卷曲。

锡白色母马的鬃毛,黑黑地披散下,遮住了眼睛。其他马在看小马吃奶,这是庄严的仪式。

动物的母亲没有糖果,没有玩具和新衣裳,只有奶水,而母爱比人质朴。

十

元上都是一座大城市,马可波罗说它是中华民族最美丽的都市,宫殿巍峨华丽,而今已荡然无存。

这地方的"羊群庙石雕像",纯朴华美。

一个石人坐在交椅上,肩膀上刻着回环的缠枝花纹。这些枝条的绕转方向有两种手性,右手性与左手性。

植物学所说的手性(chirality)指植物生长的旋转方向。贝壳、人和动物的毛发和人的指纹都有手性。

"任何一个非对称生长因子都会导致螺旋的产生,如果螺旋达到一定程度,植物就不可避免地出现旋转,其原因永远是某种不等量生长。"(库克:《生命的曲线》)

藤缠树一般是右手性,啤酒花是左手性,DNA的双螺旋也是右手性。

石人的脑袋没了,手里捧的东西也被凿掉,最奇怪的是他从肥硕的袍子里探出两只小而尖的脚。

十一

哈——扎布,你看他的手掌,软而厚,平日藏在蒙古袍的袖子里,唱歌时才拿出来。

"拿"是拿出歌声和一切好东西。

他说:"面对死亡,我并不惧怕。此刻,我的心情就像佩戴银鞍子的骏马,兴高采烈地往前走哪。"

大师的话。

从中世纪以来,好像来自民间的艺术大师已经没有了,哈扎布却是一位。他的歌声,哪里是歌声?承载着蒙古人的所有。

席慕蓉诗:

> 我折叠着我的爱 \ 我的爱也折叠着我 \ 我的折叠着的爱 \ 像草原上的长河那样宛转曲折 \ 遂将我层层地折叠起来。"
>
> (《我折叠着我的爱》)

说尽了哈扎布的歌声。

十二

想,水晶在指尖光芒晕眩,而蝴蝶也盯着指尖。我只好举着这只手指,走了很远的路。

想,羚羊站在山冈,灌木角拆散流云。

想,野花对谁仰起了脸庞?白的脸、蓝的脸,也有红的脸,它们目不转睛。

接下来想,从羚羊之崖的上方,流水冲桃花,岸坍漂过整株桃树。坐轿子的桃树戴着花朵,左顾右盼,宛在水中央。

白雾止息了野百合与田鼠的对决,夜的蟒衣披在每一棵树上,深邃千里。

这像我对故乡的印象,尤其在杜康之后。

十三

越过巴丹吉林沙漠,到达曼德拉山,会看到史前岩画。

人们研究它的年代、作者、主旨，我关心的只有一件事：颜料。

什么颜料几万年不褪色？画的内容，我认为很容易理解。你看，这个丰满的人的肚子里还有一个小孩，说明她是母亲。她胸前一边点一个点儿，乳房，当然是母亲。骆驼双峰之间有一个太阳，是什么？有诗为证：大漠落日圆。

它们如儿童的画作。人类的儿童时期的画，稚拙、快乐。在镀银一般的宝蓝的岩石上，刻画橙黄的线条。人家早就知道橙是蓝的对比色，两者搭配舒服。

十四

所谓树桩，是被斩首的树，是树的遗骨或开裂的冢。

树桩都很粗，年轮湮灭，长满苔藓。而它身边尚细的白桦树，像拉着手的儿童，惊恐地看树桩，不肯离去。

或说，树桩是祖母干瘪下垂的乳房，是悬崖上被蒙住眼睛的骆驼。

我见过老死、完整的树，在四川海螺沟。巨大的、活了几千年的树老死了，倒在林中，而身上有许多生物，小虫呀，蜘蛛啊，老寿星多么幸福。

在我老家，过去有挺多林场——林的屠宰场。现在没了，因为没树了。人们扛着电锯、唱着歌儿，杀伐那些粗的、直的、好的树。伐树的"伐"字其实挺可怕，比军阀的"阀"吓人。树没了，沙子来了；人搬走，大地荒芜。

旧小说写豪强，常用"动了杀机"。机是机心，而杀是人之恶念中最恶的一种，不止杀人，还杀动物，植物也不放过。

草原沙化之后，都市的人只感到空气指数下降，车上落土，衣服需要再洗。有人想过没有，在所谓沙化的源头，牧民的家园没了。

这里原来是一望无际的草原。你们的衣服脏了,而他们的家园万劫不复。是谁毁掉了这一切?

十五

回到马。马在马群奔跑,嗅马的汗味,还有踩踏而出的草香。而这匹马披着彩色的毯子,毯子印有大朵的牡丹花,马去参加那达慕大会。

"那达慕"的意思是玩耍。牧区的马天天玩耍,玩耍半径每天好几百里。草滩去过了,淌一淌河水。后来,枣红的、花白的、炭黑的马站在了山冈上。

三马之中,一个是母亲,另两个是马童。

十六

包井兰是谁?我媳妇的奶奶。我从这些蒙古女人的照片上看到了她。这个蒙古老太太爱唱民歌,她爱黄昏时分挂杖于沈阳大街上,迎我岳父。为什么?怕他迷路,怕他找不到家。

我岳父快六十岁了,会找不到家吗?会,怎么不会?奶奶天天担心着,守望着,让儿子平安回家。

有一天,我偷闲回家,发现奶奶和一个穿阴丹士林蓝布衫、梳高髻(在沈阳,这样装束很特别)的老太太在南屋小声唱《诺恩吉雅》。我侧听,奶奶出来,看到我,白皙的脸上满是笑容羞怯,她说:"原野,哈哈,哈哈哈。"

她挂一支拐杖,那个高髻老太太也挂一支拐杖。(她从多么远的地方来到的啊?)这一对老姐俩偷着(怕打扰别人)唱《诺恩吉雅》《达古拉》,还有《天上的风》。

十七

风当鞭子,跨喜马拉雅之马。高原暮云四合,金箭放射。大湖漂来牧歌,这边是草,那边是花。

鹰当毫翎,"长生天"写上苍天。天空云追风转,龙蛇翩跹。先人庇佑草原,这边是马,那边是家。

十八

一捧一捧的奶子花开在了巴尔虎草原,花朵挤在一起,像看戏的儿童的脸。

二战时的日军把这些花叫"诺门罕樱"。

奶子花浅粉,花蕊金黄,好像每朵花里钻进了一只蜜蜂。

十九

成吉思汗训辞中有:"越不可越之山,则登其巅;渡不可渡之河,则达彼岸。"对我来说,不可渡之河,乃由泪水汇聚,于心头桴渡。而不可越之山,是永远只存在脑海里的家乡。

从我的梦中打马走过

在梦中,我见过毛主席。见面的地方好像在一处农舍,毛主席和蔼可亲,坐炕头,夹一支香烟和我说什么。说话的内容不是长征,当然也不是散文写作,好像谈农业机械化问题。我一激动,醒了。慢慢回味梦境,觉出梦里见的不是毛主席,是唐国强或已经去世的古月先生。口音不对,神韵更是差得太远。

见伟人,即使梦里仍不可得。

人有一种愿望,想与故人晤面,看电影、电视剧,乃至读《史记》,都为满足这一愿望。然而亦不可得。与故人见,通道大约只有梦境。唯有梦,不受时空拘囿。而我在梦中想见的是成吉思汗——蒙古帝国的缔造者,蒙古人的祖先。他也是中华民族的大英雄。

至今,在梦里还没见到成吉思汗,而他的影响时时处处浸润于每个蒙古人的日常生活中。与其他的皇帝——蒙古人叫可汗——不同,成吉思汗在当今蒙古人的心目中是安详可亲的长者。他是世俗的,而非金银裹身、凌霄御风的神祇。成吉思汗的名字,和奶茶与草原联系在一起,和马头琴声与牧人纯朴的脸联系在一起。成吉思汗仿佛知道自己百年之后要和毡房里普通的蒙古百姓继续生活,而不是当一个像人的泥塑,立于空空荡荡的宫殿。所以,他简葬,也不示人葬于何处。

我和姐姐幼时由贴贴(曾祖母)照看长大,从小就听她讲述成吉思汗。"成吉思汗"这个词,贴贴的发音是"青给思——合罕"。在"罕"的后面有一个音"那",不发出来,有口型。说到圣祖的名号,贴贴——这位七十多岁的老妇人,贵族的女儿,脸上肃穆之至,也敬仰之至。到今天,我每当听到"成吉思汗",会踟蹰一下,停顿一下,思绪经过童年回到贴贴的叙述中,庄严静穆。

贴贴并没对我们讲成吉思汗的帝王伟业,讲我们也听不懂,才四五岁。后来,进入"文革",由于挖"内人党"运动,许多人已经不敢承认自己是蒙古人,更没人敢说成吉思汗。贴贴一直对我们说,"青给思——合罕是我们的祖先",神色峻切。"文革"中,我父母先后被拘禁,生死未卜。在昏暗的灯光下,贴贴在炕头,腰身挺拔。我和姐姐畏缩炕梢,屋外风雪呼啸。贴贴那时已不再讲故事了,关于格萨尔王、秦琼和米拉日巴。她端坐如木雕,忧伤和悲愤在眼里冲决。后来,她几乎不说话。我母亲回家了,父亲即贴贴的孙子仍在押。贴贴不再讲吃饭、喝水、穿衣这些日常语,凝视经久,吐出的话是:"青给思——合罕,是我们的祖先。"

由此,史书所说成吉思汗征战也好,霸业也好,我觉得遥远,他是我们的祖先,如此而已。现今的蒙古人家家挂着他的画像,印刷品或手绘,一个慈祥、宁静、食人间烟火的蒙古老汉。蒙古人出去进来,看一眼墙上的画像,心里踏实。这幅画像的蓝本,是元代的宫廷画师对照忽必烈相貌画的,最像成吉思汗,藏于中国国家博物馆。

电视剧《成吉思汗》主题曲的歌词,写得最贴近蒙古人的心怀,"每一个出生的婴儿,都有你的轮廓。每一座毡包的梦里,都有你打马走过"。确乎如此,说出蒙古人的心里话。成吉思汗的荣耀,并不能给卑微如我的后代增添什么,成吉思汗不能帮你炒股,不能帮你留洋。《金刚经》偈云:"若以色见我,以音声求我,是人行邪道,不能见如来。"人活着,祖先的显赫与微末都不是坐标,万事靠自己。但知道自己的祖先,就在遥远的历史风烟中找到一个原点,也想过从自己身上找到祖先所具有的哪管是一点点的优秀,比如坚强和质朴,这就足够了,如果没有,就去学习。对女儿鲍尔金娜,我说的也只有一句:"青给思——合罕,是我们的祖先",仅此而已。

蒙古男人

说起蒙古男人,相关的词语仿佛就是剽悍威猛,包括粗犷、奔放这些习惯性的说法。这大抵是不错的,但你走近或者说熟识蒙古男人,令人惊讶以及让人难忘的是他们的柔情。

所谓"柔情",说的是蒙古男人心肠软。虽然他们同时还有刚毅、暴躁这些特征。你看蒙古男人的眼睛,眸子深处总藏有一些珍怜。当他们注视马、羊、孩子和女人的时候,这种珍怜便会流露出来,仿佛面对一个易碎的珍品。因此,他们经常赞美的是马、女人和土地。

同样是看马,蒙古人和其他人不同,跟可以给人带来红运或沮丧的赌马的香港人看马尤其不同。在蒙古男人眼里,马并不是牲畜与动物,它是——马,一种骄傲的、具有神奇速度、外貌俊美的高等生物。因此,当蒙古男人抱住马的宽厚的颈子时,眼里的神情令人感动。

他们的柔情,还包括浪漫。蒙古男人发现令人倾心的女人时,会肆无忌惮地盯着她们看。事实上，每个女人都知道，被人看就是被赞美。蒙古男人的眼睛像火把一样，似乎能烧光她们的衣服和羞涩之心，直至合好。西方把"浪漫"一词视为男性的近乎伟大的品质，它不止于好色，当然也不是在 KTV 包房和小姐动手动脚，它把情爱视为人生大事，赴汤蹈火，缠绵悲壮。这样的男人当然不是很精明的，譬如比尔·盖茨就不会这样去做。但浪漫的人认为，只有傻瓜才会牺牲浪漫而追求财富。他们还认为，一个人掩饰对女人的态度实为愚蠢。因此，蒙古男人不太理解虚伪是怎么一回事。

我还奇异于这样一种情形，就是蒙古男人在歌唱之时表现得百般柔情。蒙古民歌数量多至万千，但主题不外三种：母亲、土地、爱情。这些粗糙庄重的男人在歌唱的时候，像用口唇小心吹火，用泉水洗脸，用刀仔细地雕一尊佛像。蒙古男人所谓的歌，没有一首是所谓气壮山河的。这又引出了我的第二个困惑，即在小桥流水的江南，男人们清秀洁净，但让人感受不到他们有多少柔情，他们的细腻也只是表现在财物上。那么，在冰天雪地的北国，蒙古男人的柔肠百转刚好与外貌的粗豪相表里。同样的道理，一个粗放的种族，内心也粗放，就很不像人了。

蒙古男人第二个特点是"傻"。当然我说的是生活在草原的人们。说他们不工于算计已不准确，应该说工于不算计。他们可笑到他们认为斤斤计较是可笑的，他们很怕被别人认为是精明过人的人。以这么一种形象面世，在草原上就没法做人了。

当然，在这种心态笼罩之下，他们所处的环境必然是不发达的。而且，"钱"——这一上帝赐予人的最能启智的工具，也没把蒙古男人塑造好。因此，他们所能产生的优秀人士，也只是一些运动员与文艺家，靠体能和心灵抵达优秀，而不像犹太人，在精算和苦难中成为大商人、大科学家和大艺术家。当然，这种情形正在改变，因为在市场经济的巨手下，没有什么不可改变。

在蒙古男人或者说在蒙古人眼里，窃人财物是不可理喻的一件事。偷窃不仅是极其可耻的事情，而且是匪夷所思的一件事。为什么要偷别人的东西呢？他们对此困惑不解，就像牛顿当年对行星内部蕴藏的规律困惑不解一样。因此说，蒙古人在夏季睡觉夜不闭户。白天，倘若全家出牧的时候，亦不闭户。有一个半截门是挡家畜的。他们的箱子不上锁。因为没有人会到别人家去翻箱子。对他们来说，那些盗窃、抢劫、贪污的行为简直就是魔鬼的行为。而在楼房装防盗网、把金银首饰放入保险柜，而保险柜装嵌水泥钢板重如泰山的情形也实在是非常有趣的笑话。这种笑话每讲一遍都可以引发听者开心的大笑。

蒙古男人喜饮。人们相信他们是最善豪饮的人，这其实有些误解。人对酒精的依赖程度以及化学处理能力，即肝脏的分解能力，蒙古男人与汉族老大哥并无区别，远没有俄罗斯人那么能喝。我在牧区见过许多不能饮酒的男人，原因很简单，不爱喝。事实上，一个集体嗜酒的民族，不出五代就会消亡。随着体能和智能的递减，酒精会在遗传基因中把一个民族消灭掉。在成吉思汗亲手制定的"大札撒"中——这像拿破仑法典一样，是一部律条和行为规范的全书，规定子民不得留恋杯中物。他早就发现，对蒙古这样一个随时准备攻击、撤离、马驰而家搬的民族来说，酒是大敌，而非朋友。蒙古人饮酒的形象，特别是捧着洁白的哈达，用银碗献酒的情景，是写歌词的无聊文人杜撰出来的，也是地方政府为了开放搞活策划的花样。蒙古人的哈达是献给至尊的长者的，譬如活佛。平时珍藏箱里，别说摸，连看一下都很难得。他们怎么会捧着此物到处劝一些不相干的人饮酒呢？然而，现在的确有一些穿蒙古袍的人手捧哈达献歌献酒，这往往是旅游开发项目中的一种，名曰"民族特色"。

蒙古男人最后一个特色是"懒"。放牧、盖房这些重活固然由男人完成，但这随季节而为。平时，他们绝不染指任何家务。早上起来，蒙古男人要喝茶，这是一天重要的功课，喝两三个小时并不算长。而挤奶、做饭、烧茶、管牲畜、抚育老人孩子这些繁重的劳务，由女人担当。当女人做这些事的时候，男人连睬也不睬。他们恐怕一生中也没有认真观察过蒙古女人做事的辛劳。在牧区，会看到许多腰身伛偻的老年妇女，那是历经劳役所留下的印记。而男人倘若协助（仅仅是协助）做一些家务，会被认为"那怎么行"，甚至妇女也会这样认为。因此，做一个蒙古女人很苦。而蒙古男人对待家务的傲慢态度，远不及南方男人热衷"买、汰、烧"更合乎人性。

成吉思汗曾经说过，我的子孙不可居住在城市里面。为什么不可以居住城里，是怕他们丧失体能抑或纯朴的天性？成吉思汗没有言明。城市是各路优秀人士聚居之处，也是各种诱惑映眼之处。不妨说城市是吞噬矿石、吐纳金属与矿渣的熔炉。就蒙古男人而言，居于城市，会把一些比较不好的品格暴露出来，比如热衷于权力以及争斗，使民族先天的优秀品格蒸发。他们容易自卑，容易沽名钓誉，膜拜官场秘术，而不是以平静的宽大胸襟对人对己，这恐怕是成吉思汗当年忧虑的理由之一。自然，立身都市涡流，目接十色，耳闻百声，谋事立身，还能保持纯和的心境与朴素的本色，对任何民族的人来说都不是一件容易做到的事。

蒙古男女

《敖包相会》是描写蒙古男女相爱的歌曲，借卡拉 OK 的伟力，现在成为全国人民喜爱的歌曲之一。这首歌被看好，旋律优美是原因之一，而歌词中的相互试探，也符合情场的规则。然而，"试探"与蒙古人的婚恋并不吻合，正如此歌的词作者并非蒙古人，而是北影厂的导演张海默。

蒙古人的爱情直爽热烈，正如他们的生存环境中没有那么多的小桥流水和曲径通幽。爱在何处？与海棠、云彩无关，眼睛直射灼焰，无掩饰无曲解无乱码，两相对视，谁都明了其中的意思。因此，他们俭省了许多资源也摒却了许多烦恼，无须征婚启事和电视速配游戏，也无须媒人斡旋和手机短信息掺和。蒙古男女是一见钟情的结晶，又是一见钟情的接班人。他们享受着爱情的绿色食品——没有添加剂，没有化肥，没有流行色彩，是一段原初情感，跨国公司将此称为"浓缩液"，区别于罐装产品。他们相爱的方式和什物包括九根飘带的锦缎荷包、红灯牌半导体收音机、摔跤赛马的雄姿和软手捧茶的神态。这是粗糙的浪漫、质朴的结合。

婚后,蒙古男人省却了一宗事,平息了欲望与焦渴。而女人却增添了一件事,即家务。就家庭角色而言,蒙古女人与朝鲜、日本女人一般无二,讲究顺从与孝道。在她们看来,泼辣是让人笑话的一件事。一个女人无论傻到什么程度,也不至于泼辣,即大喊大叫。东亚女人依然保留着礼教的恭顺,没有人想造这个反。她们觉得这不是解放,而是癫狂。

看官至此已知蒙古男人是享福之人,他们不做家务,衣食伸手可得。在家里,他们最耗气力的事是喝茶与饮酒。走出家门之后,则从事艰苦的劳动——在风雪中牧羊、夏季转场、盖房子。他们的劳动面对太多不确定因素:天气、雨水、沙尘与草的生长情况,丰歉不一。蒙古男人因而显得沉默。和暴风雪打交道的人不习惯饶舌与甜言蜜语,也不精于算计。跟其他人相比,蒙古人更多的是和动物——牛、马、羊、犬——打交道,他们更朴拙。

若论地位,蒙古男人在家里稳如泰山,不移不摇。而地位的另一象征——财权,则由女人把持。把持钱不意味着尊贵,而显出劳碌,就像在连队里连长不管钱,司务长管钱平账兼顾采买一样。钱是什么?是牛羊草料,人吃马喂和为儿女成亲一点点积蓄的长期零利率储蓄。在牧区,管钱的人不是狂喜的人,而是叹息之人。

蒙古男人喜饮。虽然圣祖成吉思汗告诫子孙远离酒精饮料,然而他们离酒还不是太远。在漫长的冬季,酒能暖肠并能驱走寂寞。蒙古男人会招呼一个问路的陌生人共饮几杯,有没有共同语言不打紧,酒就是共同语言。它不是让我们脸上红通通地挂满笑意吗?那些旅游的人,那些说不清省份身份开会采访的人,来到草原都不妨与之举觞一醉。他们饮酒不靠语言佐餐,在酒桌上谈这个那个是可笑的。歌可以解酒,清风明月能够化醉。

蒙古女人看男人喝酒，觉得天经地义。男人仰面饮下杯中物，如女人哺乳、狗吃骨头、猫趴在炕头睡觉那么自然而然。然而蒙古女人从不与男人举杯齐眉。她们不饮酒，只向来宾敬酒。敬酒也并不说"你喝一半我全干了"这种蠢话。她们斟酒，起立，双手举杯，行屈膝礼奉上，然后目视来宾喝下。酒里带着关于健康、生育和财产的祝福。因此敬一次就行了，没完没了地敬酒，显然不是敬，而是闹。蒙古女人不通戏谑之道。

在行路的时候，譬如他们上街，男走前，女走后，一般不并排行进。因此也无耳鬓厮磨的情景。男人背着手沉默而行，女人在其身后如数脚印，很好笑。如果两对夫妻结伴去什么地方，则是男人在前边谈，女人在后边说，各不相扰。

蒙古男人惯常娇纵孩子。男人既是慈父，女人就要做严母。所谓娇纵，是把孩子当作玩物。孩子的确也是天下最好玩的宠物。看他爬行，看他学步，看他口不能言直至舌吐莲花。男人在看孩子的时候，脸上常常笑成一朵粗糙的花。倘在酒后，这朵花开得分外绚烂。这样的笑脸和皱纹胡髭结合在一起，映出男人的无限柔情。他们看女人也笑，笑里带着热望。看自己的孩子则是傻笑，笑里带着赞叹，意谓：这孩子何以这么可爱？天下孩子都可爱，但蒙古男人以为最可爱的孩子被他摊上了，于是赞叹娇纵。这时，倘若女人在边上一并赞叹，就有些不像话了，那不是看孩子，而是看画展。

蒙古女人对孩子要求严格。对儿子，让他像父亲一样坚韧厚重，非此不能在高天厚地之间生存。对女儿，母亲就是一个女人的楷模：温顺、顽强、不抱怨，顺纳生活带来的一切。所以在蒙古家庭，女儿出奇地像母亲，动作表情笑容；儿子肖似父亲，身架气质谈吐。这种教育完全是人的一脉相承。在父母的影响之外，很少有其他方式——电视、书本、社会风气——的介入，于是蒙古孩童纯朴之至，不会在某一天早晨突然变成 F4 或跳 PARA – PARA 舞。而他们的父母，也力求做一个好人：正直、勤劳、诚实，从而把这种品格移植给后代。

一般说，蒙古男人的心胸不能说很大，这是说情感方面。他们或许爱吃醋。一见钟情和猜忌常常是伴生物。他们吃起醋来凶狠暴躁，而女人对此既不觉得受宠也不感到受辱。她们深知这是男人神经病之一种，像天花一样，发出来就好了。在牧区，女人很难移情别恋，她们侍奉老幼乃至鸡鸭，这是摆脱不掉的枷锁。如果离开了这个枷锁，要到哪里去生活呢？她们离不开沉重的家务，挤奶、烧茶，在冬天为刚刚出生的羊羔保暖。因此，她们不会私奔出走，不思小资白领，不慕三宅一生。而发怒的男人对女人的平静则会悻悻然，而后泄气。未几，两人再次谋划明年春天的生计大事，形同兄妹。

我们为什么热爱自己的故乡

有一位朋友问我:"你们少数民族为什么爱自己的故乡?"

我觉得这是个无礼且无理的问题。我们为什么不热爱自己的故乡呢?这是我的回答,虽然用反问句回答别人的提问不够礼貌。

可是,我们为什么不热爱自己的故乡呢?这不是本分吗?而且故乡可爱。后来我想这句话,感到它是一个可以成立的问题。我看过,真有人不喜欢自己的故乡,我也不喜欢一些地方,这是一个问题。

不清楚别人喜欢自己故乡的理由,我注意的现象是:几乎所有少数民族的民歌都在歌颂自己的故乡。民歌是宝石,不欺人也不自欺。内蒙古能够搜集到的民歌有四五千首,其中一多半的内容在夸赞故乡有多么好。这些歌夸山峰、河流和草地像夸一个人的衣服、帽子一样,就是好。从民歌观察,故乡是蒙古人、藏人、维吾尔人住也住不够的天堂,其他民族包括汉族也有这样的民歌。这时我们注意到,爱故乡是爱丰厚饱满的大自然,包括清澈的河水、植被良好的山川和土地。于是,我回答那位朋友提出的第一个问题是:热爱故乡首先是热爱和谐生长的大自然,而不仅仅是热爱自己的出生地。要不然，为什么不热爱自己出生的产房或产床呢？

　　一个人降生到世上，从大的方面说，他要接受两方面的东西。一是前面说的大自然，可见可闻可跑可爬，神奇阔大。二是文化，是他不得不接受的仪式、解释、命名、标准和表达方式，包括喜悦、悲伤、愤怒的样式和理由。细一点说，还有音乐的旋律性、服装样式，这一大堆东西构成人的核心价值观。我从小到大没听说过蒙古人有不赡养自己老人的人，这只是文化所形成的价值观的一部分。文化在干什么？不仅构造价值观，文化还跟着这个人走。一个人可以在自己的文化上叠加、融合其他的文化，然而摆脱不掉原初的文化，他们热爱故乡实为热爱自己的文化。蒙古民歌、马头琴、马身上的汗味、牛粪味、婚礼赞颂词、民间故事都会激活蒙古人对故乡的情感。我回答那位朋友提出的第二个问题是：热爱故乡是热爱自己的文化和价值观。

　　爱故乡的第三个理由是：我们祖先出生、恋爱、劳动和死去埋葬的土地叫故乡。我们怀念自己的祖先，只需爱这片土地就够了，地下有没有矿藏和天然气都没关系，没有比有还好，免受劫掠。不爱祖先或者记不住祖先的人自然不爱故乡。

　　专家们还能提出热爱故乡的第四、第五条理由，我能说的只有这么三条。但这三条能够解释许多人疑惑的一件事：他们的故乡那么落后、那么贫困、那么不现代化，有什么可爱的呢？祖先、大自然和文化永远居于电器包括高速铁路之上，也居于财富之上。事实上，有人把文化看得比楼房更尊贵。不管你能不能理解，事实如此。

　　然而——下面这个假设但愿没有——故乡的大自然被破坏，河水断流、草原沙化，热爱故乡的人还去爱啥呢？同样的道理，民族的传统文化被全球化的、传媒化的、同质化的流行文化所淹没，爱故乡的人只剩下两手空空。

辑五

诺恩吉雅

蒙古民歌九首

诺恩吉雅

蒙古女人的名字多如繁星，人们偏偏记住了"诺恩吉雅"。这几个字像玉兰花瓣，漂在老哈河上。这个名字芳香地漂过来，芳香地漂远。也许有一天，诺恩吉雅的名声会超过老哈河。河会断流、会改名，但没人能改诺恩吉雅的名字，就像没人能改这首歌。在我的家乡，祖先留下的美好的地名被改变了，昭乌达盟改为赤峰市，哲里木盟改为通辽市。所谓改，是把昭乌达和哲里木从地图上抹掉，慢慢地，后代遗忘了它们。就像只记得符拉迪沃斯多克，忘记了海参崴。

这是一首姑娘出嫁、想念故乡的民歌。多少年来，男人唱这首歌，女人唱这首歌，跟出不出嫁没什么关系了。诺恩吉雅跟诺恩吉雅的父亲德木楚克道尔吉是奈曼王爷的弟弟无关，与诺恩吉雅嫁给东乌珠穆沁王爷的长子包德毕力格也无关。这首歌是敖汉民歌抑或奈曼民歌都不重要。重要的是人们在歌中听到"老哈河水长又长，岸边的骏马拖着缰。秉性温良的诺恩吉雅，出嫁到远方"。是的，这首歌的主题不是河，不是马，甚至不是诺恩吉雅，而是远方。远方对蒙古人来说是他们祖先去过的地方，是祖先让他们去的地方。远方没有路，砾石和沼泽等待着每一个冒犯它们的人，暴雨和骄阳是远方的宴席，铅灰色的浓云封闭了地平线。蒙古人和蒙古马没有家，远方才是他们的家。这首歌的旋律摇曳，像灯花一样摇曳。有如诉说家史。游牧民族的家史没刻在山崖上，山崖是被他们远远甩到后面的石头。他们的家史在歌里。歌声记录的并非哪一个人的家史与谱系，它是民族史。歌声记录山的名字，河流的名字，还有比历史事实更重要的民族的集体情感，譬如遥远，譬如悲伤，譬如对父母的爱，譬如马。许多人因此在《诺恩吉雅》这首歌里找到了回忆的出发点，这是讲述亲人与往昔的口气，是由目光描绘的有关故乡的图画。谁都知道这首歌悲伤，但情愿接受它的悲伤并把自己的悲伤加入。就像世上有一个湖，人把脚浸到湖水里会感到悲伤。许多人情愿站在湖里，体味悲伤。如今草场被侵占，羊群的毛绒里落满煤灰，草原和"草原"这两个字正在风干，它最终要去的地方只能是辞典。歌声让人愈加悲伤。

诺恩吉雅坐着牛车从敖汉旗老家嫁到了东乌珠穆沁草原，就像风把一颗草籽从河的南岸吹到北岸。没人看见草籽在天空飞，也没人知道草籽在北岸生根发芽，长成一株什么样子的草。它只是草原上无数草中的一株。诺恩吉雅万万没想到人们世世代代歌颂她，唱她的名字和她的故乡。这是怎么了？这首歌一共有三十六段歌词，以河水、大雁、花朵比兴，回环往复。最后一句是一样的——"诺恩吉雅出嫁到了远方"。有人说，这是一位给诺恩吉雅家放马的马倌创作的歌，他暗恋着诺恩吉雅。恋人远嫁，忧思无尽，以这首歌疗伤。马倌的故事只是诺恩吉雅传说之一种。无论马倌的恋情也好，诺恩吉雅思乡也好，歌里面有什么东西让我们反反复复歌唱呢？其中一定有一种可以叫作现代性或民族性的东西藏在旋律里。它像一株不起眼的草药，受伤的动物在荒野里找到它，咀嚼它，让创伤愈合。我们唱这首歌，是我们心里缺这首歌。唱的时候我们用耳朵捕捉到一个东西，把它补在心里的窟窿上。它是什么呢？第一段歌词："老哈河水长又长……"第二段歌词："海青河水长又长……"我在歌词里找不到这个东西，也不知道旋律的哪一部分可以打心灵的补丁。但我的心知道，唱一遍，心里的凹地便平复了，注满了泉水。因为这首《诺恩吉雅》。

蒙古当年强大过。它过于强大，它的后代们倾心于歌咏弱而美的歌，如女儿出嫁。正如一些当年软弱的民族，到后来倾心于高唱强大的歌。被风吹到河流对岸的草籽，一定不是随随便便长在什么地方，它要去找属于自己的土地。正像许多蒙古男人在唱《诺恩吉雅》的时候会流下眼泪，他被神明打动。在流泪的背后，他身上的血液渐渐沸腾了，因为远方，因为蒙古语说出的"岸"，或者还有一些化学性的因素，那就说不清楚了。说到这儿，我解释一下我为什么鄙视那些在档案上改民族成分的假蒙古人。在这样的歌声里，他们一滴眼泪都流不出来。他们的心是一个倒扣的碗，而蒙古人的心里有草原、马群和一触即发的民歌的水库。当歌声倾泻时，他们的眼泪也滚滚而下。此时，假蒙古人正装模作样地鼓掌。

小黄马

听完哈扎布唱的《小黄马》，思绪还在往前跑。汉人说余音绕梁，此音约为古琴或昆曲，旋律音韵团在屋子里，环环缠绕，如新沏的茶叶漂在水上。《小黄马》不绕梁,它被哈扎布送到广阔无边的草原上。听歌的人跟着小黄马回不来了。小黄马一边吃草一边走,伫立在远处,如苍茫中的一座低矮的塑像。《小黄马》把听歌人的思绪带到它吃草的那个地方。马低头吃草,鬃发流泻而下,覆盖在烟叶色的宽大修长的颈子上。它的马蹄淹没在尖尖的草里,身上血管凸起的筋肉弹动。如果马尾不摇,马则如一幅剪影,那么安静地置放在草原上,仿佛变成了一棵树。吃不完的草在它脚下铺到天边,天边的云脚和草色模糊一片,草随地势起伏变成浅绿、深绿甚至锡白色,黑鹰俯冲下来捉自己的影子。

哈扎布用他的长调让我们看到了这一切。他还没说小黄马蹄子旁边有花瓣弯曲的蓝色马兰花。河流簇拥着云的倒影远游,被溯流而上的野鸭子冲散。这些画面只是哈扎布歌声中的一部分。往东看有这样的场景,往西看还有另外的场景。哈扎布的《小黄马》是一个观光隧道,我们坐在他歌声的木轮勒勒车里看见了夏季的锡林郭勒草原的风景,东乌珠穆沁和西乌珠穆沁尽收眼底。

哈扎布的歌声停止了,人的思绪还在草原上漫游。如同那匹边吃草边走的小黄马,它也不知自己走了多远。哈扎布的歌声停下来时,我常常想,此刻哈扎布在那头干吗呢?他也许在录音棚里擦汗,喝一口水。他脚踩着厚厚的羊毛地毯,面前是一支立式麦克风。对面玻璃窗里坐着戴耳机的录音师。他的歌声停止了,听他歌唱的全体人员不知所措。我在美好的歌声停止之际也会不知所措,不知接下来该怎样生活。扎布录音的人呆呆地看着哈扎布,不知说什么好。语言与歌声是无法对话的。除非你唱着说,但你没有哈扎布唱得那么好。

更多时候,我觉得哈扎布坐在他的故乡——锡林郭勒盟阿巴嘎旗达布希勒图苏木的草地上唱这首《小黄马》。他还唱《四季》《老雁》等古老的民歌。牧区的早上,不光青草有香味,露水也有像白桦树一样的香味。白云在天边已经站好队。前面的云藏在地平线的杨树林里，后面的云还在山后等待。百灵鸟先于哈扎布展开歌喉，羊群从圈里走向草场。草原那么宽广，但羊还是迈着小脚，挤在一起走，咩声此起彼伏。哈达布在自己家的毡房前唱起《小黄马》。一瞬间，草原比以往更广阔。羊群、云朵甚至大片的草场都搭上了哈扎布歌声的飞毯，向远处飞升。牧区的早晨，奶茶在锅里滚沸之后，大地把白雾散开，这时候仍然少一样东西使这里不像牧区，那一样东西正是哈扎布的歌声。哈扎布的长调从牧人的喉咙里，现在从手机里唱出来之后，牧区的一切才齐全。

《小黄马》唱了什么，竟如此神奇？它没唱金戈铁马，也没唱泰山黄河，只唱了牧马人眼里一匹小黄马是怎样的可爱。这是一首很小很小的歌，歌者把它放在无限的时间和空间里歌唱，带动了四面回声。哈扎布唱小黄马近乎赞美自己的恋人，他的眼里空无一物，只有这匹马。除了长调，我不知哪种音乐样式以膜拜并欢喜的情感赞美一只动物。哈扎布在唱马的时候，唱出了蒙古人全部的生活。他的歌声真正称得起响遏行云，真假声并举，明亮与暗哑并存。哈扎布独自创造出一种节奏型，疾徐开合全由他一人说了算。听这首《小黄马》如同云层变幻，一拨云追赶着另一拨云。云头在天空站立，继之瓦解为平川。光线从云间刺入，俄而浓云闭合。哈扎布声可裂帛，可穿云裂石，可让河水倒流。世上所有的歌声都随着旋律与节律向前走，哈扎布的歌声却有另一番景观，像花瓣在枝头摊开手掌，像小鸟绕着松树飞，似云朵在天空欲进又退。这是一团一团的歌，像云彩。他用他的嗓子给我们搭了一座浮桥，让我们看到了他所看到的东西。在《小黄马》里，不止有马，还有马吃草的草场，有更远处的山峦与河流。好的歌曲，旋律的感染力一定大于歌词。演唱的感染力要远远超过旋律。

蒙古民族为什么要诞生一个哈扎布呢？他用歌声深刻细微地为我们描绘了蒙古，然后他远去了。这位高寿辞世的老人临终前几年说："每当想到死，我心里就很高兴，像一个骑着马兴高采烈幽会情人的喇嘛。"哈扎布走了，我们还在他的歌声里转圈儿，像蜜蜂钻进一座琥珀穹顶的宫殿里飞不出来，不知道哈扎布到底要告诉我们什么。他唱的每一个音符都像绸带在山坡上飘飞。唱着唱着，他走了。我看到牧区里苍茫伫立的马，特别是黄马的时候，觉得它们在想念哈扎布。草原空旷，让人、马、房子甚至山都显出孤单，小黄马的歌声停止后，让人更加孤单。

嘎达梅林

《嘎达梅林》是蒙古老百姓怀念这位造反英雄的歌曲。嘎达梅林死了，听这首歌，却觉得是嘎达梅林在唱。蒙古人唱起这首歌其悲愤、其沉郁、其无法排遣的怒火及无奈，如同哭声。他们唱《嘎达梅林》时都变成了嘎达梅林。是的，如果听这首歌听出了哭声，他是蒙古人。如果听到的仅仅是一首歌，听者与蒙古无关。即使他自称是蒙古人，其血液里的蒙古因子早被食品残留的农药化肥杀没了，他只是一个听歌的人。

《嘎达梅林》像一匹战马临终的哀鸣，它卧在河边，看血从身上不停地流出，流到泥土里变成黑色。马什么都知道，它知道人有终时，马也有终时。战马临终之时见到自己主人惨败身殁，见到强敌骄横，心里不甘。马对着自己的血呜咽，见到白云远去却不能追随，心中大悲无法排遣。

听《嘎达梅林》，我们恍惚觉得是嘎达梅林在唱。是嘎达梅林自己歌唱自己吗？是嘎达梅林与他的后人在悲叹自己土地的厄运吗？

科尔沁——它的主要区域一度叫哲里木,后被粗暴地改为通辽——奉献给世间的不是科尔沁黄牛,更不是霍林河的煤,而是这首《嘎达梅林》。煤越挖越少,这些倒霉的煤瞬间化为电卖给了东北电网,而黄牛的归宿是风干牛肉,早被各民族人民的胃囊消化。科尔沁好在还有人,我的老家科尔沁左翼后旗是蒙古族人口比例最高的旗县,他们尽管在种玉米,在骑电动车,在看电视里的国际新闻,但他们都会唱《嘎达梅林》。男女老少唱起这首歌,开头低沉地缓慢,好像河冰上一小股春水漫出来,声音渐大,力度渐强,冰块撞击,冲决而下。蒙古人唱到《嘎达梅林》的高音部分如唱塌了一座大厦,似乎什么东西土崩瓦解,唱歌人的脸上挂着尘土或硝烟。这首歌唱到"……不呀不起飞——"进入歌曲的高音区域。旋律到达高音并延长几拍子后,其下一乐音通常是低音,去攀爬前面唱过的高音,或超越那个高音。《嘎达梅林》"……不起飞"接续的乐句——"要说造反的嘎达的梅林"仍然从高音接。两个高音对接——"飞"与"要说",如同骑手从一匹奔驰的烈马跳上另一匹奔驰的马,一朵火苗跳进另一朵火苗之中,旋律到了"梅林"的地方才低缓下来,以深情清晰的语气唱出"是为了蒙古人民的土地",在此处结尾。"土地"的音高与起始句"南方"相同,结构回环往复,铺垫第二段起唱。

歌曲《嘎达梅林》原本是乌力格尔——蒙古说唱——原来有几十段唱词,讲述英雄嘎达梅林起事到献身的全过程。说唱的音乐形态不会是长调,要讲故事。四个乐句起承转合,没有现代歌曲的 B 段即副歌。《嘎达梅林》在第二个乐句就抵达乐曲的高潮也就是高音部分。那么唱的人,在唱到第二句就悲愤难当了,如同目睹了英雄的就义。第三、第四乐句则在回忆,仿佛寻找漂在西拉沐沦河上的义军们的遗体。无论用蒙古语或用汉语唱这首歌,会听到它的节奏那么缓慢,歌词的字很少,一句一顿,如念祭文。它的情绪远远穿越歌词的

"南方,飞来的,小鸿雁",在科尔沁的上空弥漫。嘎达梅林原来是一个人,后来变成一面旗,再后来变成纪念碑,立在老百姓心中。无论什么时候,牧人们唱起嘎达梅林都如同一场祭奠,仿佛嘎达梅林刚刚阵亡。可是土地呢?嘎达梅林舍出性命不正是为了蒙古人的土地吗?达尔罕王把土地卖给了奉军,蒙古人被赶进了沙漠。科左后旗蒙古族的人口比例最高,是因为那里都是沙窝子。人称科左后旗土匪最多。他们说的"匪"实为为土地抗争永不屈服的牧人。

《嘎达梅林》回环往复,最后一句都落在"造反起义的嘎达梅林,是为了蒙古人民的土地"。去年经过科左后旗,我在空气中闻到恶臭,这是牧区所没有的气味,一千个死尸腐败也发不出这么臭的味。一问,当地领导把土地卖给了河南一家味精企业,高排污让这家企业落户到嘎达梅林的故乡。在呼伦贝尔,我看到某个旗的蒙古老人和孩子被迁到城边的"蒙古大营"里。表面看,这里一户一座蒙古包,远看横竖成行,气势恢宏。这些人没有牛羊,没有耕地,没有生活来源只供游人参观。我问了十几家牧人:"你们的地呢?你们的草场呢?是谁把你们迁移到这里?你们的房子呢?"没人回答我的提问,他们虽然身上穿着政府发的蒙古袍,但实如乞丐。牧民和农民如果丧失了土地,连乞丐都不如。蒙古人连当乞丐都不会,况且民族情感不允许他们当乞丐,在城里,你看不到蒙古人要饭。"蒙古大营"里的牧民低下头,不敢回答我的问题,他们说政府每月发一点的钱,勉强吃饱。我问:"你们的地呢?"他们流下眼泪,我也流下眼泪。他们的地被同为蒙古人的旗领导卖了,把牧人像圈牧口一样圈到城边子,无耻地称此处为"民俗景观"。圈地运动从工业革命之初就开始了,但这么卑劣的行为,还是头一次见到。我希望全世界的蒙古人一人捐出一元钱送给这位旗领导,请他不要为了出卖土地而将牧人赶出祖祖辈辈的家园。由于舆情太差,这位领导后来把"蒙古大营"关了,那些牧人不知流落何方。假如嘎达梅林活着,这个人还能保住自己的脑袋吗?

开矿以及抽水洗煤让草原沙化了,电动车的普及使牧区的马越来越少。古老的习俗正在死去,但蒙古语还活着,《嘎达梅林》还活着,唱一遍《嘎达梅林》,如同在春天下一场雨,青草死而复生。

达那巴拉

西方的音乐和诗歌里面有一类体裁叫"悲歌",如赖内·马利亚·里尔克的《杜诺依悲歌》,吉他曲《悲伤的西班牙》。他们所称的悲歌并不是哭哭啼啼,实为真挚恳切,不一定涉及丧乱。悲是人类最坚定的情感之一。在佛陀看来,世事无常,悲意正在四处弥漫。人生里面,最悲莫过生别离,两个人活生生地、水灵灵地分开,他们心里却知道这已是永诀。

《达那巴拉》是一首悲歌,平静的旋律和歌词里隐藏着巨大的悲伤。艺术感动人的方法有许多种,其中一种是用平静揭示悲伤。科尔沁的民歌长于叙事,《达那巴拉》也是这样。歌中说名叫达那巴拉的男子(丈夫)动身当兵,与女人(妻子)金香话别。俩人难舍难分,以榆树柏树作兴,以莺歌鸟儿为喻,说出别离的大苦,结尾虽有一个虚拟的重逢,但谁都能听得出他们从此天各一方。

旧时代的男儿当兵有几个完身还乡?马革裹尸常常是他们的归宿。军阀杀来杀去,流的是士兵的血,而无论哪一方的士兵,在糊里糊涂地拼杀之后,常常糊里糊涂地战死沙场。打仗的士兵,是处在人生最好时期的青年。他人生的任务原本是孝养、种地、放牧、传种,一直活到老,战争扯断了他们生命的钟表,与家人从此阴阳两隔。赴死男儿生别离,最难割舍是妻子。他们分开,相当于看到把一件件绫罗绸缎拿出来扔进火堆里烧掉，美好之物化为灰烬，不仅痛，还有无奈。两口子在一起过日子，是平民的愿望，而战事像风一般坚定吹来，不顾及百姓的愿望不愿望。悲从此处生，悲歌也由此唱起。

"榆树啊柏树，假如真的烂掉根啊。剪子翅的莺歌鸟儿，要坐到哪里歌唱？稀罕过思量过的达那巴拉哥哥，今天投军要去远方。啊哈嗨，（我今后要）看着谁的面庞度时光？"

这一段歌词是我的直译，是这首男女声对唱歌曲里面女主人公金香的歌词。我十分赞赏歌词直译，其中有细微的刻画与感受。金香诀别亲人有一肚子话要说，说不出来就哭，这是女人本色。但艺术不是哭术，它要由远至近，由物及人抒发情怀。金香自比莺歌鸟儿，她说烂了根的榆树柏树自然要倾倒，小鸟儿要坐到哪里唱歌呢？显见她心目中的达那巴拉是一棵枝叶繁茂的大树，她不过是树上歌唱的小鸟。歌词有四处惹人怜惜：金香自比莺歌鸟儿，给鸟儿赋以动态——剪子翅，玲珑可爱。君不见，飞来飞去堂上燕，不都是翦翦而飞吗？小鸟翅膀一张一合，被金香称为剪子翅，民歌多可爱。对树上的小鸟，金香说它坐着唱歌。鸟在枝上从来站着，它的短腿和尾巴让它坐不了。但说"坐"更显安逸，像过日子一样，宽大的榆树柏树就是一个家。达那巴拉在金香眼里是什么样子呢？"英俊、伟岸"这些词是现代文人形容男人的皮相之语。我们不知达那巴拉是什么样子，金香只说这是一个她"稀罕过、思量过"的人。那么，两人的亲昵就不必说了，比莺歌鸟儿与榆树柏树的关系还要好。稀罕在东北话里有情人亲昵之意。蒙古语的"三森"是思量，是回味，也表亲昵。就是这样一个哥哥却投军了，金香说，以后她眼睛看着谁的面庞度过时光呢？此句是歌中最为沉痛之语。夫妻过日子，过的是什么？过的正是对方的脸，看这张面庞渐渐到老。白头到老，说的不止于头发，是看着对方的面庞自然而然变老。一个人如果在家中看不到伴侣的脸，她有什么？什么都没有。

金香唱的四句歌词，解释起来却要啰唆几百字，实在是民歌信息量太大。它字里行间有许多意味让人品读不尽。语言是一个民族生存的根基，一个民族的语言有多生动，他们的文化就有多鲜活。如果哪个民族的语言变得板结，词不达意，除了假话空话说不出别的话，说明这个民族的文化已经生了病。

达那巴拉唱的第二段歌词是对金香的回应："榆树呀柏树，假如真的烂了根啊。剪子翅的莺歌鸟儿要到山里去唱歌。你亲亲的达那巴拉哥哥，今天动身去当兵，啊哈嗬。明年开春三月里，告个假回家来看望你。"明年开春，达那巴拉能回来吗？不知道。但歌就要这样唱，谁忍心让这么好的女人心里不抱有希望？有希望的莺歌鸟儿会一直把歌儿唱下去。

牧 歌

蒙古民歌进入世界殿堂的旋律有多少，我没有详细地统计，能够确定指认的一首是《牧歌》。

《牧歌》被改编为小提琴独奏曲，这是一个标志。它意味着这是一段可以用西方音乐语言叙述的记忆，这个旋律（也可以叫素材）注定是一块宝玉，被小提琴的乐曲琢磨成欧洲民族能够体味的音乐雕塑。《牧歌》里一定蕴含着巨大的内容。

我们在指认它的内容之前，先感受到它的旋律极为简单。那是贝多芬与舒伯特式的简单。贝多芬的《月光奏鸣曲》如果用数学表述，它不是微积分与代数，是两位的加减法，像以孩子的手搭出一个积木般简单。《牧歌》的旋律只有四个乐句，第一乐句是一个梯式的、单纯的上行；第二乐句差不多是对第二乐句的重复，但上行变为平缓的行进；第三乐句陡然下行，显示长调常见的结构方式；第四乐句仅仅回应了第三乐句的呼唤，然后结束了。

它竟然这么简单，如儿歌一般纯洁，旋律的创造者像儿童一样无所顾忌。这四个乐句可以分成两句问答，一、三乐句是问，二、四乐句是答。而所谓"答"，也没有歌曲常见的对位或发展。第二和第四乐句的"答"是轻轻的。而在其他歌曲里，答句恰恰是重的，而且是延伸地行进。这里的答句仅仅是对第一、第三乐句的回声——像山谷的回声一样，渐弱渐远。

它不像一首歌曲，而像一个人的梦幻所见，像还没成形的雾。可是，谁说晨雾不美呢？夏季的晨雾如沁出绿色的白玉，像仙女下凡之前的铺垫。然而晨雾并不具备具象，音乐术语叫没有旋律性，但我们都目睹了晨雾并被它营造的氛围所迷惑。《牧歌》就是这样，它不遵从歌曲作为曲法的法则。法则是宝贵的，这是千百年来经验的结晶，但极少数天才作品却在法则之外诞生。莫扎特和贝多芬都是法则的产物，当然他们也有作品脱离法则而横空出世。如果让一位作曲家分析《牧歌》，他摸不到这首曲子的门道在哪里，可以感受它的魅力，却发现不了它的技巧支撑。它的第四乐句完全不呼应第一乐句，这几乎是不可想象的。但就这样了，唱不唱随你，真是没办法。《牧歌》不仅简单，而且随意，仿佛当年唱这首歌的牧民对这四个乐句也许有别样的安排，这完全可能。这首歌，不过是有一天有一位蒙古牧民在草原上唱歌，被记谱者安波听到了。安波在后来出版的《东蒙民歌》这本小册上诚实地注明，这是一首民歌，自己是"收集者"。不像一些骗子，把自己说成是曲作者。

简单是大作品的特征之一，用流行的话叫至简，意思一样。然而，大凡音乐都不简单，简单不了，要起承转合，要按照旋律的动机去发展，不复杂不称其为曲子。然而大作品仍然简单，这不是作曲者自信不自信的问题。我们根本找不到民歌的作曲者，我们只知道最初唱（创作）这首《牧歌》的是一个蒙古人而已，而且他不是赤峰市境内数量巨大的改族——汉人改的蒙古人。这个人唱歌的时候有可能在忧伤，也可能在欣快，更多的可能在无所事事。他唱出之后，将其打磨完善，再唱，唱好多次。如果——这很重要——这首歌很好听，其情感对演唱人很重要的话，就有更多的人传唱。这些人指的是几代人，边演唱边加工修改，完全没有顾虑。东乌珠穆沁的民歌传唱到克什克腾旗完全有可能变了风貌，但是，所有的传唱者（加工者）都会趋向于把它唱得简单，使之容易流传，而情感愈发突出，却不会考虑作曲法。

　　这首歌在简单的旋律里包含的巨大的内容在哪里呢？从小提琴独奏和无伴奏合唱中可以听到的是：这首歌唱的是辽阔。前两个乐句如天上的流云，一朵追逐着另一朵飘向远方；后两个乐句描绘地上的情景，碧绿的草原与天空对应，天空铺展到哪里，草原就延伸到哪里。所以在第二、第三乐句之间会感受到一些断裂，因为第二乐句在追随第一乐句，是它的回声，在说天之辽远。而第三乐句是关于土地的起句，跟唱天空的情感不一样。这首歌唱出了辽阔，也唱出了丰饶，这是说广度。它的深度在于唱出蒙古人崇敬天地、热爱草原的宁静的心。

四　海

　　这是一首酒歌。

　　酒，是蒙古民族乃至北亚民族生活中的大物品。他们的民歌中离不开祝酒与赞美酒的曲目，当然祝酒和赞美酒也可以融合在一首歌里。从《四海》里面听得出蒙古人手端酒杯眉开眼笑的样子,他们常常唱"金杯呀,银杯呀",事实上没几个人见过金杯,我活这么大岁数也没见过金杯。他们情愿把最美好的东西依附于酒,因为酒以其美好实在应该躺在同样美好的黄金的杯子里,继而,进入心情美好的喝酒人的粉红肉质的胃肠里。

虽然《成吉思汗大札撒》里规定蒙古人不得过量饮酒。在古代,蒙古人是战斗种族,白天或黑夜随时可能遇到敌方的袭击或去袭击敌方。酒,作为麻痹人类中枢神经的化学药品会让使用者愚蠢起来。当年成吉思汗饮用了来自西域的蒸馏酒(白酒)后曾感叹世上竟有如此让人心怡又夺人神志的液体。故下谕"我的子孙不得过量饮酒"。但是(历史历来被"但是"所改变)世上既然有酒,而北亚又是那么冷,蒙古人仍然会喝上一点点酒。能喝七百五十毫升白酒的人,一顿喝五百毫升不算过量吧?况且他们早已不战斗,夏夜里偷袭他们的是蚊子而非塔塔尔人的骑兵。冬天的敌人是风雪。哦,说到风雪了。蒙古高原的风雪比战争更严酷。最寒冷的日子,譬如在零下四十摄氏度的气温下,风与雪一并而至,那里见不到长城以北悠然而至的雪花。有人唱"我爱你,塞北的雪",简直是疯子。七八级的风和雪搅到一起,如上帝之鞭抽打大地。公路上的汽车不幸抛锚了,不足十分钟,雪已经把车埋起来,很可怕。牧民赶羊、赶牛、赶马回家,看不清一米之外的物体,但仍然要把羊群、牛群、马群赶回家。牧业生产是一项十分残酷的工作。不要把话说远了,回到酒里面。这时候,身处严寒的牧民从怀里掏出一个捂得热乎乎的锡制扁酒瓶,拧开盖,自嘴倾倒液体若干,咽下入肚。此液体大部分成分是水,但是其中含有融解于水中的乙醇,俗称酒,蒙古人谓之"阿日黑"或"哈日阿日黑"(黑酒)。呜,这个东西(酒)喝下去之后,咳,它对人的体温调节系统和主管情感的神经系统产生了奇妙的影响。或问：是什么让一个人没当上佐领、章京、札萨克依然喜笑颜开？是什么让亲人朋友在他眼里熠熠发光？是什么让牧人在风雪里放牧淡定自如并把这种生活持续下去？是"哈日阿日黑"。对此，酒即使起不到根本作用也起主要作用。酒有神明啊，连汉朝的汉人都说"何以解忧？唯有杜康"。杜康不是肚糠，是杜大工匠发明的未蒸馏的米酒，比"哈日阿日黑"度数低，多饮亦醉。

于是他们赞美酒。

《四海》这首歌唱道："像西海的水一样清澈，像葡萄叶子一样柔嫩，由于缘分坐在一起的朋友们啊，我在歌声中举着酒杯（献上这样的美酒，请你们饮用）。"

蒙古人喜欢海（达莱），他们把大湖或美好的水域或甚深智慧都称之为海，如元大都的北海、南海、中海叫海而不叫湖。歌中的"西海"是一个虚拟的水域，那里水质清澈，酿酒甘甜无比。像古代的蒙古人没机会遇见海洋一样，我以为他们也未必见过葡萄，但蒙古人像喜欢海一样喜欢葡萄，有一个蒙古部落就叫"葡萄"（乌珠穆沁）。他们来自蒙古国境内的葡萄山。

这首歌把美好的海水和葡萄化为酒的前身，这是酒之神奇的缘由。歌中的第二、三、四段的歌词还有"像东海的水一样晶莹""像南海的水一样纯净""像北海的水一样透明"，以及"像芭蕉叶子一样清香""像檀香叶子一样芬芳""像月桂叶子一样细腻"。都是他们没见过的海水和树叶子，用来形容酒。他们劝朋友们把这样的酒喝下去。喝下去就等于喝下了四海与嘉木的气质，喝呀，喝！

《四海》是一首节奏鲜明的短调民歌。内蒙古广播合唱团用四个声部（女高音、女中音、男高音、男中音）合唱的《四海》非常好。气息在星光照耀的夏夜冲荡，但不像喝酒，而如青年男女骑着走马去草原深处幽会。星星注视着他们，草叶唰唰响，河水唱歌。

男高和女高、男中与女中，成双成对隐没在草海里，歌声消失，酒香传到天际。

乌尤黛

旋律真是个奇妙的东西。有的旋律适合人声演唱，有的旋律适合乐器演奏。如果一段旋律兼有两种特性——喜欢唱它并演奏它，这一定是一段让人回味不已的好旋律，如《圣母颂》，如哈萨克民歌《燕子》。《乌尤黛》就是这样的好作品。

我尝试以作曲法的原理分析这首民歌。分析它旋律的发展动机，分析它的织体与对位，结论是分析不了。它是天成之作，圆满无憾，不具备供人分析的马脚。玉能分析吗？珊瑚能分析吗？如果你能分析玉，你就能仿制玉，但那是不可能的。你能制玉，上帝做什么呢？即使一段旋律，你仍然可以把它看成是一个圆润的、散发光泽的苹果。苹果身上没有供你钻进去探查的洞，苹果也不附带苹果说明书，但你照样吃出它的香甜同时没办法洞悉它为什么香甜。《乌尤黛》就是一个芳香的苹果，它有多香甜，就有多悲伤。民歌就是这样，情歌更是这样。它把人用语言说三天三夜还没说清楚的相思之苦用四个乐句就表达清楚了。清楚什么？听者从中听到了一个被爱情折磨得奄奄一息的人的悲苦与甜蜜。相思跟坐牢不一样，黄连搅入蜂蜜里，同时尝到苦与甜，而坐牢只有苦。当然，相思与坐牢也有相似处，他们都被关进一个屋子里走不出来。囚徒住在石屋里，门上着锁。相思者像蚕一样被自己密密麻麻的思念困住了，没有锁也出不来。

"想念你呀受不了，啊嗬咿，乌尤黛啊嗬。半夜起来把白马刷了一遍。想念你呀受不了，啊嗬咿，乌尤黛啊嗬。半夜起来把青马刷了一遍……"这是《乌尤黛》的第一和第二段歌词，是一个在爱情中恍惚困顿的男人心底的呼喊。然而他的呼喊不狂躁，只有深情。他在单相思，他所念者并非他在远方的妻子或未婚妻，我们只知道他在思念这个名叫乌尤黛的蒙古女人。而乌尤黛在哪里，长什么样子，多大年龄，爱不爱他，我们一概不知。从歌声中猜度，可能乌尤黛也不知道有这么个人在想念她。单相思，在艺术作品中可以结出美丽的果实。单相思者并没有尝到爱情的蜜汁，也没有丝毫赢得这场爱情的把握，却坚定地以全部心血建造乌有的天梯。其纯洁（没办法不纯洁）与痴愚可以制造美的艺术品。在他那里，爱的全部原材料不是洞房，也不是顾盼与香吻，他心里只是她的容貌和她的身影，甚至只有一个名字——乌尤黛。这个名字的三个音节构成并推动着他的爱。因此，乌尤黛这个名字在这首歌里回环反复。他唱这首歌的全部动机旨在让"乌尤黛"从口唇中间反复出现。

"想念你呀受不了。"受不了比睡不着更痛苦。一个人被架在燃烧的火堆上能受得了吗？但他是很安静的人，半夜起来把白马刷了一遍。半夜里能做什么？只能刷刷马。马是蒙古人的伴侣和朋友。白马一定洞悉主人的痛楚，它以温良的、长睫毛的眼睛注视着主人的脸和脸上的泪。说到这里，听歌的人或许不解，他这么想她，为什么不表白？为什么不去找她？这是讲逻辑，而爱情是不讲逻辑的。我们知道这个半夜刷马的人深爱乌尤黛，却不知他长什么样子，多大年龄以及财务状况。他只有爱和马，其他我们一概不知。人世间，爱情号称美好，但比其他事务更注重功利，想爱很难。相思者刷完马稍得安稳，又一波相思袭来，他只好起身刷另一匹青马。这个男人有两匹马，时不时刷一遍，都在半夜。

我们要谈谈这首歌的旋律啦，虽然用文字描述旋律十分笨拙。此歌起首即进入高音区域，然后递减，又上升，再减，结尾乐句以低八度音符结束。低八度的尾音在等待上升音符的召唤，因此第二段歌声顺理成章地浮现，如同歌唱者起伏的心绪或者叫呼吸。气呼出去，自然要吸进来。那个高高在上的高音音符正是乌尤黛，她美丽直至不可企及。这四个乐句的连接玲珑宛转，如同有轴，像巴赫的曲风。

这首歌以其深情委婉得到琴家的喜欢，许多马头琴演奏家喜欢演奏《乌尤黛》，听上去更加深情。更深情的还有第二段歌词"如果我是一只蝴蝶呀，落在你的衣领子上天天看着你。可惜我不是蝴蝶呀，眼巴巴看着你走远……"

多么绝望，多么美。

达古拉

达古拉是蒙古语当中的动词，也是名词。动词意谓"领着"，名词是人名。名叫达古拉的人一定是一位女孩子，父母让她再领来一个弟弟。由此，牧区也有"胡达古拉"这样的女孩名字，与汉语人名中的"招弟"类似。

民歌《达古拉》是一首男人唱的忧伤的情歌，达古拉是歌唱者心中的恋人。她带给思念者的并无甜蜜，只有忧伤。

歌中唱道："东北面的天际涌起了乌云，是不是要下雨？（我的）心里七上八下，是不是又要跟达古拉分离？"

我在巴林右旗的索布力嘎采访时，听一位牧民讲巴林人的方位凶吉。他说东北方向不好哇，说着就唱起了《达古拉》："东北面的天际起了乌云……"我闻言不禁哈哈大笑。

由乌云猜到下雨，继而想到了分手，渗透着恋爱者失恋的苦。世上最苦的不是黄连，也不是黄檗，这些姓黄的草药都比不上失去恋人更苦。失恋是精神疾病之一种。得病的人从失去恋人进入被遗弃的强烈的孤独之中，做不了自己的主了。医学表述约为：患者承担判断力的大脑额叶停摆,他不能对哪管是细小的事物做二选一的决断,这是很痛苦的病况。他爱的人离他而去,却占据了他情感与注意力的中心位置(焦点),使他无力与外界有效交换信息。换言之,他被强迫思念一个人,做无用功,但无力改变现状。抑郁症不正是这样吗?是的,抑郁症的诸多病状中有此一种。患者还会把他周围发生的一切事情与中心事件(失恋)联系起来,陷入更深的迷惑。

因此,这首歌听上去充满了忧伤。然而,这并不是失恋的人或变成抑郁症患者的专有歌曲,对科尔沁人来说,这是家乡的歌曲。歌中的情绪恰好适用远离家乡的人思念家乡。科尔沁那么多的土地被张作霖的黑衣军抢占,蒙古人被赶到沙漠腹地。开鲁、奈曼、康平、霍林河两岸当年不都是丰美的草原吗?最后变成耕地,连哲里木的地名都被剥夺弃用,变成了通辽。科尔沁人能不悲伤吗?有人笑话科尔沁人的蒙古语方言太土,掺杂汉语太多,然而他们的土地情结更深重,他们唱的《嘎达梅林》有极大的苦难的感受。每家分到一万亩草场的呼伦贝尔牧人知道吗?当你的一万亩草场最后变成五十亩只能种玉米的耕地时,牲畜不能养了,草原没有了,你的歌里还有辽阔的意境吗?

歌的第二段:"西北边的天际起了乌云,是不是又要下雨了?我的心里翻腾不安,是不是要和达古拉分离。"这一段歌词与第一段相仿,只是乌云从东北转到了西北,风向变了。但他断定,不管哪边天际起了乌云,达古拉都会离开自己。

B调的副歌是这样的:"雏鸡若是飞走了,草丛从此空空的。好姑娘达古拉若是出嫁呀,(我的)心里从此空空的。"歌词中的真理(如果有真理的话)一般都在副歌里,"空空的"说出了失恋人的失助、委屈与无处诉说。心理学证明,失恋者体验到的实为恐惧——恐惧失去,对恐惧发生恐惧,以及恐惧自己承担不了这份恐惧。这番话说得有些生硬，但只能这么说了。就情感而言，只有纯真的人才会遭这份罪，流氓们生发不了这样的感受。世上一些独特的痛苦是专为忠于爱情的人所准备的，事情就是这样，没办法，而前仆后继的失恋人仍然可以排到了东北及西北面的天际。劝他们回头并没有道理，向他们的纯真致敬好像也不对。我们庆幸我们没失恋吧，像平原上的人们庆幸不会遇到攀登珠穆朗玛峰的危险。

《达古拉》的旋律非常好，简单而强劲。用"强劲"形容旋律不是笔误，是说这首歌的主旋律可以生成一首交响曲的主导动机。你听德沃夏克、柴可夫斯基、斯美唐纳的交响曲都有一段支撑性的（强劲的）来自民歌的主导动机，民歌和民族情感成全了作曲家的大作品。蒙古民族不缺歌手，然而缺少优秀的作曲家。我听过的以蒙古民歌旋律为作品内核的交响曲有《嘎达梅林》（辛沪光作曲）、《森吉德玛》（贺绿汀作曲），他们是汉族老大哥和老大姐，蒙古族作曲家还在成长中或他们父母的孕育中。

我们等待从草原深处的蒙古包降生的婴儿长大为大作曲家，把我们的民歌变成让人类共同享有的交响乐曲。

东　泉

远看，晨雾中的山林好像是从牛奶里长出的青苗，牛奶几乎淹没了这些绿色，让树木显出矮小。晨雾散了（说散也不对，雾在阳光和晨风里渐渐稀薄了），树木高大耸立，露出森林世界的规模。岩石上结着一如远古遗留的苔藓，松树的树皮浑似裹着被雨水淋湿的皮革的铠甲。更薄的雾气从枝叶缝隙斜入的光线里升腾，不知从哪个方向传来清脆的鹿铃。

这是敖鲁古雅夏季的清晨，养鹿的鄂温克人开始了童话般的一天。

把这样的生活称为"童话"有一点矫饰，山林民族的劳役摆脱不了苦和累。然而他们纯洁，在山林里生活的民族如同依靠树与泉水生活的飞鸟和马鹿，没有对大自然的信任是活不下去的。信任是爱，是把谋略限制到最低程度，让生命依赖大自然的智慧。这样的人纯洁，信任并依赖大自然的人大都纯洁。他们的生活场景和心境与都市人群相比，近于童话，虽然"童话"里包含着大自然残酷的洗礼。

被大自然锤打并塑造过的人有自己的一套心智和语言，他们心里装的好东西都不可用金钱衡量，比如月亮与泉水。他们信任并依赖月亮、泉水、露珠、青草和山峰，他们觉得人生的意义和终极目标都可以在大自然当中显现。除此之外，他们不需要其他目标。这样的人纯洁，他们的眼睛仿佛被泉水洗过，会用爱的目光看待自然和人。当下，人用爱的目光看人不太容易，用爱的目光看待爱情都有困难。

用爱的目光看待爱，是美的源头，也是纯洁的源头。

我听了鄂温克民歌《东泉》之后，生发出这些感想。其其格玛演唱的这首歌曲把我强行带进大兴安岭，走进鄂温克人生活的森林中。其其格玛唱得多么美，然而这些美像月光在流淌的河水上躲躲闪闪，看得见却看不清。美和我们捉迷藏，它一会在天上，一会儿在泉边。或许还在树林的风里，在夜间活动的小动物的眼睛里。歌中唱道：

> "哎呀，看那天上光明的月亮，
> 照在了东泉边上猎人的身上吧。
> 我侧耳听到远处清脆的鹿铃声，
> 是不是心上人走在回家的路上呢。
> 让我的想念变成哗哗的泉水，
> 随着你的身影静静地流淌。"

这是一位女孩子思念情人的歌。爱情就是这样，有情人由花想到风，想到把花香送到情人鼻孔，看到月就想这一片月色刚好照在情人身上。月光普照万物，但姑娘唯独想到它照在自己情人的身上，唯有他配得上这样的皎洁。她的情人是猎人，鄂温克的男人个个是猎人。猎人在哪里？姑娘将他放在最美的地方——东泉。月光下，最美的地方不是草地与山冈，是泉水边。不要问猎人半夜在泉边做什么，美的人自然要到美的地方去，这是心的需要也是歌的需要。姑娘把猎人放到泉边，然后怎么办呢？好的歌与诗从来都是动静相宜。月亮、猎人和泉像雕塑一样静谧。姑娘接着唱道，她"侧耳听到林中清脆的鹿铃声"。动起来了，在如霜的月色下，鹿群和它们的主人从林中走过来，这是另一幅动感的美景。都市人连鹿都见不到，更不要说看到鹿从月色下的树林走过来。歌曲并非要唱这番美景，而是鹿铃引发了她的心跳——是不是心上人走在回家的路上呢？这怎么办呢？谁有什么好办法吗？歌词后两句写得比我们想象的都要好：姑娘想变成泉水，随着猎人哥哥和鹿群，伴着他们的身影流淌。

　　被这样的歌打动，与其说歌词意境美，不如说这个民族的心灵美。这是被大自然千淘万洗过的心灵，如人类的童年，稚嫩纯真。

　　《东泉》的旋律优美静谧。用"静谧"形容旋律似乎词不达意，但除了静谧，找不到其他词汇再现这首歌对月色和泉水的描绘，还是静谧。如果歌声能唱出大自然的静谧该有多好，比那些嘈杂的、雄壮的歌更合天理。静在物理学里是个相对概念，指声音对人耳的影响。静谧的美学内涵是什么呢？它包含真，静里没有虚假，所有虚假都在动中。静的美学还包含了纯洁。纯洁是真的伴生物。其其格玛的歌唱里收纳了月光、森林和泉水，还有像《安徒生童话》里的猎人，他随着鹿铃行走在月色里，身旁是静静的、从未停歇的、流淌着的泉水。

长调：蒙古民族灵魂的倾诉

　　头一回听到蒙古长调的人，听到了辽阔悠远，觉得它与生成环境——草原有关。此说不尽然，我去过很多草原，从新疆到新西兰的草原，南部德国不种庄稼光长草的土地应该也叫草原吧？那里却没有长调。在长调里面，人们与一个浅显的道理相逢：民族，也就是人所承载的心灵的传统，对音乐的生成意义更大、更坚定。蒙古长调首先是蒙古的，然后才是草原的音乐样式。不是所有游牧民族都创造出蒙古长调。

　　蒙古，这个词的含义超出了它的民族命名学的内涵，这不仅是对一个民族的称谓。在历史方面，蒙古意味着强悍、征服者、北方、黄色人种等飙驰欧亚的标签。在性格方面，蒙古意味着豪放。在地域方面，蒙古涵盖着辽阔。在音乐方面，蒙古意味着长调。而长调是什么？在学术上不容易说得很清楚。长调在歌曲节奏、演唱方法、歌词内容特别是呼吸方法等方面均有独擅，但这不等于说清了长调。如果长调被解析明白，就不能称其为长调。现代人面对许多历史瑰宝都一知半解。比如我们没办法清晰地阐述长城和泰姬陵，也说不清王羲之的字。而音乐比建筑和落纸凝形的书法更富于流动性和民间性，它拒绝被解释。它的生命力在于可以演唱，可以重复再现，却没办法加诸学院的格式化。我们应该勇敢地承认音乐在语言和学术之外，它被感受、被赞美，但无法定义或控制。许多好东西都没办法控制，比如鹰的飞翔。不可解释，能够再现，这是我所理解的非物质文化遗产的特征之一。

长调属于蒙古。按照没脑筋的社会学解释，蒙古性发乎音乐应该气势干云山崩地裂乃至咆哮。长调刚好相反，它捧拾着无限的柔情——不光长调，蒙古音乐均如此。马头琴声与长调演唱有着惊人相似的音色。在其他音乐样式里，柔情在说男女私情，而长调的柔情覆盖广阔——父母、马、天空、山、草场、河水以及爱情都是歌声覆盖的对象。用歌声表达纯真柔情，它一定很"小"，像人们寻找落在草丛里的珍珠；它一定很"轻"，像担心雨滴砸坏初放的花朵；它一定是心声而非公共语言，不可能磅礴奔放。仔细听长调，一首歌听了十遍之后，觉出它是唱给歌手自己听的。伟大的蒙古歌王哈扎布一辈子都在给自己唱歌，然后唱给天空和大地。歌声的对象性（自己或听众）、现场性（家庭或剧场）可以判别演唱的真诚度。哈扎布给自己唱歌，听自己的歌声是否真实地传达了全部心声，再唱再听，只唱一些古老、简单的民歌。这个过程，相当于一个人八岁在心里栽上一棵民歌的树，用歌声浇水，让它长大开花。歌王哈扎布八十岁还在唱歌，他基本上失去了视力，但他依然在家里和牧区的小饭馆里歌唱。他心中这棵八十岁的长调之树，比自己的躯体大得多，冠盖华美，鲜花累累，像草原一样丰饶。长调歌手心中都有花树，只是哈扎布的花更加茂密。以后还有哈扎布吗？他不仅是蒙古人的宝藏，也是人类的宝藏。哈扎布——藏语，意为"天的恩赐",他被民间誉为"达尔汗歌王"。达尔汗是旧时代的封号,凭此封号可以犯九次罪而不被追究。因此达尔汗又意味"享受大自由的人"。哈扎布一辈子颠沛流离,晚年还在小镇租房住,但享受到了大自由。

难以逾越哈扎布的是什么?爱。哈扎布在长调中对草原的爱无人可以超越,那种爱如此繁复,如此绵密,如此醇厚,如此固若金汤,没办法超越。他的演唱技法也无法被超越,他像牛顿和巴赫一样,成为这一领域仅次于上帝的人,发明了许多演唱方法。哈扎布的学生拉苏荣、宝音德力格尔、阿拉坦其其格、扎格达苏荣以及胡松华只从哈扎布这片广袤的森林里背回了几棵树,有人只捡了几根树枝。

歌声里的柔情视角小、着力轻,当它所欲表达的情感很大而又不愿号叫时,就变成了长调。长调剔除了男女之情的短促或私密,宽广的心绪在珍爱的语境中缓缓打开,节奏的切割被弱化甚至消失,歌词也不再是统领声音的缰绳,歌唱回到最原初的状态——仅仅是声音。腾格尔在气息上颇得哈扎布的真谛,以工笔般的气息刻画辽阔的草原。长调仿佛是引子,是铺垫,是一个大场面或大高潮的开始,然而它唱着唱着已经唱完了。为什么?你如果去草原听长调,看到歌声的背景是晴空低垂的云朵,是天底下模糊柔和的山峦,是看上去静止却时时吃草移动的羊群,才大悟,长调正是蒙古人生活的引子或铺垫。太阳升起来,羊群去山后的草场,马群到河边饮水不都是大场面吗?生生不息,长调对此铺垫得逶迤不尽。人们说,长调余音绕梁,心里无法收束,没听够或没听完,这正是长调的魅力。长调的美学原则不在总结升华一个道理,也没有歌曲的所谓B段,它不"完"。不完结的旋律融化在草原宁静的生活和蒙古人的笑容里。别的歌,完都完在歌词中,向听者表示唱完了。长调怎么能唱完呢？它循环往复，可以不断唱下去，正像河水不断在流，不会停下来不流。这种不以收束完结的歌唱态度和结构方法，表达了蒙古人在山川土地面前的生活态度：谦卑、尊重、源流相济。长调给草原生活镀上一层琥珀的光泽，告诉苍天，人们对生活的感激。牧民们清楚，苍天听歌听的不是歌词，甚至不挑剔旋律性，听的是演唱人的态度。至于保加利亚唱法与拿波里唱法，当今歌坛的民通、美通，草原的苍天听不懂。在草原唱歌，面对缓缓移动的河水和云彩，宜悠长而不必短促。如果唱一首节奏鲜明的歌曲，唱时会感到不好意思，跺板没理由，终止也没理由。河水和云彩都没停，你的歌声怎么停了呢？这种歌在歌厅里当然可以停，不停别人想打你。而长调的起始和终结都像云彩一样来去合宜，歌曲的结尾如同融化在天地之间，被草木吸收了。就像古典音乐的 DECEPTIVE CADENCE（意大利文，伪终止式），和弦快要到达终点却没到达，仍在行进。在草原上唱流行歌曲——无论言情、言理——歌词难以出口，显出太假，非心声无法出口。而长调那些质朴的歌词（如语言学所说的词根）与草原十分契合，比如父亲与母亲、大雁、春天、出嫁与想念。这些词语是静置海洋最深处的石子，没有包裹与华饰，是本质。长调的歌词短，有六句、四句，也有两句甚至一句的歌词，比如"我的走马有着绵羊一样的步伐"，整首歌就这一句词。歌词里的每个字如珍珠摆放在旋律的哈达上，粒粒可数。歌手演唱，用心里的血流冲洗这些字。这些字用奶浸过，用蜜浸过，是和青草一起过夜的礼物，每一个字都在表达珍惜。而"哈达"的蒙古语意正所谓"收藏过"（哈达森）。

　　长调所抒发的情感，一言以蔽之曰：珍惜，这是爱的另一种说法。演唱长调，如同牧民以口唇吹欲燃未燃之火，气流和绸子般的火焰一起跳跃。长调像宽厚的手掌擦去暖屋玻璃窗上的哈气，露出屋外的蓝天和草黄色的土地。歌手只是大自然的模仿者，模仿草场上看不见的夏季风的呼吸，模仿云朵层层叠叠的舒卷游移。他们的心情是母亲低头观看婴儿，母驼给驼羔哺乳的心情，这和金戈铁马的铿锵大有不同。文化的生成比我们想象得更为复杂，听长调听出的是蒙古人绿缎子一样柔软的心肠。诗人席慕蓉对一个蒙古词汇大为惊奇并赞叹——诺日古拉，它的本义是折叠，常常用来形容长调。长调在蒙古人心里是"诺日古拉"的礼物，献给祖先和生养他们的环境。如同古典音乐中的ROIVDO（回旋曲），主题乐节的叠句会与其他主题的插句交替出现，乐思在交织中丰满生长。

　　春节回家，我又听到几位歌手演唱长调，歌手是稚嫩的小伙子。出于自信的需要，他们也像哈扎布一样把宽大的手掌插进绸布的围腰里，唱哈扎布的《走马》。在哈扎布面前，他们是跟在老雁后边飞翔的小雁，但彼此间灵魂相通，那是对长调的膜拜。歌者在唱长调之前的姿态就像准备攀登一座山，双脚分开，双臂环张，用胸膛抵住前方。上山的人开始上山了，蒙古人和藏人一样，从来不企图征服山，而是恳求山接纳自己，歌者在山上置身峰回路转的长调之中。正因为这样，他们抒发的不是豪情而是柔情。一般说，真诚多柔情，机器或体制才产生豪情。

　　从演唱技法来说，长调对演唱者的专注力要求更高。长调当然没有假唱。在LARGHETTO（甚慢板）和LARGO（最慢板）的节奏中，演唱者要通过复杂的呼吸方法吐字行调，他如果停顿下来，就没办法接上去。长调的旋律和歌词拆不开，它的词曲甚至衬字都被锁死，只能一气唱完。"我给您唱半首长调"，那不可能，而歌曲可以从第五句唱到第八句。意大利文的LARGO——最慢板，包含缓慢庄严的规定，刚好贴近于长调。歌者攀登长调的大山，伸手寻找石缝里的珠宝。这种唱法甚至改变——至少短暂改变——演唱人的气质，让他们自信，目极天际，心驰神往。长调歌手在演唱的时候身体不动，而旋律上下翻飞，云迸雾绕。这一状态，刚好可以形容歌者的气息变化。他们演唱时不仅是真假声变幻莫测，还有把自己变成一个大共鸣箱和一支合唱队的企图。长调歌手从高音突降到中音部时，他的发音正做出合唱的效果，不仅气息贯通，还有腹胸头腔一并共鸣的试验。如此，听长调如目睹并列的山峦，一山连着一山，没有 REST（休止符），也找不到换气的气口，如同河水没有缺口一样。演唱结束，牧区的歌手像从云层突然滑落到地面，他们腼腆而惶恐，好像不知自己唱了什么。这样的惶恐让人感动。哪一个民族的人面对自己的好东西不惶恐？为别人打开一个装满珠宝的宝箱时，有惶有恐有虔诚，此态乃为珍惜，否则他们不去折叠与收藏——诺日古拉，把它收藏在世世代代的记忆里。长调超越了节奏和演唱方法，是民族集体记忆的遗存。

有人问我，蒙古歌听上去除了辽阔，还有忧伤，这是为什么？我答："如果去问唱歌的人，歌为什么忧伤，他也回答不出来。歌声就是这样被传下来的。"那么，祖先在唱这首歌的时候，试图让后辈记忆什么呢？一定是让草原在长生天的庇佑下碧绿如昔。如今河水断流、草场沙化，这些从来没有过的悲剧已经在草原上演，开矿、建设和操练正在毁灭长调的故乡——锡林郭勒草原，人们怎么会不悲伤呢？牧马人失去草原，到城里的饭店给食客唱歌，长调离灭亡的日子已经不远了。除非草原上青草无边，而不是矿车无边。只有牛羊成群，鲜花遍地开放，长调才有世世代代可以歌唱的对象。

松脂香

临近傍晚,我闻到由窗外传来的松脂的香气,那是劈柴经过燃烧之后才有的味道。刹那间,我站起身,仿佛会发生什么事情,要迎接一下。

什么事情呢?

黄昏把稠紫的暮色像抖床单一样铺在查干沐沦河南岸的村子,疾走的马儿背上跳散着鬃发,羊叫的焦急与牛吼的沉缓高低起伏。没有电,星星已经从罕山上空粒粒亮起,仿佛在上升;牧民家的煤油灯错落点燃,窗棂像一只只橘黄的灯笼。

当空气里充满六月里露水的潮气,古拉日松阿的歌声就会响起——

　　当年生活在母亲身旁,
　　绫罗绸缎做衣裳……

唱到高音处，古拉日松阿沙哑的嗓音收束一线，悄然哑默。我的血也在流淌中停顿了，等待他下一句歌词出喉时，再迸然迸发。他的样子亦恍然眼前，昂长的脖颈内凹为坑，由于吸气力尽所成；双眼微闭着，十分陶醉。

我舅舅居日木图已端坐炕头。一会儿，腌酸黄瓜和煮烂的羊骨头就端上来了。他听着外面传来的歌声，眼里跳荡着半嘲弄半欣赏的笑意，说：

"介！介……"

意谓"听呵，听吧"，然后以食指和中指自锡酒壶的脖颈处掂起，揣度里面酒的分量。窗外鸡窝骤然惊鸣，那必是朝鲁用棍子在捣鬼。

这时，我站在后院，在平缓淌过的河水中传来的跳鱼的落水声里，在微苦的柳树的气味里，看向一边倾斜的高高的苇草背后的天幕，星星一粒接一粒地亮。随着夜色转浓，它们像要跳出来，又像有人钉上去的……而古拉日松阿的歌声还在苍凉地摇曳，如晚风里的篝火。

　　一匹马儿做彩礼，
　　女儿出嫁到远方……

还是那首《诺恩吉雅》，为东部蒙古人熟知。去年，在北京的一次颁奖宴会上，我所在的那一桌蒙古族作家齐声唱起了这首歌，声势感人，甚至有一些悲壮。大厅里的人们纷纷瞩目，看这些并非来自一个地方的、有年近古稀或身为高官的蒙古人扯着嗓子柔情百端地唱《诺恩吉雅》，单纯而天真。我猜当时会有人想，当一个蒙古人真好，不用教竟也会唱许多好听的歌曲。

我在窗前等待着歌声。

松脂的香气明亮地穿透了都市的喧杂，像一个鲜花般从远处跑来的孩子，让人想起所有相关的往事。人的记忆真是奇妙，在歌声、气味和阅读的不同层面，各自储藏着所有，而且永不消失。一个人可能记不住 $a2 + 2ab + b2 = (a+b)2$，但歌声会让故乡在你心里猛然苏醒，如同对面走来一个黑红脸膛带着闪光和笑意的牧马人，他摇摇晃晃的，腕下悬着马鞭。孩子们在羊圈边上踢毽子，用马兰草编的像蝈蝈笼似的毽子。那条狗围着你转，尾尖哆哆嗦嗦，使腿发痒⋯⋯记忆是住在不同房间的客人，等待着拜访各自的主人，不关知识，也不关聪敏笨愚。

古拉日松阿住在村东，他的邻居是兽医巴拉珠尔。每隔半个月，信和包裹会从班车上卸下，由一个黄眉毛的司机拎到兽医家的窗台上。古拉日松阿喜欢穿行于地里栽种的一人高的扫帚梅之间，检阅这些稀稀拉拉的花。他老了，听人说话的时候，嘴唇抖着，像要补充什么。在油灯下，他右手端着酒盅，左手抚摸猫的脊背、狗的脑门、孩子的头发和女孩子的手，仰面尽酒，张嘴散出辣气，大欢喜。这么喝着摸着，他眉眼紧凑，甚至像要哭了一样。停顿一会儿，又唱了起来，脸面、怀里、手上都舒展开了，我们的心都飘在他的歌声上面，提着肝胆流向远处⋯⋯

当松脂的香气飘进窗口时，我静待着歌声。歌声之后，我舅母喊牛的声音就会响起。她一手压着洋井，另一只手把已经饮饱的花母牛从石槽边推开。满达的母亲招呼牛犊的声音也会响起，遥遥的像喊自己的孩子。

我几乎忘了自己置身于都市。就在刚才，有人用扬声器宣布："订阅晚报，送报上门"；在岐山三校门前，一个老人蹲着，面前的罐头瓶里装满小树蛙，五角钱一只，卖；另一个穿法兰西公鸡队队服的撑拐的孩子焦急地站在斑马线边上，鱼贯而过的汽车不给这个可怜的满脸是汗的瘸孩子让路；一间洗浴中心的门前站着短衣短裤的时尚女子。

都市的黄昏在嘈杂中相互拥塞，烁烁点亮商家招牌的彩灯。我记忆中的情景几乎成为前生的旧事了。许许多多的场景、声音和气味在古拉日松阿的歌声中排成一队，等待与我相见，而我也忐忑地等待着像草叶上的露珠一样莹净的往日，这是因为我闻到了松脂的香气。

牧区的傍晚，最亮的是灶间，松枝和沙棘被大把地塞进炉膛，毕剥尖叫，人脸镀金，茶在铁锅里哗哗滚响。家家的炊烟都有松脂的香气，混合着牛粪与河水的味道，如发酵的青草的气息。

在窗口等不来古拉日松阿的歌声，我迷惑于松脂的香气从何而来。向外看——四单元的门前有木匠在干活，他光膀子刨一块板，干净的刨花如烫发女人头上的大卷滚滚而下，边上，有人把刨花扫进旧脸盆里点燃。

烟雾在空气中扩散，遇窗而入时，竟引起旅人的乡愁。

对黄昏中由燃烧而出的松脂味，我的确有些难以自持。乡愁是一声冷枪，在你最无提防的时候劈面飞来，让人站立不稳。乡愁是一捧水银，倘若不小心弄撒，就会无孔不入，渗入心房。我以为，故乡一直在遥远的内蒙古，隔着重重山水。谁知它竟藏在窗下，藏在邻居的木头里和刨花的微焰中。

松脂的香气在沈阳的黄昏里散尽之前，我仍然等待着古拉日松阿的歌声，唱至高音处，收束无声，宜阖目倾听，接着是满达母亲招呼牛犊的喊声……

我慢慢等着，直至空气中闻不到理应与歌声结伴而来的烟雾里的松香。

波茹莱

> 波茹莱,别哭啦,
> 山丁子树长在南山西边,
> 爸爸用它给你做了一个摇篮。
> 漆黑冰冷的夜里,
> 妈妈起来,抱着你喂奶驱寒。
>
> 爸爸呀,妈妈呀,
> 波茹莱,你不要哭个没完。
> 妈妈,你在哪里啊?

　　这是一首姐姐唱给妹妹的蒙古摇篮曲。让人心碎的是最后一句词,它突然脱离了主体,如绝望的呼号。听到最后才明白,姐妹都是孤儿。
　　波茹莱是妹妹,不停地哭着,姐姐用"摇篮"和"奶汁"这些温暖的词劝慰妹妹。唱歌的时候,夜一定很冷,没摇篮也没奶汁。唱到最后一句,如同姐姐"哇"地哭出声来。

波茹莱失去了母爱,姐姐用自己的怀抱带给她母爱。到后来,她也陷入没有母爱的恐惧中。姐姐其实比妹妹更苦。

父母之爱如果消失,就像本质的东西没了,像山没了,土地没了,井里的水没了。没了,谁也弄不回来。

绵羊似的走马

"我的走马步伐像绵羊一样柔和。"

这是一句蒙古民歌的歌词,第二句是什么?结束了,就一句。

多好,就一句。我在内蒙古广播艺术团的排练室听扎格达苏荣演唱这首歌,层叠委婉,好月破云。好像他的嗓子是弦,我成了共鸣箱,是我倾毕生之力帮他唱完。或者说,我和扎格达苏荣骑马走了一遭,见证了这匹好马。

我试着在心里续上第二句词,比如"它(走马)……",找不到第二句,怎么安也安不上。才知,这首歌在世上并无第二句词,所有的话都被说完了。

续来续去,我把续词的事忘了,想那匹马。走马的前后蹄左右交错行进,是艺术之步伐,训练得来。每一匹走马的步态都不一样。越稳越让主人自豪。徐悲鸿、尹瘦石所画都不是走马。我在皇姑田径场跑步时,看几个小孩练竞走,大幅度送髋,膝带动脚腕。我看这些小崽子走,扎着肩,脸红扑扑的,想到了走马。可惜他们没看过走马,也没听过这首歌。

走马走起来多么漂亮,它的力量不在腿上,在脖颈上。那是经过节制的力量之美,干净利落,像一位朴素的艺术家,如钢琴家霍洛维茨。

把马说成羊,并非贬低了马。绵羊多小心,像贤妻良母一样生活。它从草地走过,怕踩坏了草。马是唯一参加作战的动物,勇猛无双。而驯为走马,从此一生只按一种步伐行走,顺迎主人,是谓仁。如果谁有绵羊般的走马,就有了一匹百里挑一的坐骑,心旷神怡。

我想起作词家,想起伊金霍洛一个蒙古包前高高的牌子——斯琴大酒店,想起有一匹供旅游者骑的黄马,它慢慢低下头,嘴碰到草的时候停下,闻了闻,又抬起头。

只有一句词的歌到底是怎么回事?我想,就像恋爱的人赴千万里相见,有百句话在肚子里折个儿打架,一句挨一句倾诉,但见面时就剩一句话,或无语。有一首女声三重唱叫《好看的黑色走马》,无词。不是乐曲无词,是歌曲无词,但有标题。这才叫神韵。我儿时读过叶夫图申科的剧本《红莓》,男主人公从监狱出来,和恋爱的女人见面(没见过面)。

他说(第一句话):"这是我。"

她回答:"而这是我。"

多好。"我"前面还有"这"。女人说得更妙,重复了他的话,又加一个"而"字。真好。但不是无义重复。他在说他,她在说她。

这首歌的标题叫《绵羊似的走马》。词比标题多了三个词:我的、步伐、柔和。这是蒙古人从千万句话里选出的一句话,献给马。马听了会多么高兴。

骑马听歌

  他们的脸上藏着很深的东西,不是智谋心机,而是像岩石那样的表情,对访客轻轻地看一眼,就不再看了。访客是我们,拜谒五当召喇嘛庙的俗世人。

  到五当召的时候,天擦黑,洼地显出积雪的亮光。吃完饭的小喇嘛背书包去上课。他们紫色的僧衣和寺院白玛草掺泥而成的暗红外墙同一。小喇嘛们十四五岁,其中一位倚柱子打 IP 电话,用蒙古语。这时,他腰里的手机响了,莫扎特的四小节乐曲。另一位小喇嘛和当地孩子勾冰玩儿,把一块冰用脚往自己这面勾,像盘球。一会儿,打电话和勾冰的小喇嘛安静下来,看我们。我们看他们。我想从他们脸上看出想家、学习藏文和寺院生活留下的痕迹,但看不到。他们神色童稚,像小孩子一样东张西望。

  接待我们的三位大喇嘛也只有二十多岁,一位是住持,僧衣袖口半尺绲金。他们眉眼深处藏着东西,彼此明白,咱们不明白。同行的人说,喇嘛相貌好啊。他们英武又柔和,脸上没有迟疑、急迫这些生活中的人们常见的表情。在佛堂，我们坐好，听喇嘛诵经。藏语的经文高低错落，像泉水穿壁，闪着流动的光。诵经如有和声领唱，美妙难传。

我们去拜谒成吉思汗陵，路过五当召。五当召和拉卜楞寺并列，同为第三大喇嘛庙。从这儿出来，心里还有经文萦绕。打个不确切的比方，诵经像葛利高利圣歌一样，属无伴奏合唱，织体丰满，铺垫烘托，密密麻麻又顿挫有致，像巴赫的音乐。世上很多东西都与巴赫牵连。内蒙古广播合唱团有一首混声四部无伴奏合唱——《四海》，流传于通辽市一带，是祝酒歌。歌里所说的"四海"，指东南西北海，各海碧波荡漾，槟榔树的叶子在微风中飘落，亲朋好友到了，喝酒吧。

有趣在，歌词的"东海"如回旋曲（意大利文：RONDO）中的主题A，与其他主题相对出现。第一段，东海碧波荡漾；第二段，东海、南海碧波荡漾；第三段，东海、西海碧波荡漾；第四段，东海、北海碧波荡漾。A与B，与C，与D对应。东海是领导。还有，海与槟榔叶子都不是蒙古人常见之物，却出现在歌词里。这首合唱的衬词是"哲哎"。哲哎！哲哎！哲哎！他们唱起来排山倒海。这样劝酒，酒不喝是不成了。听说，有一帮不喝酒的环保日本人，听说过此歌，纷纷站起来自己找酒倒上，大白尽饮，再倒上。

在五当召，我们叩拜了从头世到七世活佛的舍利灵骨后，赴成吉思汗陵。第二天早上，成陵的主殿上野鸽子翻飞环绕，它们喜欢这里，老祖宗也喜欢它们。主殿穹窿高大，色调是蓝白这样的纯色，蒙古人喜欢的两种色彩。后来，我从远近很多角度看成陵的主殿，它安详，和山势草木、土地天空和谐一体，肃穆，但没有凌驾天地的威势。从陵园向下看，河床边上有一排餐饮的蒙古包，门口拴马。天低荒漠，平林如织。此时心情如同唱歌的心情，不是像唱《草原上升起不落的太阳》,而如"四季"——

春天来了,风儿到处吹,土地苏醒过来。本想留在春营地,可是路途太远,我们催马投入故乡怀抱。

民歌有意思,留在春营地和路途太远有什么关系呢?让不矛盾的矛盾,为归乡找了一个理由。

还有一首锡林郭勒民歌《圣主成吉思汗》,歌词说:"圣主成吉思汗开创了蒙古汗国的法度规章,我们举起金杯,大声歌唱吧。圣主成吉思汗倡导了蒙古民族的淳朴风情,我们高举金杯,快乐跳舞吧。"

多么淳朴。还有一首民歌《飞快的枣红马》,词曰:"骑上我飞快的枣红马,顺着山坡跑下去。可爱的姑娘索波达,挑着木桶走了上来。"这个词,你说说,不是电影的分镜头剧本吗?画面闪回。但人家是词,唱的就是这个,什么爱呀之类在这里没有。不是说词越干净越好,是说"爱"这个东西要藏着。草芽藏在泥土里露头张望,是爱。把"爱"挂嘴边,大大咧咧走街串巷地唱,已经不是"爱",是吆喝。

有一次,内蒙古广播合唱团在北京中山音乐堂演出。起初,他们不知观众是什么人,反正是北京人和在北京的人。唱第一首歌、第二首歌时,观众还安静,响着高雅艺术场所应有的节制的掌声。从第三首歌开始,场上哗动,或说骚乱,人们站起来高喊点歌,有人拥到台前观看。艺术家有些慌乱,当他们听到众人齐声合唱,看到台下的人一边唱一边擦眼泪的时候,才明白:

他们是到内蒙古插队的北京知青。

北京知青听到《孤独的白驼羔》,听到《陶爱格》和《达古拉》回到耳边,终于坐不住了。他们的嗓子已不由自己控制,加入了合唱。人审美,其实是回头看自己的命运。对他们来说,辽阔的草原、冬夜、茫茫雪地、马群、干牛粪炊烟的气味、蒙古语、房东妈妈,都在歌声中次第出现,没有一样遗落。是什么让他们泪水难当?是他们的青春。青春贯穿其中,他们为自己偷洒一滴泪。

演出结束,知青们冲到后台,不让演员走,掰他们的胳膊要请他们吃饭。后来,大家到一处宽敞的饭店唱了一夜。

在成陵边上,我们喝完奶茶从屋里出来,同行的张新化请一位牵马的蒙古老太太唱歌。她不唱,说:"你们骑马吧。"

新化说:"我们不骑马,听你唱也给钱。"

她说:"不行。"不骑马,光唱歌就收人家钱,那不行。

我们说:"你牵马走,我们在后边跟着你走,听你唱歌。"老太太不同意,说:"不骑马怎么收你钱?"结果是,我们骑上马,白发苍苍的老太太牵马在前面走。年龄像我母亲一样的老太太,在沙土地上牵马行走,唱:"西北方向升起黑云,是不是要下雨了?我心里像打鼓一样不安稳,是不是达古拉要和我离分?"

马走着,宽大的腹肋在我腿间挪移,不得劲儿。老太太边唱边议论"苦啊,真苦"。我以为她说嘴里味道,后知是说歌词。她说:"亲人离开亲人,多苦啊!"

苦啊。我们骑着马走了一大圈儿。老太太的歌声在沙土地上,在灌木和干涸的河道上面环绕。她声音不亮,岁数大,呼吸迟缓,却是原汁原味。一只小狗在马前跑,离马蹄子不远处停下,再跑,我担心马踩着它。它停下必抬头看我一眼,不知道在看什么。

雨顺瓦流

他们用蒙古语演唱格鲁吉亚民歌《苏丽克》的时候，我心里的图画是屋顶上的瓦。瓦搭在一起，由上而下倾斜，横着连成一趟趟直线。瓦们扣在一起，没有胶和螺丝，相互错落，如合唱。无伴奏合唱的各个声部"扣"在一起，互为乐器。西洋音乐的女高音、男童声、高音直笛、高音萨克斯都在一个声（乐）部上，意大利文统称SOPRANO——女高音。而男高音（TENOR）是声部最主的男声，同时是乐器族次低的乐器，如次中音长笛、次中音低音号、次低音提琴。

西乐的五重奏既指五个人写的歌曲，如比才《卡门》中的《走私者五重唱》，也指为乐部写的乐曲，人声乐器相通。

瓦在雨水里光洁新鲜，它们吸进一些水，让更多的水流下屋檐。雨后的红瓦像睡醒的孩子，红润安静。在《苏丽达》的歌声中，在纳木斯来、张翠兰等人的演唱中，演员像童年的兄弟姐妹，牵着手在山坡望着远方歌唱，远方有盘旋的鸽子、结巢的杨树和冬季的河床。他们的"手"是气息与和声。他们像拾柴的人,把树枝扔进高高的篝火,面庞红亮。

　　篝火红焰转白,颈子越扭越高,挡住了合唱队员的脸。高音、中音,男声、女声,像从不同方向绷紧一块牛皮,蒙到鼓上。在他们唱的时候,我想到了刚出窑的彩陶大碗,比泪黏稠的釉滴沉重地流下来。

伊金霍洛那边

坐在右面的是蒙古长调女歌唱家阿拉坦其其格,她弯曲的唇线深藏嘴角,鼻直,举止有大歌唱家的包涵矜持。从她向右看,宴会的圆桌齐坐内蒙古广播合唱团的演员,边上一桌也是。团长黄斯钦坐在我左边。

从他们的相貌上,我已约略看出谁是呼伦贝尔人,谁是锡林郭勒人,谁是城里长大的蒙古人。演员多数从牧区直接招入团里,一望即知。并非说他们愚钝,而是气质有异于外人,就像黄河的冰和冰箱的冰不一样,他们镇定、单纯,有一点茫然。

这是在酒店——呼和浩特中山路蒙古餐饮店的一次聚会,我刚到达。窗外街灯亮了,像一束束卷上去的白玉兰花。酒店门口的音箱播放着德德玛的《父亲的草原母亲的河》。两排蒙古姑娘夹道迎迓食客,一位戴贵族头饰的高个儿女孩引请上楼。

酒杯斟满,黄斯钦致欢迎辞后,该我表达谢意。我迷茫,找不到话。语塞的原因是话在心里说了好多遍,它们盘成一团,抽不出一个头儿来。在飞机上,我俯瞰土默特川的耕地,一些南北垅,一些东西垅,像梳子拼在一起,卧藏雪线。这是我的出生地,我父母的青春在呼和浩特度过,那时"文革"还没有降临。在内蒙古军区家属院的傍晚,我被喜欢小孩的邻居抱来抱去,传到包括苏军顾问太太的手里,姐姐仰面盯着,怕我被别人偷走⋯⋯

"唱一首歌吧。"团长说,他请对面的一位姑娘,"这是乌云舒都,唱长调。"

乌云舒都起身,脱掉葱心绿的羽绒服,拽一拽桃红毛衣的后襟。她向阿拉坦其其格请教曲目。阿老师说了句什么,我没听清,乌云舒都神色自信,演唱。

蒙古长调,并不是节奏上的散板。在貌似平直的旋律线上,演唱者用独有的行腔方法让乐句摇曳多姿。长调的歌词都不多,一般是一两句话,如"孤独的白驼羔饥饿难当,在夜里哭泣"。演唱者变化的声腔把每个字用彩绸密密地包裹起来,或者说把每个字擦一遍放在那儿,像从石榴的心里剥出晶莹的红籽,似感叹不尽,乃言有所归。歌中每一句都像起句,又与上下句锁钥相合。长调的慢,实如一个人试图伸手摩挲天边的彩虹,从彩虹的根基摸起,感觉手里攥满了雨水。歌罢,乌云舒都落座,我仍恍惚。大家看我,他们的面孔闪闪发亮,露出兄弟般的温情,因为在倾听中我流下了泪水。这首蒙古国的歌曲唱道:亲人分别,思念追随一路,到山坡,到路旁,到很远的地方。

乌云舒都表情平静,好像忘记了刚才的歌唱。而我奇异,这首歌她怎么唱得出来?带着那么多莽莽苍苍的信息,像列宾笔下伏尔加河的风情画。也许我睇视入神让她疑惑,以为唱错了什么。

后几天,我赴伊金霍洛旗祭拜成吉思汗陵,宽大朴素的陵园,松柏郁郁,黄土蓝天。我们拾级而上,过缓步路面,再拾级上行。

与中轴线的石板间隙隔不远处露一铁环，系红布，色泽新鲜，没有脚踩的污迹。我本想回头看身后的景致，看能看到多远的地方。但我没回头，我第一次来，头一直对着大殿的方向。那天没风，天全都是蓝的，耳边却听风拂枝叶，埋伏和声。树的、草的低吟，穿插错落，又让我听到合唱。内蒙古广播合唱团有一首男声八重唱《圣主八骏》，歌咏成吉思汗的八匹黄骠马。歌声响起，像黎明的草地上包抄白雾。歌者目光逡巡，是牧人找马的眼神。蒙古马不像国画的马那样肆行，如河鱼破网。草原的马，奔跑也安然，眼神宁静。带草香的风吹到它身上，马摇摇头颈，悠然回首，清澈的眼神在垂下的长鬃间一亮。《圣主八骏》在艺术家的吟唱下，于天蓬地角绝尘而过。演员的眼睛慢慢变成了马的眼睛，辽远凝望。八个人变成了八匹马，气流扑额而来，道路在眼前分岔，滑往两边。灌木模糊了，白云躲到山后，露一线袍角。八重唱的演员原来是牧民，或在牧区长大，熟悉马。当左手挽住缰绳，右手扶住鞍子的时候，马转过头，用笔直的鼻梁对着你，长睫毛一闪一闪。歌唱家尽情赞美成吉思汗的八骏，把声音所能够描摹的金丝银线、珊瑚玳瑁放置骏马背上驮走。他们的歌声是层层叠叠的哈达，在风中飘扬。

进大殿，成吉思汗白玉雕像的背后铺展巨大的蒙古帝国版图。一起去的友人让我居中，伏地叩首。我头一接地，忍不住泪下。脚迈进门槛的时候，腿抖，身子放不住了。在路上，心情原本平静，我们说说笑笑，目接山川。进大殿，我的泪水未经辛酸和委屈，却抢先跳出来扑在地上。

关于祖先的一切，歌中有吗？抓一把泥土，不知道是不是当年的土。拍树干、望天上的流云，都像是现代的东西。在歌声中，我回到雨后的草原。锈一般沉绿的浓云垛在山口，如伺捕的猎手。勒勒车的辙印在草地上反射白光。我嗅到蓬勃的草香、马鞍皮具和稀牛粪的熟悉气味。在无伴奏合唱《金色的圣山》里，合唱队员们在气息中一个扶着一个攀上山腰，领唱破云而出。阿拉坦其其格的领唱像一线阳光，明亮的岂止是音色，气势如虹。顺着这线阳光，可以到达锡林郭勒草原，采摘雨后的鲜花。雨才歇，这些花不知什么时候开的，像山坡上的呼喊。蓝色弯瓣的花，沉静微笑，而红花如哈哈大笑的精灵，一直笑。

歌声止。那一次听演唱是聚会，歌声停止后，桌上的东西变得很陌生，鱼啊、牛肉啊，还有芹菜、菠菜。不知它们什么时候来到了这里。歌声消失后，有那么一分多钟气氛像凝固了。美的东西突然消失了，让人不安。像魔术师把绸子变没了，大白鹅和鲤鱼也没了。在桌上，人们面面相觑。

有一匹白马在成吉思汗陵徜徉。可汗辞世七百七十七年以来，它一直在这里陪伴。马死后，人们像寻找转世灵童那样，找到它的现世。蒙古人见到这匹白马，便把前额贴伏过去，白马深吸一口气，是为祝福。马在山坡、丛林间嬉戏，那天，我们没有遇到它。但我好像见过它，白马的身影、走路的样子早就印在脑海里面。我觉得，如果这时响起歌声，比如《四海》《天上的风》或者《诺恩吉亚》，马不一定会从什么地方走过来。在广播合唱团的艺术家面前，我不敢唱歌，他们得过国际奥林匹克合唱大赛的金奖。扎格达苏荣原来是个马倌，现有"歌王"的美誉。演唱前，他的手好像不知往哪儿放。歌声从嗓子里出来之后，扎格达苏荣的眼神像从冰中融化的金鱼那样活动开来。蒙古歌的歌词朴素简单，有的时候，歌声只是一个消息，是捎给家人的几句话。丁赫尔扎布是传说中的将军，他作战负伤，临死前让卫士给自己的母亲带去口信。他说："我当上了蒙古骑兵的万户长，是一个大将军呀。领十万大军打仗的都督元帅，是您的儿子啊。"

"我从一千匹骏马中挑选出来的黄骠马,让它回归草原吧。我深深爱过的媳妇,让她改嫁吧。"这就是《丁赫尔扎布》的歌词,听过让人目瞪口呆。是谁在临终之前如此荣耀?是丁赫尔扎布。但细想,荣耀后面的台词是劝慰母亲勿要心伤。一个叱咤风云的大将军,临终也不过三件事,妈妈、马和妻子。马回到草原,妻子改嫁,丁赫尔扎布像灰尘一样土崩瓦解,母亲两手空空,只有忧伤。

扎格达苏荣演唱的这首歌,豪迈与无助搅在一起。世事无常,风云翻卷,一首将军令,勾画出一个人的一生。现在没有这样的歌词了,正如找不到丁赫尔扎布这样的人。

有一首歌唱道:

> 雨过天晴的草地
> 开着金针花
> 白鼻梁的牛犊
> 舔着露珠回家
>
> 白莲落地的山峰
> 披着蓝色哈达
> 鬃发飘飘的马群
> 背着落日回家
>
> 无论秋冬春夏
> 无论风吹雨打
> 毡包的门前
> 站着盼儿的妈妈

丁赫尔扎布的妈妈在听到儿子的口信后，会被荣耀打动吗？她不要万户长，只要自己的儿子。

在成吉思汗陵前，山坡长满灌木，延伸到宽阔的河道。我等待白马在视线中出现，等待。歌中唱道：

> 你眷恋鄂尔多斯的草场
> 睫毛俊美　心性纯良　身姿挺拔
> 你倾听守陵人的祝词
> 漫步山川　目光清澈　蹄如莲花
>
> 你梦见蒙古大军的阵营
> 旌旗蔽日　饮马黄河　征战西夏
> 你仰望圣洁的苏力德
> 气息灵慧　长鬃迎风　神游天涯
>
> 成吉思汗陵的白马
> 历经七百七十七个冬夏
> 转世归来　陪伴可汗
> 是马中的神马

我们点亮银棺前的酥油灯，为圣主俯献哈达、白酒和茶砖，领受守陵人的祝词。未了的心愿是没看到白马。这匹神马不知所终，上车后想一想，才知这是一个悬念，我还会来。

云　良

　　云良是一个女人的名字。

　　要想认识云良，要到草原上。所谓草原，裸露着远远近近的沙丘。沙丘丰满起伏，像无边的吃不了的粮食囤积，云影得意地在上面变化幻影。这儿有草、湖泊，也种庄稼，苇子站在湖泊的岸边，围着沙丘列成一排，好像要防止沙中的蜥蜴爬进水里。暮色降落时，牧民低矮的泥屋仿佛真要坍垮下来，羊儿一只挨一只站在墙边，全都垂着头。玉米粥的香味从屋里飘出来，桩上的走马不安地挪移蹄子，惹得狗叫。男人把羊圈拴好，走到檐下接雨水的残缸前掬一把水泼在脸上，惊讶地睁开眼，手心手背在裤上蹭蹭，顶着锅里冒出的大团白气进入屋里。这家的女主人就可能是《云良》。这里是地处东蒙的科尔沁草原，我的祖籍。

　　云良没到过城市，也不知道几十里外的人们怎样生活。但是人们都知道云良。在北京的一次领奖晚宴上，坐满蒙古人的席上突然响起歌声。初起，颇感突兀，况且他们唱得这么粗豪。大厅里纷纷站立倾听的人们，听出这首歌委婉多情，仿佛奔流的江水，仔细看只是平缓的涌流一样。歌罢，人们问，你们唱什么？《云良》。人们渐悟原来蒙古人都会唱云良，包括席上白发苍苍的老者。人们还是奇怪，他们怎么会唱同一首歌，这歌MTV并没有播过。

云良并不知道这些。每到接羔季节，有时刚生下来的羊羔不接受母羊。云良便唱一支名为《陶爱格》的歌，凄婉绵长，直到母羊流着泪给羊羔哺乳。在四月的庙会上，大群的蒙古女人像镶在靴子上的花瓣，左一群，右一群，你分不清哪个是云良。她们用新奇、赞美的眼光看着每一样商品，大喇叭里传出民间艺人沙哑的唱腔，秦琼赶到了那里等等，骞马的烟尘已经由远而近。这些蒙古女人健硕、端庄，颧骨和鼻梁被晒红了，眼里充满柔情。羞涩、大胆、善良，那样的眼睛随时都会笑起来。这时，你会觉得《云良》其实一听就会了，像另一些以蒙古女人命名的民歌，《达古拉》《诺恩吉雅》《隋玲》《松吉德玛》《万姐》。因为她们正站在你面前笑，海蓝色的蒙古袍镶着橙色的绲边儿，银耳环和银扳指儿的花纹里透出岁月清白。

而如果你真的想真切地了解云良，像看一幅肖像油画那样，像听她的一段录音一样，就去听齐·宝力高的马头琴曲。他的弓下有《克鲁河》《嘎达梅林》《天上的风》，然后是《云良》。我不知怎样描述马头琴的音色，像唱诗班的喉音合唱，像马嘶，像壮汉的哽咽。大提琴的深沉和萨克斯管的明亮才能组成这样的忧伤。云良出现了，右衽，两只手攥在一起。她向我们说，眼睛是装满了乌力吉沐沦河那样不停的话语。没有比齐·宝力高更了解蒙古女人的人。她们美丽吗？然而一生坚韧。她们芳香吗？然而有许多忧愁。齐·宝力高就是那位画师，喝着酒，在七月的阳光下蹙眉走到画架前，笔触如飞镖，如游丝，然后停下来久久地看，直至晚风吹来，喊着羊的声音悠长。齐大师的脸膛在夕阳下如雕像一般生动,抿着嘴却如欲笑,像一个活佛。他原本就是活佛,三岁时被推为科尔沁莫力庙五世活佛。齐是宝力高的姓,他的祖先是成吉思汗的长子术赤,建立了齐巴齐格罕国。

我听云良的时候,仿佛身上的血全停下来,听一会儿再流。歌声或乐曲一点一点带住胳膊、腿,最后像黄油一样融化在温婉哀怨的旋律中。我不知道蒙古民歌为什么有一种悲凉之意,像秋天早晨的雾那样包过来,又飘远。我不知道我的祖先在怎样的心境中创造了这些歌。它是悠远的,有一些还诙谐,或者柔肠百转,然而总有一些悲凉。像有一排挂套马杆的汉子,在雨水中伫立,凝重笨拙,静穆中散发着悲壮。这一种心绪在马头琴和长调民歌中透露得最为清晰。而他们的女人,就是云良。贤淑、朴素,眉眼里都是歌声。

如果找到"云良"的歌词看一看,会为它的平淡而诧异。爱、思念以及遥远。然而一首歌如果一代又一代地唱下去,所蓄积的含义和力量早就超过了歌词,能够把歌者所有的憧憬和愿望奔放地表达出来。

银老师

　　银老师进屋背了两把四胡，一大一小，取下轻轻靠墙上，转过身笑。他两臂不直，拳微握，这是一个农民谦恭的体态语言。路上，黄斯钦介绍，他是通辽市的民间艺术家。

　　坐下，银老师笑眯眯地看大伙，红宽脸膛，有点浅麻子，五十多岁。人说："银老师的乐器是自己做的。"

　　他伸左手食指："木匠。"

　　食指上方少一截，斧子要不电锯弄的。

　　东道主介绍在座的人，电视台的，什么什么的，银老师回应"嘁——"，声音轻，朝里吸气，这也是东部蒙古人表达谦恭的语态。

　　"拉一首作品吧。"人说。

　　银老师从布袋子取出小四胡，眉毛抬抗皱纹，仰面想。实际不用想，曲子多了，这是客气。

　　四胡音色飘荡，喧闹佻巧，不能说它音色不纯净。多弦的音色适合再现东蒙风情，我是说庙会啊、喇嘛啊，烧酒绸缎罗列，皮袄马粪串味，四处浮动喜洋洋的面孔。四胡是蒙古族说书的伴奏乐器，其调不悲。银老师边拉边唱，用"烟嗓"。和迈克·鲍顿的烟嗓不一样，和单田芳的烟嗓也不同，他的宗师是东部伟大的说唱艺术家孙良。孙良是内蒙古广播艺术团的前辈，已去世。他在通辽市、兴安盟家喻户晓。银老师唱：

> 老哈河的岸上，马儿拖着闲缰，
> 性情温柔的诺恩吉雅，嫁到遥远的地方。
> 海清河的岸上，马儿抬头张望，
> 性情贤淑的诺恩吉娅，嫁到遥远的地方。

诺恩吉雅是敖汉旗人，大户之女，静雅嗜读，嫁给翁牛特旗一个富户，生病早殁。一匹伴嫁的黄骠马跑回故里，不归群，每天在老哈河边徜徉。最早，这首歌由马倌唱开。

> 驾长辕子车，走也走不到的故乡，
> 黄翅膀金雀，飞也飞不到的故乡。
> 套大轮子车，赶也赶不到的故乡，
> 蓝翅膀孔雀，落地落不到的故乡。

就歌词（准确说，叫本事）而言，嫁了死了，是悲情。而歌经一代一代的传唱，趋于美，而脱离悲。银老师行腔吐字着力雕琢，一心造成戏剧性气氛。他胸腔做出的声音有点扁，刚好和四胡的吵闹对应。民间艺人都擅用大小嗓。银老师小嗓（假声）嘶喑，像吸烟造成肺不张的喘息，呼吸医学叫"湿罗音"，而他不吸烟，这是上辈子传下来的技艺。你想象，冬夜热炕头的背后，玻璃织染霜花，一屋子男女听艺人演唱。瓷碗红茶、荷包飘带,墙上花花绿绿的年画,全是演出的场景,琴歌盘旋飘荡。东部说唱长于描摹风物,刻画人情。唱段由四胡一弓子一弓子拉出来,每句话都余音袅袅。

"武装其日格(军队)哈夏(向哪里)耶波路(走)浩(尾音)……"银老师唱到高音,像以三根手指拈一朵小花给人看,声息渐绝,四胡接续把此音拉全。大嗓(本嗓)用于念白、议论、铺垫背景和再现人物对话。说和唱,像四胡的双高音弦和双低音弦一样,调和欢心悲情、厮杀静思、马与人、合与分,繁花萧条,尽现弓弦。

银老师大四胡的琴筒是紫檀木,琴杆乌木;小四胡黄花梨木,装嵌骨头雕花。他拎琴的时候,看它左左右右,像刚做出来。他看人是看观众。对艺术家来说,全世界的人都是观众。我们降生到世界为听四胡,他降生为拉四胡。至于唱过听过,人各自去干什么,就不去管了。银老师说,他七八岁的时候,听说唱入迷。父亲说,你不要打闹、不要乱跑。银老师说,如果让我不打闹不乱跑,唯一的办法是学四胡。银老师八岁起追随说唱艺人游走四方,拜师偷艺。他看别人做四胡,一遍就学会了这门手艺。

他伸掌摩挲半面脸庞、拉直嘴唇咽唾沫,一如割庄稼、圈羊的农民。这样的人在甘旗卡、伊胡塔、大钦他拉一带随处可见。他演唱时分,脸上放光,有饮酒之相,微醺陶然。别人说话,他木然。可能没听,也可能听不懂。轮到他,就说:"琴这个东西,你对它什么样,它就对你什么样。"

他一直在心里跟自己说话,没加入别人的话语河流。

在一段作品前,他要加一个"小帽儿",这不是二人转演员上场为吸引观众设的"小帽儿"。他讲哪年、多大年龄、跟谁学的这个唱段,说明冬天夏天穿什么衣裳。

他说:"《云良》是我在裕粮铺学的,跟我师傅,他是阜新人,姓王。那时候我十七岁生日才过三天,草刚长起来,羊还吃不上。(唱)春天啊,春天的鸟儿在歌唱,女儿在他乡,眼里满含泪水,想你好悲伤。"

云良是一个女孩的名字,思念母亲。

银老师有三种表情。演唱的时候,除了刚说的微醺之相外,还有夸饰的意态,甚至不自觉扮一些妩媚。这么一张脸,笑意像一层清水冲走了皱纹;像面对火盆的脸,亮亮堂堂。第二种表情,是他说到学艺,显见回到十二岁少年的时光,好奇多动、满眼天真。演唱者的嗓音表情是这个少年的化身,演员在演自己。第三,银老师进门和吃饭时,是一个五十多岁沉默的农民。好像说,他不得已进入五十岁,不经意成为农民。年龄、身份和他的艺术没有关系。

四胡,古代叫奚琴,蒙古人叫"胡尔",清代律吕书称提琴,可能因为演奏者提着琴进屋名之。北方的说唱艺术,如京韵、西河、时调都用它伴奏。嘈杂,是说它拉不出单一的音色,像独奏乐器。胡琴的"胡"字,已透出北地孤凉。听二胡齐奏,像幼儿园的孩子唱歌,不是不齐,是每个人都在独唱。四胡用四根弦衬托歌者的嘶哑欢乐,虽然没有板。它以运弓打节奏,以顿锉和停顿分出快慢板。像听二胡要在夜里听,太阳初升听二胡总有点不对劲,听箫之夜比二胡还应该深。四胡不同,宜于傍晚聚众欣赏,屋里不妨狗儿乱钻、人打喷嚏、孩子叫闹。四胡和这些乡居之音怡然相处。由于说的多是旧时人事,又有高古之意。一首歌说庙会,唱道:

前面呀传过来碾碎的草香
是谁把夏营地气味带到身旁
拨开呀众人群往里面看哪

（看什么？）
有一匹紫骝马仪表堂堂
紫骝马仪表堂堂
带我去摘一朵海棠

后面呀传过来清脆的嬉闹
是谁把海棠花香带到草场
拨开呀众人群往里面看哪
（看什么？）
有一位大姑娘笑声朗朗
大姑娘笑声朗朗
比海棠花还要漂亮

  后面还有几段，好多段，风情活现。在西方音乐里，这种体裁相当于嬉游曲（意大利文：Divertimento），连续不断地演奏下去，也指为社交场合而作的一组舞曲。银老师的四胡说唱和社交没什么联系，一屋子大姑娘小媳妇推搡打闹就是社交，没人戴银色波浪式假发，也没人穿燕尾服把手背到后腰跳小步舞。银老师听说我是后旗（科尔沁左翼后旗，甘旗卡）的人，告诉我：
  "你们那个地方是薛仁贵东征路过的，用黄金修了一个七层宝塔镇住了妖魔。"然后唱：

薛仁贵征东唉
经过了博王旗……

  博王旗即后旗，我老家。我老家过去有妖魔吗？银老师的说唱，

321

等同于后旗的鸿蒙开篇，他启示我。我在想，老家那个地方流沙蔽地，还有唐朝的黄金塔？一定被沙子埋在了什么苏木或什么嘎查。

银老师把每个人和每个地方用故事串起来，拔出你的根给你看。如果你来自一个他没听说过的地方，比如广东四会或安徽六安，他便沉默，拇指捻食指的茧子、中指的茧子、无名指的茧子，次序捻转，目光茫然。

演唱间隙，银老师说："哎呀，要不穿上衣，要不穿裤子，不能一起穿。"经问，知他穿新衣不能一块穿出去，身上难受。小时候苦，所以他说"哎呀"。

银老师被作曲家永儒布从通辽市请到呼和浩特，租一间房住，为内蒙古艺术学院的学生讲课。他的好东西快散失了，学生们能学多少算多少。银老师的名字是银珠尔扎布，或银丹扎布，我没记住，总之是藏语名字。

唱歌就是歌唱

我在男低音歌唱家彭康亮那里获得一句妙语：唱歌就是歌唱。

他说话时突然向自己提了一个问题："什么是唱歌？"

所谓简单的问题其实最难回答。如惠特曼的诗："一个孩子说，草是什么呢？他两手满满地摘了一把送给我。"

彭康亮显然被自己难住了，在房间里大步踱走。外屋坐着彭康亮的钢琴师，一位安静的先生。彭康亮的妻子倚在钢琴上俯首修指甲，是舞蹈演员。他们都不介意彭康亮这个艰深的问题，显然后者的脸已经通红。

终于——彭歌唱家停下脚步，用广东味的普通话洪亮地宣称：

"唱歌，就是歌唱！"他的手臂扬起，像唱到咏叹调高潮处那样。

我受到感染，但还是觉得好笑。这话略有诡辩的意味，如黑天就是天黑。我当时没有理解彭康亮这句话的含义。他出语铿锵，而且真诚。在那次谈话中，彭康亮还讲过"唱歌不是做官，凭什么越高越好？"这样令人解颐的趣话。他是中国仅有的男低音歌唱家，而不是中音、次中音,是中央音乐学院恢复高考后唯一免试入学的考生。彭康亮谈吐诚恳,并无谐谑的意思,但越发令人开颜。我奇怪钢琴师和彭康亮的妻子为什么不笑。而我印象最深的,还是这句——

唱歌就是歌唱。

有一次,我遇到一位阿鲁科尔沁旗的女子,她用蒙古文写小说,神色宁静。我和她交流,她只用"是"与"不是"作答。我很劳碌,她仍宁静着。后来,她提到自己祖父的时候,话匣子打开,说着,站起来,好像要去找她祖父(她祖父已逝)。她快速说到草场、给马编的辫子、锡酒壶和玛瑙烟嘴、她祖父临终前瘦胳膊的皮能拉很长。这位女小说家突然默哑,眼望前方。前方只是这家饭馆的恶俗的塑料壁纸,但女作家的目光仍然穿透过去,唱起一首歌。

蒙古女人的歌声,与其说唱,不如说迸发。其中的委婉和强烈交织在一起,响遏行云。她根本不在乎你听不听,径直唱着。她的眼光不在听者的脸上,而由墙壁穿出,落在山坡上如披蓑的松树上,树下的泉水小声流过。我们都傻了,屏息倾听,像看到一只只花瓶从高处跌下,清脆地摔成碎片,却吓得不敢去捡拾。蒙古民歌的旋律像绸子一样在三尺高的地方飘起来,上面放着歌者所要寻找的东西:柴火、油漆的炕桌、盐、装奶的瓦盆和婴儿的手。这些,以及她祖父的慈祥的脸,全从歌声里飘了出来。我们仿佛置身于草地上,潮湿的带有腐败气息的水草气息,像是从星星上面传过来的。听这样的歌时,我很想去抱住一棵树,把头靠在树上。内心有一个地方在痛,像树叶一样哗哗落下来掩埋一件美好的东西。

这时我想起彭康亮的话:唱歌就是歌唱!

我们为什么要唱歌呢?那是表达生活的独有的语言系统,就像骨髓里的东西和血管里的东西一样,它们是独特的存在。我们为什么要歌唱呢？因为我们要给心灵一个述说的机会。只有心灵的述说才是歌唱。拉赫玛尼诺夫说："心灵是无法用力度符号标注的最高级表情的源泉。"

而今天在电视上比比皆是的MTV当中，充斥的都是唱歌者而不是歌唱者。他们不是自己要歌唱，而是以唱歌谋生。他们的歌声里没有心灵的话语。而由于电视及晚会的原因，大量的还音（假唱）MTV以及画面演示，唱歌已经成了工业产品。像饮料瓶上的配方：果汁百分之十五，黏稠剂百分之二，防腐剂百分之二，阿斯巴甜百分之一，水百分之八十。现在的歌声也是由百分之八十的水以及其他电子元素按百分比组成的。甜甜地糊在虚假的生活的表面。

而我们的生活失去了许多真纯的东西之后，最后连歌唱也失去了。那么一同失去的，必然包括真诚与朴素。

腾格尔歌曲写意

夏季,是老天爷在蒙古高原用力抖开的长长的绿绸子,从巴丹吉林到敖嫩古雅。这么长,如从楼兰古国到高句丽,备上九匹好马也要跑上两个月。老天爷另外一块用力抖开的绸子是冬天,白色的。

蒙古人在起伏的绿绸子上行走,他们惯于骑马,一走路就像鸭子那样摇摇摆摆,背手眯眼。在这样的土地上走,炊烟里必有牛粪的气味,榆木桩子拴着沉思状的紫骝马,牛群在雨后的草滩上走过,蹄印里汪着积水。这里没有路,只有勒勒车的两道辙印。人的前胸和后背都是无语苍凉的草原。太阳从银灰的云层偶一露头,远处有一块草地便绿得耀眼;金色在草叶上急速爬过,不久便淡化了。起风的时候,空气透明,草浪像骨牌一样向同一个方向倒伏,让风的部队快速潜行。

这时,黯绿的草色逼入眼里,似有悲抑。但如此辽远的天地似乎又不容人啼哭,所有的景物无不沉实厚重。置身此地,蒙古人感到心里涌动悠长的情绪,张口让它出来,便成牧歌。

牧歌宛如情歌，无不极尽委婉，这是许多话也说不尽的曲折。情感一物，在尽境已无话可说了，这样就有汉人在京剧中的拖腔与蒙古人在牧歌中的长调。长调，像族人在背上的行囊中装进尽可能多的什物，又像魔术师从口袋中拽出无穷尽的彩带。

就这样，蒙古人在目光望不到边的草原生活，无论走累了坐下歇息，无论伫望，无论宴筵征战远徙祷祝，心里总要遇到一首歌。蒙古民歌俯仰皆是，一旗编有《蒙古民歌三百首》，一盟编有《蒙古民歌三千首》，然而何止千万。

刚刚听到蒙古民歌的人，听出悠远，是第一楼台；听出蒙古民歌的苍凉悲抑，乃第二楼台；在第三重境界，会听到蒙古人的心肠多么柔软，像绸子一样柔软。粗糙的北地，像一块磨石，把人的筋骨磨硬，心肠磨软了。这就是蒙古。因此，他们会把更好的肉食和奶食送给借宿的路人。

在蒙古民歌中，那些用手指和心灵摩挲得最好的佛珠，是《达那巴拉》《诺恩吉亚》《云良》《嘎达梅林》《小黄马》《达古拉》《金珠尔玛》。依气功说，这些歌的信息能量太丰富太辽远了。像这样的好歌，还可以像百科全书一样列下去。

这时需要一位歌者，贯历史而达现今，如油然之云把歌中的含金量沛然化雨，一泻而出。那么，在大师级的歌王哈扎布、朝鲁、宝音德力格尔之后，在马头琴王齐·宝力高之后，在卓越的歌唱家牧兰、拉苏荣、金花之后，在世界公认的作曲家通福、美丽其格和最早的电子音乐家图力古尔之后，漫漫地平线上升起的巨星是腾格尔。

腾格尔的意思是"天"，蒙古人没有几个如此作名，但腾格尔称名不妨。天者，辽远无碍，又具王者之尊。腾格尔是鄂尔多斯人，他们俱是成吉思汗的守陵人，几百年中如贵族一样沉溺歌舞之中，不必劳作，也不是包勒（奴隶）。腾格尔有福了，生在鄂尔多斯，幼时随祖母放羊，领会草原襟抱，及长入歌舞团，之后考入音乐学院学作曲，定居京华而下派宁夏锻炼，终于崛起。他由民族而升腾，非个人能力所及也，这是他与流行歌手最大的区别。人若成器，后腰须有支撑，台港两地支撑、情郎妹子支撑、政治口号支撑，均不如有一个强韧的民族和苍凉的天地来支撑。因此，腾格尔有福了，用蒙古语说，他"包之贴"。

听腾格尔的歌，像在饮牛的水洼前捧水泼在脸上，像在沙粒迎面的大风中前行，有暗夜饮醪的热肠感受，是长歌当哭的抒纾。当烈辣过喉的时候，当男人宽温的手放在女人背上的时候，当目睹落日悲壮的时候，去听腾格尔的歌吧。

后记

蒙古高原礼赞

河水流进骏马的血管

　　祖先给河流赋予吉祥的名字，读起来回声遥远：乌力吉沐沦河、通拉嘎河、乃仁河、额尔古纳河、查干沐沦河、昆都沦河、白音高勒——这些是吉祥的河、清澈的河、细的河、突然拐过来的河、白色的河、横过来的河、富足的河——河流灌满了福气，奔流在蒙古高原。说起河的名字就重复着祖先的愿望和这片土地当年的样貌。

　　傍晚，奔马像鹰群一样飞到河边饮水，河岸像栽种了一排杂色的树林。河水流过牛羊的嘴巴，水里混合了草的汁液。

　　河流里，如蛋壳一样洁白的卵石和头发一样的水草眷恋水，水带不走它们，像流云带不走牧羊人。

　　河之不息如长调不息，缓慢地、留恋地流过草原。草原如此之美，河流舍不得流向天际。它像长调那样尽量延长音符，折折叠叠，给草原留下盘肠的痕迹。

　　平静流淌的额尔古纳河奉献了黄金家族，历史由这条河而改变。额尔古纳河比人们想象的更平静，如生育伟人的母亲那种安详。

河水流进草的根须，流进骏马和牧民的血管里，流过牛羊清洁的胃，跨越千山万壑，像一个网，包裹着蓝色的蒙古高原。

歌声：泉水如花瓣一层层盛开。

像孩子一样跳出地面，透明的花瓣一层层开放，泉水来了。

山顶的泉水比山顶还高，山脚的泉水比月亮还亮，泉水来了。

泉水遇见今年的青草，抱住山丹花的腰。泉水倾听大河的喧哗，十里之外，浪涛奔跑。

树林传来泉水的响声，像蝴蝶扇动空气。泉水来了。

泉水的名字叫富裕，叫金子，叫长高（蒙古语中泉水的名字）。泉水的溪流这样稚嫩，比站在山顶俯瞰江河还要细小。泉水来了。

泉水来了，泉水咕嘟咕嘟、咕嘟咕嘟冒出地面。泉水去见鹿群、野黄羊群和小鸟。牛羊肥壮，人畜安好。

一条条哈达献给你，煮好的肉食献给你，请泉水收下我们的心意。

群山注视着草原

草原的山峦缓缓上升，展开父亲的怀抱，注视着草原。

在内蒙古、新疆，在蒙古国，有蒙古人和山的地方必有一座名叫"博格达"（宝格达）的山。它是天派下来的山，人们视如圣山。所有的博格达山只是一座山，如可汗，遥遥地俯瞰着草原。蒙古人的民歌唱到博格达山，会变得空灵，思绪渐渐遥远，好像他们的匍匐和沉默的思念。

蒙古高原的山上没有财宝，矿藏也不是财宝，山是神住的地方。草木长成神的衣衫，动物是神的子孙和伙伴。奔跑的鹿和小兔在为山神跳舞，神冠上的树叶子被风吹起，化为小鸟。蒙古黄榆从峡谷排列而下，是山的卫兵。神在哪里？神就是祖先的遗训，珍惜大自然，一草一木都是宝。

站在高高的兴安岭，山下只有云和树。秋天来了，落叶松把群山铺满黄金。入夜，山的翅膀合拢一体，大地黑暗，星星布满山顶的穹庐。它威严的头顶悬挂尊贵的北斗七星。大雪覆盖的罕山上，鹰的影子多么寂静。

歌声：两棵树在露水里走路。

大山领着小山，走在茫茫的地平线，小山睡在大山胸前，一起度过了多少年。

黄铜色的大草原，大树领着小树，在余晖里影子变成了一条。

羊羔思念山坡的花朵，却不愿离开母羊身边。马驹想看河岸的青草，却不愿离开母马的视线。

父母老了，他们的恩德在儿女心里长成了花园。父母走不动了，眼泪动不动挂在腮边。

抬头看见两座山，看见两棵树在露水里走路，看见羊羔和马驹蹦跳，儿女躺在父母的臂弯。

草原是蒙古人的家园

草原在夏季鲜花盛开，秋日百草肃杀，冬天风雪肆虐。它是它自己，大自然的严峻让人望而生畏，但牧人要承受这一切，这是造物主不可违犯的意志。忍受与顺应是蒙古人的品格之一。

草原不是长满草的广阔地域，它永远不是可耕地，不是矿石之上的覆盖物，它是牧业生产的基础与蒙古人生存的家园，它不为攫取者而生存。

草原是一个谜，没有人知道它无穷变化的理由。草原不过是地表薄薄一层长草的土，它脆弱到不可挖掘。然而大规模的采矿早已开始，从卫星地图看，开矿和开垦造成草原的毁伤。工业化无节制地使用地下水，造成草原荒漠化，这与放牧过度并无关系。在呼伦贝尔，在锡林郭勒，羊群不再洁白，它们身上披挂黑色的煤灰。

如今对草原的诗意描绘已如讥讽，当下唱《美丽的草原我的家》令人茫然。草原消失之后，蒙古文化会像青草一样被连根拔除。不止草原，无论在何处，对大自然的毁伤都是对文化的毁伤，把人变成没有文化的、同质化的生物,与工业快餐饲养场里的肉食鸡没有两样。

草原若不保护,会风干成一个陌生的词,藏身于词典与图片里,歌声就此喑哑。

歌声:万物比你想象的更柔软。

拉盐的人啊,把你们支铁锅的三块石头拿走,扔向四面八方,烧过的石头要休息。

石头为你们忍受火焰的灼烤,煮熟了奶茶羊肉,石头要休息。

万物的身体比你想象的柔软。它们像水一样活泼,像旱獭皮毛那么光滑。你看不到石头和沙子的血肉,但它们有血肉。你看不到树和土壤的伤口,它们的痛苦深如峡谷。

唱歌的人啊,你告诉别人:石头在休息,云在天上护卫它。河水在休息,花在岸上护卫它。

民歌的节奏在母亲面前慢下来

蒙古族血液的源头是骆驼一般的母亲,她们像树一样沉默。

民歌唱到母亲,节奏慢下来,像老母亲的脚步那样慢,像叩拜苍天那样慢。蒙古人在童年看到了羊羔跪乳,看到牛犊跟随母牛吃草,学会歌唱母亲的歌。没有母亲的形象就没有蒙古文化。

母亲是大地,柔软的、长满青草的、泥泞的、布满车辙和马蹄印记的、黑色潮湿的大地。母亲对儿子、羊羔和牛犊有一样的爱,她脸上的慈祥一如大自然的慈祥。

歌声:诺恩吉雅的歌声比海青河水更长。

你的悲伤比老哈河水还长,出嫁的诺恩吉雅,什么时候才能回到家乡?坐牛车要走上三个多月,青青的牧草渐渐萎黄。

你路过九条没名字的河流,都比不上老哈河水清亮。河边的大雁飞回南方。诺恩吉雅,你回家的时候,已经认不出父母的模样。

海青河的岸边,海青鹰翅膀下有睡觉的小鹰。海日苏树的阴凉底下,海骝马为什么低头彷徨?

美丽的姑娘诺恩吉雅,为什么要出嫁到远方?远方没有比父母更亲的人,你思乡的歌声比海青河水更长。

榆树在榆树叶里眺望你,河水在宽河床里默念你。诺恩吉雅,你带走了云彩的温柔,花朵的颜色,你连影子都没留给家乡。

老哈河水长又长,流走了你的芳香。海青河水长又长,流走了你的目光。茫茫草原像大海一样宽阔,你睡在哪一座毡房?诺恩吉雅,你再也没有回过家乡,没见到自己的爹娘。

云影缓缓覆盖河流

牧民的目光离不开成吉思汗,看到他的画像,榆木一样粗糙的脸上会自然地露出笑意,露出向往。在牧区,所有蒙古人的房子里都挂着成吉思汗的画像。成吉思汗,他们说起这个名字就说出了自己的思念,这个名字的音节和语境刚好符合他们的心意。如果蒙古语当中没有"成吉思汗"这个词,牧民仿佛少了筋骨,感到孤单。成吉思汗是祖先,是神祇,是从苍天之上注视而来的眼光,是所有白马的主人,仅仅他的名字就可以安抚人心,他代表着一切吉祥。

蒙古长调里,能听出一种颂扬。配得上如此追念的,只有成吉思汗。蒙古人把他视如神,更视如血肉相连的家人。蒙古人用长调颂扬心中的怀想——成吉思汗心爱的白马,他的黄金训辞,像云影缓缓覆盖河流,簇拥着走向天边。晨雾散了,山脚的白马抬头谛听。河水满了,像端坐着一般的黑天鹅在水里嬉玩。

蒙古人觉得成吉思汗离开的时间并不久,他们自豪地说起成吉思汗的陵园,他妻子的家乡,他弟弟的封地。农耕王朝的君王只是朝廷家族的首领,蒙古人认为成吉思汗属于所有蒙古人,他们像树叶一样长在名为成吉思汗这棵大树上面,树叶黄了又青,但大树一直在他们心里生长。

歌声:北方的天空是站立的大海。

北方一直位于正北,草尖能够住下天神。

北方的天空是站立的大海,重叠的山峦是琉璃的天门。

九层云彩的莲台海水环绕,菊花的浪头白马飞奔。

北方的夜空灯火千里,马车穿过宝石的星辰。

神的指缝洒下雨水,手里酒杯波涛滚滚。

神灵坐在敖包的正位

人们肃穆地围拢敖包，脚下的夜色四处流淌。他们在夜里穿戴华丽，马的鼻息划破了潮湿的空气。敖包降临了所有的神灵——从树上、从泉水里、从火里、从岩石上、从毡房里、从摇篮上、从马鞍上、从佛像里、从金器和银器里，吉祥聚集。呼来——呼来——（蒙古语：来吧）

神灵熟悉夜色里的每一条河流和每一株草，知道鸟身上羽毛的花纹。神灵稳稳地坐在敖包的正位。敖包里面装着各个村子的泥土，各个河流里的水，装着五谷、装着金银珠宝。石块是敖包的铠甲。呼来——呼来——

敖包长宣读祭文：愿长生天保佑大地丰饶，保佑人畜平安，保佑河水清洁，保佑山在山的位置上巍峨矗立，保佑鲜花年年盛开，保佑说蒙古语的儿童和老人心中安稳，保佑燕子年年回到牧民家里筑窝，保佑所有人孝敬自己的长辈，保佑蒙古歌声像云彩一样川流不息，保佑蒙古文化不受到歪曲和损坏，保佑大自然完好如初。呼来——呼来——

愿长生天保佑山上的草木生命力旺盛，保佑泉水高出地面，保佑牲畜生产顺利，保佑我们像岩石一样诚实，像河水一样纯洁。呼来——呼来——

黄油、炒米、点心、酒和哈达，——请神灵收下我们的礼物，我们跪下领受神灵赐福。呼来——呼来——

山川肃穆，敖包神圣，天色从最远处一点点变亮。

歌声：火苗有数不清的脚在舞蹈。

你从哪里跑到柴上，火的脚爪碰碰撞撞。

看啊，数不清火有多少只脚。火的肩膀在抖动，火的腰身像蛇摆晃。

火在攀升，火在找什么？火手掌与夜色相握，人们看不到火的面庞。

火在火里端详人们，瞳孔里有两片火光，脸膛熟了。

跳舞的人们回到童年，像陀螺转起圆圈。火苗高过肩头，火星跳进黑夜，再无踪影。

喝茶的时候火在茶里，烤火的时候火在血里。火的家在锅里，在牛粪饼里。火种住在明亮的星辰里。

五种颜色的绸缎捆住羊的胸脯肉，献给火神，酒和黄油献给火神。平日里沉默的诗歌，今天念给火神。请接受我们的心意。

黑夜里的大地，火的钻石在闪。沉默的火啊，你什么时候为我们唱一首歌？

马把蒙古人变成雄鹰

因为马,蒙古人成为世界上第一个打通欧亚联结的民族。没有马就没有世界史记载的蒙古帝国。马是蒙古人的翅膀,鼓动了他们的雄心,让他们放眼世界。马带着他们穿越蒙古高原,穿过喀尔巴阡山,穿过富庶的欧洲平原,穿过中亚与西亚的崇山峻峰。他们从经过的地域吮取到新鲜的文化养分,壮大筋骨。马不仅是蒙古人的工具,还是他们的心灵朋友。就像他们的视线里要有草原一样,草原上有了马,他们心里才安详。马的身躯与草原谐和,它的鬃发与风中的草叶一并摇摆。牧人说马认得自家的毡房,认得炊烟,认得主人的气味,而主人也能看懂坐骑的眼神。蒙古人相信马与人心心相印。

蒙古马矮小坚韧,吃苦耐劳。马在风雪里,在暴雨骄阳下,忠诚于主人。蒙古文学从史诗到民歌,一直在赞颂马。蒙古语有繁多的词汇形容马的毛色、脾气、行走与奔跑的状态。这个民族的词语如此倚重马,马是他们文化的根基之一。

马改变了蒙古人对于时间和空间的认知，马改变了他们对速度的理解。马勇敢而安静，是人类驯化动物最成功的案例。马在奔跑与静立时都呈现雕塑的美感。所谓一座山又一座山不过在马蹄嗒嗒中消逝。海一样的草原上，有马就有岸。月色下，蒙古包前拴着的马如玉石一样洁白，马的背后河水流淌，星斗满天。

蒙古语里，马和好运是同一个词根。

歌声：炊烟在毡房顶上等我。

小兔子，你打一个滚能有多远？如果我是兔子，要打多少滚才回到东蒙古的家。

小兔子，你打一个滚能有多远？如果我是兔子，要打多少滚才回到西蒙古的家。

小兔子，你打一个滚能有多远？如果我是兔子，要打多少滚才回到南蒙古的家。

小兔子，你打一个滚能有多远？如果我是兔子，要打多少滚才回到北蒙古的家。

炊烟站在毡房顶上等我，松树站在山峰顶上等我，马鞍在白马的背上等我，新娘在嫁衣的丝线里等我。

小兔子，你打一个滚有多远？我才擦了擦眼睛，你已经没了踪影。

长生天安详

古代的游牧民族无所谓村庄故里,也没有宗庙祠堂。他们的宗庙在辽阔的天空,大地无处不可成为家园。他们的眼里没有欧亚的界限,没有种族的界限,只有四季、草场和远方。蒙古人在世代迁徙中,最深的领悟来自大自然,他们称之为长生天。

所谓蒙古是无数部落的集合,多种文化聚合成为以长生天为信仰,以成吉思汗为统领的游牧文化中,核心价值观是尊重并匍匐于大自然的脚下卑微生长,豪迈、细腻、单纯、寡言、坚韧、忠诚、歌唱与敬畏天地是蒙古人的集体文化特征。历经所有的苦难,长生天让蒙古人保护自己的土地,吸吮着自己的文化成长。长生天让蒙古人的思想纯朴,让他们懂得节制与尊重是立身之本,古老而又天真。

歌声:吉利到了。

佛灯爆出灯花,吉利到了,长生天安详。

狂飙一般的马群不知从哪儿跑过来,不知跑到了哪里,长生天安详。

莫尔格勒河拐了无数的弯，如竖写的蒙古文字，长生天安详。

毡房里降生的孩子开口会说蒙古语，长生天安详。

母驼用奶水哺育驼羔，牧草按季节返青，长生天安详。

蒙古人的眼睛从火里看到火神，在泉水里看到水神，长生天安详。